Essais sur Stendhal et son œuvre

スタンダールとは誰か

usuda hiroshi

臼田紘

新評論

スタンダールとは誰か

もくじ

文学の豊穣な世界
――汲み尽くせないスタンダール

わたしは長くに渉ってスタンダール（一七八三〜一八四二）を読んできた。もちろん、この作家ばかりでなくフランスの、あるいは他の国の作家、そして何よりも日本の作家の作品を読んできた。しかしいちばんの馴染みはスタンダールである。もう半世紀以上もまえに『赤と黒』を翻訳で読んで以来、いちばん接触してきた作家と言えるだろう。そうだからと言って、その作品を暗唱するほど読んだわけでもないし、作家と作品について豊富な知識をたくわえたわけでもない。単に好きで、折をみてはページを広げてきただけである。そして、読むたびに、縦に、あるいは横に並ぶ活字のまえで、独り感動し、また感心し、あれこれと考えを巡らし、自分にとって豊かな時間を過ごしてきた。

とりわけその小説は、わたしの想像力を大いに刺激し、これを広い世界に向かって解放し、文学の世界の大きさ、広さを教えてくれた。『赤と黒』『パルムの僧院』『アルマンス』『カストロの尼』をはじめとして、その物語（ストーリー）のぞくぞくさせるようなおもしろさはもちろんのことだが、それだけに止まらない。そうした物語のなかで躍動する人物たち、ジュリヤン（『赤と黒』）、ファブリス（『パルムの僧院』）、オクターヴ（『アルマンス』）、ブランチフォルテ（『カストロの尼』）、そしてたくさんの登場人物が、まさに実在の人物さながらに立ち現れる。かれらの一人ひとりについて、その性格やら、生き様やらを考えさせられる。かれらのなかに印された時代や環境を垣間見たりする。そこには何と多くのことがらが描き込まれていることか。わたしはかれらと友だちのように付きあってきたと言っていいかもしれない。しかしだからといって、現実の友と同じく、かれらを充分理解したとは言えない。たとえばジュリヤンを見てみると、かれは野心満々の青年であるが、それでいて俗なことは大嫌いであり、出世を望みながらそのために卑屈になることを拒否し、ブルジョワや、あるいは神学校の仲間の拝金主義を嫌悪している。かれにとって出世とは金持ちになることではない。しかし、それなら地位を得ることなのだろうか。女性をその手段として利用しようと誘惑するが、女性に気に入られて、ひとたび愛しあうようになると恋愛に真剣になる。ドン・ファンを気取っていたかれは、ヴェルテルのように思いつめる。いちばん愛する人のためにすべてを捨てる覚悟ができているようだ。ジュリヤンの人間像は単純ではない。それにスタンダールが分析して説明するジュリヤンと、描かれるジュリヤンはいくらかずれているのが感じられる。そのあたりのこともいろいろと考えさせられる。こうひと言で書いてしまったが、これではジュリヤンのことを語ったことにはならない。かれの考え、かれの行動の一つひとつに思いを巡らすと、いくら言葉を連ねてもそれでは足りない。

　わたしはまた、スタンダールが小説のなかで漏らす作家自身のつぶやきにも惹きつけられる。たとえば、ジュリヤンがレナール夫人のかれに対する気持ちを疑って述懐する場面では、「ああ過度の文明が生む禍は実にこんなものである。多少とも教育を受けた青年の心は、二〇歳になるともはや自然な動きをすっかりなくしてしまう。ところがこの自然な気持ちがなければ、恋愛などというものはおもしろくもない義務同然のものになってしまう」（『赤と黒』第一巻第十三章）といった文章である。人間観察はもっと短いアフォリズムのような形式で述べられることもある。たとえば一種の比喩として「かげろう（昆虫）は真夏の朝の九時に生まれ、夕方の五時に死ぬ。どうしてかげろうに夜という言葉が理解できよう」（第二巻第四四章）等々。こうしたいわばモラリスト的な側面だけでなく、政治や社会に対する観察といったものも、なかなか真実を突いているようで、わたしは本から目を離して、かれの考えにすっかり共感してしまう。

わたしはまたスタンダールの叙述や描写にも注目する。登場人物の心の動きを細かく追求し、これはまさに息づまるようだ。たとえば、『赤と黒』の有名な場面の一つ。ヴェルジーの別荘の庭で、レナール夫人の手にジュリヤンの手が触れるや、夫人の手がすばやく引っ込められたところから、傷ついたかれはその手を引っ込めさせてはならないと考えて、翌日の宵、夫人の手を握ろうと決心するのだが、決行に至るまでのかれの苦しみが微細に描かれる（第一巻第八、九章）。これはかれが夫人の寝室に忍んでいくときも同じだ。こうした心理描写と分析に対して、行動はあまり具体的でなく、「思いを成し遂げた」後に、かれの感情や心の動きが再び細かく描かれる。読者はそこから恋人たちのあいだに起こったことを想像するように促される（第一巻第十五章）。スタンダールは出来事を外側から細かく描写することはしないで、あっさりと通り過ぎるが、これに関わる人物の心の動きから出来事をしっかりと読者に印象づけている。

スタンダールは小説のなかで、音楽や絵画をしばしば引用する。人物の描写も、絵画の人物や芝居やオペラの登場人物になぞらえて済ましたり、あるいは風景も音楽や絵画に描写を委ねたりして、自身の文章で細かく描くのは控えることをする。また、ある甘美な音楽が登場人物に何らかの作用を及ぼすといった場面が出てくる。スタンダールが引用する音楽や絵画を聴いたことも観たこともない読者は、はじめは空想するだけだが、そのうち実際にそれらに触れてみたい気持ちにさせられる。わたしはそこで、小説の世界から出て、画集を開き、ロンバルディーア派の画家たちの作品やグイドの絵を眺めて、新たな想像を巡らす。また自尊心のかたまりのようなマチルド（『赤と黒』）をやさしい気持ちにさせるアリアがどんなものかと、そのCDを聴いてみる。これらの絵画や音楽は小説以外の著作にも登場するので、スタンダールの偏愛したものであることが分かるが、それらの著作を読んでみることで、かれの美術、音楽の教養が如何なるものかを探ることができる。

かれの小説以外の著作を開くと、そこに登場する人名や書名の数の多さに驚かされる。実際、スタンダールはたいへんな読書家であり、その日記や手紙を見てみると、若いときから自分が読むべき本のリストを作成したり、妹に読むべき本のリストを作ってあげたりと、かなり計画的に本を読んでいる。それはギリシア・ラテンの古典から同時代のものまで、文学のみならずあらゆる分野に渉り、現実に日記のなかで、クレ（グルノーブル郊外）の父の別荘やパリの手元に置いている蔵書の目録を記している。そしてかれが亡くなったときには、あれほどヨーロッパ中を歩き回り、家というものを持たなかったにもかかわらず、ローマの下宿やチヴィタヴェッキアの勤務先（領事館）にたくさんの蔵書が残され、それらは遺言によって友人たちに贈られている。そうしたなかにはかれ自身の書き込みのあるものも少なからずあり、これらの多くは今では各地の図書館に収められている。こうした読書体験の片鱗は小説のなかにも反映している。作家名や作品名が出てくるだけでなく、登場人物の心の内を表すのにコルネイユの芝居の一節が引用されることなどがある。わたしはスタンダールが著書のなかで名を挙げている本を読むことで、この作家をもっと理解できると考え、いくつかは読んではみたものの、とても追いつけるものではない。あれほど動き回っていたスタンダールはどのように読書時間を生み出していたのか、そんな余計なことまでも考えてしまう。

かれは、軍人や外交官といった任務のために外国に出かけただけでなく、旅行そのものが好きだったのだと思う。そして仕事で、あるいは観光で国内外に赴くと、名所を訪ね、土地の人と付きあい、美術や音楽に触れている。またかれが自然や風土にも関心を抱いていたことは明らかである。かれは読書体験だけでなく、こうした旅で実地の教養を身につけた。見聞を広めることで、ものの見方を培い、囚われない精神を形成したと断言してもいいだろう。

再びかれの小説に戻るが、わたしはかれの小説の方法（作法）についても考えることがある。スタンダールは実際の事件をモデルにしたり種本を用いたりして、しかも口述筆記を採り入れて、短い時間で作品を仕上げたことが知られている。わたしはこれがかれの小説の方法だと言うつもりはない。このように小説を書くところに方法を見るなら、丹念に小説を構築するフローベールやプルーストを読んでいる現代の文学愛好家から異議が出されるかもしれない。実際、構成のバランスなど、かれの小説の難点が、バルザックをはじめとして、かれの作品を評価する人にもあげつらわれている。しかし、『赤と黒』や『パルムの僧院』といったあれほど長い小説を、一息に読ませるのに、いくら作家に天性のものがあったとはいえ、工夫がないわけではない。それを見なければならない。スタンダールは小説のなかにすべてを書き込んでいるように見えながら、読者に行間を読ませるような、つまり読者の想像力を縛らないような方法を採っている。

この短い文章で、スタンダールの魅力を語り尽くすことはできないし、またこれを百万言費やして詳述するようにしても、それは難しいことである、スタンダールの作品は、読むたびにその新たな姿を見せるにちがいない。わたしが言いたいのは、あたりまえのことだが、文学の魅力は繰り返しての読書を誘うということである。

一度読んで、物語（ストーリー）を知ってしまえば、それでもはや充分といった小説ではなく、読むたびに新たな姿を見せる作品こそ文学の名に値する。消費社会は大量の消耗品を生み出しているが、小説の世界も同様である。それはそれなりに有用性を持つかもしれないが、読者を刺激し、読者との対話を促す作品、また読者を外界のさらに大きな世界に連れ出す作品、そうした作品が真の文学と言える。これは小説とは限らないが、文学は読者を自らの錬磨に駆り立て、再度の邂逅へと誘い込む。それを求める文学作品は、やはり長い年月を生き抜いてきたものに多い。書くまでもないことだが、昔の作品だから今の時代に耐えないなどということはない。実際、そうした文学作品を糧にして、多くの現代作家は新しい魅力を持った作品を生み出しているし、このようにして文学はその伝統を更新し、伝統を創造し続けているのだとわたしは思う。

スタンダールとは誰か

1

『赤と黒』や『パルムの僧院』の作者として知られるフランスの作家スタンダールの本名がアンリ・ベールであることは、文学の愛好家には広く知られている。つまり、スタンダールという名はモリエール（劇作家、本名ジャン＝バティスト・ポクラン）やヴォルテール（啓蒙思想家、本名フランソワ・マリ・アルエ）といった名前と同じように筆名なのである（モリエールの場合は芸名と言った方がいいかもしれない）。アンリ・ベールはこの筆名を用いるまえに、最初に出版した『有名な作曲家Jh・ハイドンに関して書かれたオーストリアのウィーンからの手紙』（一八一五。以下『ハイドンに関する手紙』と略す）では、ルイ＝アレクサンドル＝セザール・ボンベ Louis-Alexandre-César Bombet という筆名を用いているし、二番目の著作『イタリア絵画史』（一八一七）では著者名がM・B・A・Aとなっている。こちらの方は、スタンダールの遺言執行人ロマン・コロンによれば、《元書記官ベール氏 Monsieur Beyle Ancien Auditeur》の頭文字を取ったものである。そして三番目の著作『一八一七年のローマ、ナポリ、フィレンツェ』（一八一七。以下『一八一七年のローマ、ナポリ…』と略す）においてはじめてスタンダールという名前を登場させている。《騎兵士官ド・スタンダール氏 M. de Stendhal, officier de cavalerie》がこの本の正式な著者名である。

このあと、四番目の著作の『恋愛論』（一八二二）には《『イタリア絵画史』と『ハイドン、モーツァルト、メタスタージョ伝*』の著者による》とあって著者名はないが、続く著作では《ド・スタンダール氏》が用いられている。ところが、十番目の著作である最初の小説『アルマンス』（一八二七）には著者名がない。しかしこの小説にはスタンダールの署名の入った序文があり、その中で「その任でもないのに、ある才女がこの小説の文体を直してくれとわたしに頼んできた」と書き、あたかも真の作者が別人で、しかも女性であるかのように見せかけている。つまり、スタンダールがベールを隠し、そのスタンダールが《ある才女》を身代わりに立てるという二重構造になっている。ここにはこの小説の成立にまつわる事情もあるのだが、それについてはここでは触れないでおく。小説第二作の『赤と黒』（一八三〇）は作家ド・スタンダール氏の名前を広く知らしめた作品だが、このあとの『ある旅行者の手記』（一八三八）や『パルムの僧院』（一八三九）では、それを利用して《『赤と黒』の著者による》と記し、著者名を入れていない。スタンダール存命中の最後の著作（十五冊目）は『カストロの尼』（一八三九。「ヴィットリア・アッコランボーニ」「ブラッチャーノ公爵夫人」「チェンチ一族」を併せ収める）であるが、ここでは《『赤と黒』『パルムの僧院』等々の著者ド・スタンダール氏著》と代表作二つをスタンダールという名前と結合させて記している。最後に至って作家スタンダールが完成したかの感がある。

＊前記『ハイドンに関する手紙』の付け替えた表紙タイトル。

以上のようにスタンダールという筆名は一八一七年に生まれ、このあとでは新しい筆名を誕生させていないものの、常時使用されていたわけではないのである。

それではこの名前はどういう契機で採用されたのであろうか。この筆名の由来については作品の解説などで一般に知られていると思うが、念のために記しておこう。ベールは、一八〇〇年に親戚のピエール・ダリュ（陸軍省官房長、のちに陸軍大臣）の世話で軍務に就きイタリアに赴くが、二年後には休暇でパリに戻ったのを機に辞任を申し出て、作家修業を始める。しかし生計が立ちゆかなくなり、一八〇六年になってダリュに懇願して軍隊に復職する。このとき滞在したのは、皇帝となったナポレオンが破竹の勢いで戦線を進めていたドイツであった。かれはブラウンシュヴァイクで陸軍主計官補に任じられ、そこからドイツ各地へと任務もあって出かけていた。このブラウンシュヴァイクと同じようにハノーヴァーとベルリンとのあいだにシュテンダールStendalという古いハンザ都市がある。そこはエルベ河沿いにある旧ブランデンブルク辺境伯領要衝の町で、東西のみならず南北の交通の要でもあり、ベールはしばしば通過していたと考えられる。またこの町はベールが翻訳で愛読していた『古代美術史』(一七六四)の著者ヨハン・ヨアヒム・ヴィンケルマンの生まれた町であった。ベールがそれを知っていたかどうかは正確には不明だが、この町の名から筆名スタンダール Stendhal を考え出したと言われている。これはあくまでも言い伝えで、本人が述べている訳ではない。ベールの書き残したもので、この考古学者・美術史家の名前およびその著書についての言及は少ないうえ、かれに対する反発が目立つが、ベールは主著『古代美術史』を読んでいただけでなく、ヴィンケルマンのその他の著作や『書簡集』(同様に古代美術について記されている)まで読んでいた形跡があり、美術作品の特質を環境や風土から科学的に探るヴィンケルマンの見解から多くを教えられたと考えられている。『一八一七年のローマ、ナポリ…』の直前に出版した『イタリア絵画史』(以下『絵画史』と略す)には、ヴィンケルマンの思想ともいうべきものの影響が見られると分析する研究者もいる。またベールの古代遺跡への関心は、紀行文中での言及のみならず、のちに『パルムの僧院』で主人公を遺跡発掘に従事させるといった点にも現れている。ベールにとって筆名は必ずしも《スタンダール》である必要はなかったのだろうが、『絵画史』を書いたあと、たまたまかれがその名前をよく知っていた町、有名な偉人と関連する町から思い着いたと考えることができよう。しかし、名前はドイツ名であることが不可欠であった。このことはこの筆名を最初に用いた『一八一七年のローマ、ナポリ…』と関係する。

　スタンダールがイタリアについての紀行文を書こうと考えたのは一八一三年頃であった。その以前からミッソンやブロス法院長などのイタリア旅行記を読み漁っていたが、一八一一年の八月から十一月にかけてのイタリア滞在の日記を核にして、今度はかれ自身の旅行記の口述筆記を行なっている。結局これは完成しないで放棄され、『絵画史』の方に関心は移っていくが、諦めてはいなかったようだ。かれが再び紀行文の執筆を考えた直接のきっかけは、一八一六年に出たゲーテの『イタリア紀行』に刺激されてのことと考えていいだろう。ベールはブラウンシュヴァイク滞在中にドイツ語の個人教授を受けたもののまったくの不首尾に終わったため、ドイツ語の知識は皆無であり、せいぜい妹のポーリーヌに「マイネ・リーベ（ぼくの愛する人）」と書く程度であったが、このゲーテの紀行文については、スコットランドの雑誌『エディンバラ・レヴュー』で知ることになった。この雑誌は、ヨーロッパで刊行された注目すべき書物について引用を混じえながら詳細に紹介を行ない批評するという方法で、当時のヨーロッパの知識層に広く読まれていた。その雑誌をベールは一八一六年にミラノで、イタリアにおけるロマン主義運動の指導者の一人ロドヴィーコ・ディ・ブレーメから教えられて、早速に購読し、また旧号を集めさえした。その第五五号（一八一七年三月刊）にゲーテの『イタリア紀行』第一巻（一八一六）の書評が掲載されていたのである。ベールはそこで引用されていたゲーテの文章を少し変えて断りなく自著に引き写したりする一方、ゲーテの名前を出してその観察に異議を唱えたりしている。そこにはゲーテに張りあう姿勢が見られる。そして、ゲーテの旅がカールスバードから出発して、ミュンヘン経由でブレンネル峠を越えてイタリアに入り、アーディジェ川沿いにヴェローナに出るのに対して、ベールの旅行記のスタンダール氏はベルリンからミュンヘンを経て、どのようなコースを辿ったか分からないが、ミラノに到達し、そこからイタリアの旅を始める。ベールはスタンダール氏がドイツ人であることをこのイタリア紀行の中で強調しはするものの、時にははからずもフランス人であることを露呈させてしまう。それでも、とにかくこの自称ドイツ人ツーリストに行程を辿らせる。それはまさにドイツの騎兵士官ド・スタンダール de Stendhal（フォン・シュテンダール von Stendal）氏を主人公とする旅の物語なのである。

『一八一七年のローマ、ナポリ…』についてはここで詳述しないが、ベールはスタンダールという未だ知られていない筆名に隠れて、この著書で、ナポレオン体制崩壊後、オーストリア支配に戻ったイタリア諸国の世情を観察しながら、その国民に独立と統一を秘かに煽動している。つまり、この旅行記はイタリアの名所・旧跡や風物などについて旅人が見物したことを記す通常の旅行記と思うと期待はずれの、政治的な目論見を持った書物なのである。この本を印刷するに際して、印刷業者は検閲にかかりそうな箇所相当数を差し替えるよう著者に求めて、これを実行している事実から見ても、これがイタリアにおいてのみならず王政復古後のフランスにおいても危険な書物であったことが分かる。スタンダール氏は一七八九年に始まったフランス革命が、一八一七年にもまだ終わっていないで、変革が続いていると考えているのである。

先行の二つの著書においてもかれの復古体制に対する批判的な言辞が見られる。『絵画史』においては、最初に、ナポレオンへの献辞あるいは開明的なロシアのアレクサンドル皇帝と想像される人物への献辞を付けた本を印刷させるなどして現体制に対する抵抗が示されているが、出版に当たりこの本でも相当数の差し替えが行なわれた。つまり、これらの著書で筆名を使用したのは、ベールの政治的な立場を隠すといった意図があったように思われる。しかしそれとは別に、結果的に、カルパーニやランツィなどの著作物からの剽窃を筆名で隠したことになった。

一八一五年の『ハイドンに関する手紙』出版から半年ほど経って、イタリアの音楽史家ジュゼッペ・カルパーニは、その著書『有名な作曲家J・ハイドンの生涯と作品に関する手紙』（一八一二）が盗用されたことを知り、二度に渉って『ガゼッタ・ディ・ミラノ』紙にルイ゠アレクサンドル゠セザール・ボンベに対する抗議文を寄稿し、さらに翌年にはフランスの『コンスティテューショネル』紙にも抗議の手紙を寄せた。L゠A゠C・ボンベの著書のハイドンに関する部分が自著の翻訳でしかなく、それをボンベ自身の著書であるかのように出版したことに怒ったカルパーニは、ボンベを盗人呼ばわりするなど悪罵の限りを尽くし、筆名に隠れた剽窃者が正体を現すようにと迫った。ベールの方は二番目の著作『絵画史』ではもはや最初と同じ筆名を使うことは不可能だった。何しろベールはカルパーニに対して、「兄のルイ゠アレクサンドル゠セザール・ボンベはロンドンにいて、痛風を病み、あまり音楽と関わっていない」（一八一六年九月二六日付）と、H゠C゠G・ボンベという別の名前で弟になりすまして『コンスティテューショネル』紙にカルパーニの抗議を馬鹿にしたような言い逃れの反論を寄せた。一八一七年には売れ残りの残部に『ハイドン、モーツァルト、メタスタージョ伝』というタイトルで表紙を付け替え、著者名なしで、新しい本であるかのような装いにして店頭に並べさせている。後年、一八三六年になって、かれは「自伝的略述」と称する文章のなかで、自著がイタリアで出版された本を訂正して翻訳したものであると告白している。

そして一八一七年に刊行の『絵画史』に関しても、ウフィッツィ美術館副館長で美術史家ルイージ・ランツィの著書『イタリア絵画史』第三版全六巻（一八〇九）の翻訳として着手したものを土台にしていて、それを断ることもしていなかったので、のちになって剽窃したと言われることになる。ベールの作家としての出発点にあたる音楽と絵画を扱った二つの著書は、かれが自信を持って宣伝に努めたにもかかわらず、当初はさほど評判にもならず、不成功を託《かこ》ち赤字をもたらしただけだった。

ド・スタンダール氏著『一八一七年のローマ、ナポリ…』はベールの自費出版の最初に成功した著書だった。五〇四部印刷して翌年までに二二六部を売った。この時点では印刷部数の半分にも満たない数字だが、三年後には完売し、最後のものにはプレミアムが付いた。またこの本は、パリでの出版とほぼ同時にロンドンでも出て、ロンドンの版元コルバーンからは、ナポレオン退位後にイギリスにおいて再発したイタリア熱（イタロマニー）に乗じて英訳も出た。そしてベールの愛読していた『エディンバラ・レヴュー』第五七号（一八一七年十一月刊）には、同誌から多量に無断借用されていることが発覚しないまま、ロンドンで出版された版の書評が掲載された。それは好意的な評価ではなかったが、ド・スタンダール氏の著書を宣伝することになった。つまり、この紀行文によってスタンダールの名前が知られはじめたのである。

すでに触れたように、この著書でもベールは剽窃を繰り返している。それはゲーテの紀行文の記事にとどまらず、アルフィエーリの『自伝』（一八〇四）やシュレーゲルの『劇文学講義』（一八〇九～一一）

などについて書かれた『エディンバラ・レヴュー』の数多くの記事、ブロス法院長の『イタリア書簡』（一七九九）ほかの紀行文が種本になっている。ド・スタンダール氏はそれらを自分の観察ないし考察と混じえながら旅を続けるのである。ベールはド・スタンダール氏に様ざまな考えを抱懐させ、ベールが訪れたことのない場所にド・スタンダール氏を赴かせ、会ったことのない人物に会わせている。

『一八一七年のローマ、ナポリ…』の著者であり、登場人物であるド・スタンダール氏は、この本で成功を収めると、ドイツ人に身をやつすという当初の目的とは関係なく、今度はその名をそのまま使用して、『ラシーヌとシェイクスピア』（一八二三、二五）や『ロッシーニ伝』（一八二三）の著者となるのである。かれはベールに取って代わり作家となり、その名は知られていく。そしてフランス紀行文である『ある旅行者の手記』（一八三八）において、《『赤と黒』の著者》は、今度は旅行者として、ド・スタンダール氏ならぬ《鉄のセールスマンL＊＊＊氏》を登場させ、フランスを旅行させ手記を綴らせることになる。

2

ベールにとって筆名とは何なのだろうか。もちろんそれは剽窃を隠すためだけではなかっただろうし、かといってその反体制的な政治的意見によって司直から追求されるのを逃れる大目的だけでもなかった。というのも、かれは著書に筆名を用いる以前から、個人的な手紙にも常習的に変名・偽名を用いていたからである。

アンリ・ベールが手紙を書きはじめるのは、かれが一七九九年に十六歳で故郷グルノーブルを去ってパリに出てからのことだが、スタンダール研究の第一人者ヴィクトル・デル・リットがまとめた全六巻の『スタンダール書簡全集』（一九九九）所収の最初の手紙は、一八〇〇年三月十九日付の妹ポーリーヌに宛てた十七歳のときのもので、これが現在までに発見されているもっとも日付の古い手紙である。普通なら郷里を離れた場合、手紙は両親に書き送ることになるだろうが、アンリの場合は母を早くに亡くし、また父を嫌っていたため、かれと三つちがいの仲のよかった妹をいわば郷里との窓口にしている。当初の手紙はこの妹宛のものがほとんどを占め、かれの近況を知らせ、父への伝言を託し、故郷や家の消息を訊ねたり、そして妹に読むべき本を教えたりと、ベールの青年時代を知るのに貴重な資料となっている。妹への手紙は一八〇〇年から一八一五年までの十五年間で、およそ二九〇通が発見されているが、一八一五年を最後に『書簡全集』からまったくと言っていいくらい消えている。

それらの手紙では、はじめの頃は末尾の署名はアンリ・ベールを省略した頭文字のHとかBあるいはH・BそしてH・ベールといったものである。もちろん署名そのものを省略した手紙も多数ある。変名と思われるものが最初に出現するのは、一八〇〇年九月二八日付ミラノ発の手紙のL・Cという頭文字だが、それが何を意味するかは分からない。次に登場するのは、翌一八〇一年の六月十四日付ベルガモ発の手紙の **Le Chinois**（中国人）である。

ダリュの世話で陸軍省に入ったベールは、一八〇〇年五月末にナポレオンの第二次イタリア遠征に従ってグラン・サン＝ベルナール峠を越えミラノに到着した。その年ミラノ滞在中に、かれは先輩の陸軍主計官ジョワンヴィル大尉から恋人アンジェラ・ピエトラグルアを紹介される。ベールはこの女性にたちまちのうちに恋してしまう。妹にはすぐにはそのことを書けなかったようだが、あとになって「ぼくはイタリアでアンジェリーナという女性を知り、彼女を言葉では言い表せないほど愛した」(一八〇四年八月二九日付ポーリーヌ宛)と書いている。ベールが親しみを込めてアンジェリーナとかジーナと呼ぶアンジェラは、ベールに《中国人》というあだ名を付けた。必ずしも好意的とは思えないこのあだ名をベールが喜んだとは思えないが、かれはすぐさまそれを自らの署名にしたのだった。手紙の本文では何の説明もなく、末尾で《中国人》という署名を見た妹はどう思っただろうか。また、ベールは一八〇三年三月二六日付の友人エドワール・ムーニエ宛の手紙末尾にも同様に署名しているが、アンリ・ベール＝中国人が親友とのあいだですでに了解済みだったのだろうか。その点は分からない。ベールが一八一一年に十年ぶりにアンジェラを訪ねたとき、彼女は最初かれを思い出せず、やがて昔彼女が Il Chinese(中国人)と呼んでいた青年であることを思い出した。ベールはその記憶から日記にも時として自分のことを《中国人》と書いている。「社交界における中国人の滑稽な話しぶりは往々にしてパロディーなのである」(一八一三年一一月)等々。

このような何かしら由来を持つ変名はいざ知らず、一八〇七年になると、妹宛の手紙で、アンリの英語表記であるヘンリーは別にしても、Cl・チュルパン、ラリドン、[少尉]ルクール、F・ルヴァスール、デュランなどという実在の人物と紛う変名の署名を書いている。ポーリーヌは一八〇八年五月にアンリも知っていた近所のダニエル＝フランソワ・ペリエ＝ラグランジュと結婚するが、この年から翌年にかけて、人妻となった妹に、デュボワ、デュボワン、デュフール、[大尉]アヌヴィル、第十七師団[中尉]

A・L・ランヴァレールなどと署名した手紙を書き送っている。一八一〇年の手紙には、《ブロス法院長》などという実在した人物の名を採った署名も見られる。のちになって、一八一四年十月六日付の手紙で、ポーリーヌにその『イタリア書簡』を読むように勧めることになるが、それより四年も早くに著者の名前を署名に借用している。かれ自身はその頃にこの本を読んでいたと推測される。通常の署名、あるいは無署名の手紙に、こうした変名の手紙を混じえる意味とは何なのだろうか。そして一八一〇年以降の五年間の妹宛の手紙は、むしろほとんど変名で署名されている。妹以外に書き送る手紙には、親戚で上司のピエール・ダリュやその妻をはじめとして、距離を置いている人には、無署名であるか頭文字の署名、またはM（ムッシュー）・ベールなどと書き、また多少とも公的な手紙には、ド・ベールと記している。友人に対しては、ポーリーヌの夫フランソワや先に挙げたエドワール・ムーニエをはじめ、ジョゼフ゠デジレ゠フェリックス・フォール、ルイ・クロゼ、アドルフ・ド・マレスト、プロスペール・メリメなどへの手紙に、時として変名の署名を用いている。また恋人にもそうした署名を用いているケースが見られる。例を挙げれば、アンジェリーナ・ベレーテル宛の署名には、ベールの愛読書『ドン・キホーテ』の登場人物を思わせる［騎士］カルデニオ・デッラ・セルヴァ・ネーラというのもある（一八一二年十月一五日付）。

実際、ベールの偽名癖は、次つぎと新しい偽名・変名を生み出し、その数たるや数え切れないほどで、一説では二〇〇以上にもなると言われる。これは筆名と同じく、必ずしも司直の追求をまぬがれるためだけではない。確かにスタンダールという筆名を使って、フランスやイタリアの現体制を批判している作家の本名がアンリ・ベールだと知られてからは、信書においてもいちだんと警戒が必要になったかもしれないが、すでに見たように、かれの偽名癖はかれが作家として活動し始める以前からのことである。とりわけ一八〇七年ブラウンシュヴァイクで任務に就いてからの私信に多く見られる。革命によって中断していた検閲は、ナポレオンが権力を握るにつれて、その警察大臣ジョゼフ・フーシェのもとで秘密裡に行なわれていたことも事実であろう。それでも、たとえ外国からのものであっても、ナポレオン軍の軍人の私信が無作為に開封されて検閲を受けていたとは思えないのだが、真実はどうであったのだろうか。王政復古後の一八一五年九月と十月にイタリアからポーリーヌに宛てた手紙で、ベールはボエティウスとかルイージ・アスティという名前を用い、八ケースの書物を送ってくれと依頼している。国境で没収されることを危惧して四ケースをノヴァーラ（ピエモンテ州）のルイージ・アスティに、残る四ケースをミラノのルイージ・アスティに送るように頼んでいるのだが、フランスから入ってくる多少とも自由主義的な思想が見られる書物に対して、当時イタリア国境で厳しい取り締まりがあったことは確かで、またそれだけにそれをかいくぐって入ってくるフランスの書物は、イタリアの知識人には貴重なものとなっていたようだ。当時失職していたベールは、糧を得るために、グルノーブルに置いていた自家の蔵書をイタリアで売ろうとしたらしい様子が見られる。書物に先立って、発送依頼の手紙の署名にはベールの警戒が見られると考えていいかもしれない。ベールが、エドワールからルイに宛てた手紙の形式をとる最初の著書『ハイドンに関する手紙』のなかで次のように言っているのに注目しておこう。

「もし外国から来るこれらの（手紙の入った）大きな郵便の包を受け取るのが見られたら、相当大きな事件に関係していると思われるだろう。）幸福であるためには、心して自分の生活を隠さねばならない」（第二信）

しかし繰り返すが、こうした警戒のためにだけ偽名・変名を用いていたとは思えないのである。というのも、署名ばかりか、手紙や日記のなかで、私的に、父シェリュバン・ベールをル・バタール／ザ・バスタード（私生児）とか『ハイドンに関する手紙』や『絵画史』を出版した書店主ディドをル・ボッシュ（せむし）、親戚の恩人ピエール・ダリュをZ（ゼッド）、その夫人をマダム・Z、パルフィ伯爵夫人、エルヴィール、そしてプチ。ピエールの弟マルシャルをパセ、その夫人をマダム・パセ、恋人のアンジェラ・ピエトラグルアをレイディ／マダム・シモネッタ、片思いの恋人メチルデ（ないしマチルデ）・デンボウスキーをメチルドないしレオノール、ヴィルヘルミーネ・グリースハイムをミナないしミネット、キュリアル伯爵夫人クレマンチーヌをマンチないしデュロン伯爵夫人ないしベルトワ伯爵夫人、アルベルト・ド・リュバンプレをアズュール夫人などとあだ名を付けて呼んでいる（これらの一部は彼女らの知友のあいだで知られていた愛称でもあった）。また友人については、ルイ・クロゼを、どういう訳か分からないが、グルノーブル南郊の村の名を取ってセサンと名付けたり、またペルスヴァン（洞察力のある人）とも記し、ジョゼフ＝デジレ＝フェリックス・フォールをハッピー、アドルフ・ド・マレストをその役職の任地からブザンソン、プロスペール・メリメを『クララ・ガズルの戯曲集』（一八二五）の作者であることからクララなどと呼んでいる。

アンリ・ベールは自分のことを一八〇九年頃から手紙や日記のなかでドミニクと呼んでいる。これは、ベールが一八〇〇年イタリアに入って最初に観たオペラ、かれを感激させ、グルノーブルで観たキュブリー嬢の歌以来かれをいちだんと音楽の世界に近づけたオペラ『秘密の結婚』の作曲家ドメニコ（フランス語名はドミニク）・チマローザの名前から採ったものとされている。一八一四年七月のポーリーヌ宛の手紙でそのように署名しているのをはじめ、八月二八日にポーリーヌに託したブーニョ伯爵夫人への伝言にドミニクと署名している。しかしこれは他の変名による署名に入り混じっているにすぎず、署名がドミニクに固定化された訳ではない。署名は、既出の《ブロス法院長》のように、あるときは《トマス・ジェファーソン》であったり、《ジョルジョ・ヴァザーリ》であったりと、実在の人物、歴史上の人物の名も、空想の名に混ざっている。

それでもドミニクという名前は、ルイ・クロゼとの手紙で『絵画史』出版の相談をしながら互いに「セサン」「ドミニク」と呼び合いながら使用されているところを見ると、友人・知人のあいだで次第にベール＝ドミニクが浸透しはじめていたと考えられる。ドミニクは広範に用いられていて、後述する『アンリ・ブリュラールの生涯』などにも見られるが、一方これとは異なり、手紙の署名には使われていない名前で、日記などで自分を指す名前として《モチェニーゴ》というのがある。《中国人》や《ドミニク》と異なり、このヴェネツィアの総督を思わせる名前の由来は分かっていない。《モワ・ス・ニゴー **moi ce nigaud**（このとんまな俺）》という表現をイタリア名になぞらえたという説があるようだが、これはこじつけか?

こうしたベールの変名や偽名癖は、有名であったらしく、バルザックは自分の発行する雑誌『ルヴュ・パリジェンヌ』（一八四〇）に「ベール氏（フレデリック・スタンダール）研究」を掲載した際に、「かれと会話をしているとこうした謎めいた様子、変わった様子が見られるが、それはあのベールというすでに有名になった名を使わずに、あるときはコトネ、あるときはフレデリックと署名したと聞くくらいである」（通巻三四一ページ）と書いている。

3

ベールには『アンリ・ブリュラールの生涯』（以下『ブリューラル』と略す）という表題の自伝的作品がある。これは存命中に出版されることはなかったし、未完成で中断されたと見なされている。一八九〇年になってはじめて、《スタンダール（アンリ・ベール）著》として、「カジミール・ストリエンスキーによって刊行された自伝」という副題らしきものが付されシャルパンティエ書店から公刊された。そのあとではいちだんと完全ないくつかの版が出ているが、現在ではグルノーブル図書館所蔵の原稿の写真版が三分冊で刊行されていて（ディプロマティック版）、これを通じて直筆原稿に接することができる。活字に直したページと見開き対象になっていて、これがベールの判読しがたい文字を理解する手だてとなっている。原稿自体はベールによって四巻に分けて装幀され、それぞれに書名を記した扉がついている。第一巻（第十四章まで）の扉の前に付けられた紙にはわざわざ「警察の諸氏に」という文があり、次のように断りが書かれている。「これはウエイクフィールドの牧師を真似た小説である。主人公アンリ・ブリュラールは、その妻、有名なシャルロット・コルデーの死後、五二歳のときにその生涯を書いた」。そして第二巻（第十五章～二六章）でも扉に「かれ自身によって書かれたアンリ・ブリュラールの生涯第二巻」という書名に続けて「とりわけ感情の純粋さの点ではウエイクフィールドの牧師を真似た小説」とある。第三巻（第二八章～四一章）でもほぼこれと同じ内容が繰り返されるが、ここにも「警察の諸氏に」という断りがあり、「この小説には少しも政治的なところはない。構想はあらゆる点で常軌を逸したものであるものの、こういったものはうんざりさせ、少しずつ穏健になり、最後はお役所崇拝に突き進む」と記されている。二、三巻では、アンリが英語ヘンリーの綴りに変わっている。最後の第四巻は第四二章「ミラノ」のみである。

ついでながら、現在流布している諸版では、『ブリュラール』は四七章（マルチノによる版）ないし四六章（デル・リットによる版）から成っている。これらの版の第五章「幼年時代の数々の小さな思い出」と第十五章はこの四巻に分けて装幀された原稿にはないものであるが、ベールが原稿に挿入しようと考えていたものである。また第十三章は、装幀された原稿の第二巻末尾に付け加えられていたものである。他に原稿第四章の「続き」を独立した章にしている。二つの系統の版の章立ては、マルチノ版の第二一、二二章がデル・リット版では第二一章に統合されている。前者の二一章は原稿の十六章、二二章は原稿では十六章のあとにあって章の番号が付けられていないため、マルチノはベールが章番号を付け忘れたものと考えて番号を付した部分である。本稿での引用はデル・リット版の章立てを用いている。

さて、原稿の断り書きに見たように著者自身は警察（検閲官）を意識して、しきりと《小説》であることを強調しているが、小説であろうがなかろうが、警察の追求は内容次第で、これによってそれが見逃されるということはなかったのではないか。はたして「小説」と書いたのは警察に対する言い訳とのみ考えていいものかどうか考える余地があるかもしれない。確かにオリヴァー・ゴールドスミスの『ウエイクフィールドの牧師』（一七六六）はベールの愛読した小説ではあるが、それをどのような点で「真似た」のか分からない。これがゴールドスミス自身の経験した貧しい生活を題材にして、「皆同じように気前がよく、人を信じやすく、単純で、毒のない性格の」（第一章）プリムローズ一家を描いた穏健な家庭小説であると知れば、それを範とする『ブリュラール』には、警察が追求するようなところはないのだというこれもまた言い訳と考えていいのかもしれないのであるが、七月王政下でこれが刊行されたとして、役人や政府の息のかかったジャーナリストなどが任命されていたと言われる検閲官に、それが理解されたかどうか分からない。

ベールは『ブリュラール』を架空の伝記、つまり主人公が一人称で生涯を振り返る回想形式の小説であると言いたいようである。確かに一見では、創作のような外観を呈していることも事実である。まず書き出しは、主人公である「わたし」（とりあえずは、ブリュラールと考えていいだろう）がローマのジャニコロの丘でローマ市街とその郊外を展望しながら五〇歳になろうとしている感慨を述べるところから始まる。これは実に美しい場面であるが、この部分が創作であることは明らかである。そこには一八三二年十月十六日という日付が付されている。ところがこれはすぐさま擦り抜けてしまい、その数ページ先で「わたしは一八三五年十一月二三日になってやっと先を続ける」と来る。このことは一八三五年に「先を続ける」のではなくて、この時点で書きはじめられたと解釈されているし、実際直筆原稿の写真版を見ると、あとから清書したとは思えない原稿は、書体もインクの濃淡も変化なく一貫して連続していることが分かる。また後日書き加えられたと見られるが、目次の欄外には、一八三五年十一月二三日に本を書きはじめたことがきちんと記されている。わざわざ、時間的に三年遡らせたのは、ベール自身が一七八三年一月生まれであり、一八三二年十月には五〇歳を目前にしている自伝的事実と合致させるためであろう。ベールとしては、ブリュラールの自伝を書きはじめるモメントとして、「五〇歳」という切りのいい時期を設定して年代を合わせたものの、おそらく現実との齟齬を覚えて、現実に依拠せざるをえなくなったのであろう。かれは言いわけのように、一八三二年以来自分の生涯を記そうと考えていたと付け加えている。確かに、一八三一年チヴィタヴェッキア領事に着任し、退屈な役人生活を送っていた『赤と黒』の作家は、短篇小説を書く一方で、三二年には『エゴチスムの回想』と題する自伝的作品に着手し、放棄している。かれのなかで、かれが言うように、自分を振り返り検討する作品を書こうという意欲は高まっていたのだ。ベールは三五年に始めた『ブリュラール』を、翌年三月に休暇を得てパリに戻る直前まで書き続けている。原稿には、所どころ欄外に執筆した日付が付されている。

しかし、それではジャニコロの丘の感慨とその続きの淀みない連続は何だろうか。おそらく最初から意図しての展開だったと思われる。時間を現在から少し遡らせたところから始めて、いかにもローマ観光の旅人が有名なローマの展望台に立って、古代から近代までの記念物を眺めながら、生涯を振り返ろうという小説的な設定を構想したのである。これこそ「警察の諸氏へ」の口実をもっともらしく見せる《目くらまし》と考えていいだろう。

ベールにはこれをアンリ・ブリュラールという人物の生涯を描いた小説に見せかける意図はどこまであったのだろうか。まずブリュラールという人物をどこからもってきたのかが気にかかるが、この人物については、第五章で、「ブリュラール神父」という名前が登場し、「わたしが生まれるまえに亡くなった伯父か大伯父」で幼時「わたしは大きな頭をしていて、頭髪がなかった」ために似ていると言われた人物とされる。「わたし」とはベールのことであり、ベールはこの人物の名前を借用したのである。つまり、冒頭からしばらくして、筆者は「誰もド・スタンダール氏のことを口にしなくなったら、出版社はこの雑駁な原稿を放置するだろう」(第一章)と書き、これが『赤と黒』の作家によるものであることを白状し、さらには、うつくしい文字で「アンリ・ベール」と名前を書いて祖父を驚かせたこと(第三章)などを記して、ブリュラールは仮面を完全に剝いでしまう。ブリュラールが仮の名であり、自伝を執筆するのは作家スタンダールであり、作家はまさにベールの伝記を書こうというのである。そこにはアンリ・ベールの家族や知人、友人、恋人をはじめすべての人物が実名で登場する。周辺の人びととの交流や出来事が思い出され、そのときの感情や感覚の記憶、それと関連するそれ以降の類似の記憶、そしてそれらを思い出す現在の「わたし」の思考といったふうに、過去は現在と行きつ戻りつして、具体(出来事)と抽象(観念)が往復される。それらは自在に時空を飛び越える。幼時主人公の周囲の人びとは王党派であったのに対して、主人公が共和派であり、執筆時点の一八三六年においても一七九四年の人間であることなどが公言される(第十七章)。筆者は編年式に幼年時代から青年時代へと生涯を記録しようと努力するが、執筆する現在の考えをことさらに述べるなど、自ら吐露しているように「脱線」の連続である。ここにあらためて例を拾い出すようなことはしないが、どの章を開いて見てもそうした展開の有様が目に入る。これこそ『ブリュラール』の真価といっていいかもしれない。通常、自伝の筆者は自己を抑制して、自分の定めたスタイルのなかに自己を閉じ込めようとする。しかしこの『ブリュラール』の筆者はそうしようとはしない。言い換えれば、多くの自伝が一人物を主人公とした小説のように一貫した物語、しかもクロノロジックな物語、記憶の綾織物であるのに対して、むしろ『ブリュラール』では、自伝を織り出そうとし、物語ろうとする筆者の内部がさらけ出される。

「しかしわたしは興奮し、脇道に逸れている。時間の順序に従わないと、わけの分からないものに

なる」(第一章)

筆者は頻繁にこう漏らさざるをえない。筆者はアンリ・ベールの伝記を書きながら、たえず伝記執筆に際しての問題点を、注釈のなかだけでなく、本文のなかで繰り返している。

その問題点は次のように整理できるかもしれない。第一に、《記憶の問題》だが、《記憶を忘却のなかから呼び覚ますこと》と言った方が正確であろう。つまり、過去の事実が断片的にしか、あるいは不正確にしか思い出せないこと、思い出すことがらが現実のものかどうか分からないこと、それらが偽の記憶あるいは錯覚ではないかと疑われること、または自身の記憶かよそで見たり教えられたりした記憶かどうか判然としないこと、などである。筆者は記憶を剝げ落ちたフレスコ画に喩えている。第二には、《記憶の記述の問題》、正確には《記憶を文章に定着するうえでの問題》である。つまり、読者に分かるように書けるかどうかということ、思い出したことを記すべき言葉がうまく見つからないこと、主題が語り手を超越していて不適当な言葉で描きそれを台なしにしてしまうこと、記述することで滑稽に陥るという心配、嘘を書いてしまうのではないか、もしくは嘘の誘惑に陥るのではないかという心配、微細に覚えているものについてあまりに長く書きそうなこと、想像力に弄ばれること等々、以上のようにおよそ記憶を記すときに感じることとすべてが問題にされる。

『ブリュラール』では記憶と記述の相互的な関係が顕わにされる。筆者は書くことによって記憶を蘇らせようとする。つまり忘れていたことを記述しながら思い出し、忘却の淵から浮かび上がらせる。それのみならず、書くことによって以前よりもっとはっきりと過去の出来事が見えるようになるのを知る。さらには、昔の事件などの意味を「今になって」発見したりもする。過去の出来事を捉えなおし、過去のことがらのあらたな意味づけをすることにもなるが、筆者はこれを「翻訳」と書いている。そこから枝葉を伸ばして現在の考察が展開される。だがそうなると、もはやこれは過去の事実とは異なったものになる。筆者もそれを充分承知していて次のように言う。

「一八〇〇年には無経験であり、何一つ判断することができなかった。したがって読者には、一八三六年にわたしの口から出るこれらの説明を気にかけないようにお願いする。それはおそらく多かれ少なかれ小説であり、もはや歴史に属するものではない」（第三九章）

過去の記憶を現在時に記述することは、過去が現在に所属することになり、現在の思惟のなかに捉えなおされることでしかない。ベールは、ついには十七歳の青年が考えたであろうことを想像して小説を作り出さなくてはならないと述べるに至る（第四四章）。

スタンダールは克明にベールの過去を掘り出し、その伝記を書こうとするが、書きながら発見したのは、記憶が生み出すものは所詮過去の事実とは違ったものだということである。それはベールのものではない、作家スタンダールの創造の人物ブリュラールの生涯であるのだ。

「仮にわたしの書くもののなかに先入観があるとするなら、当時のブリュラールに対して抱く先入観である」（第四二章）

思い出してそれを書くベール＝スタンダールに対して、そこに思い出され書かれるのは別人であり、もはや小説の主人公でしかなく、それをブリュラールと名付けていると言っていいだろう。

4

ベール＝スタンダールは自分のペン先が書き記していくものについて、自分自身と乖離するような感情を抱いていたのではないだろうか。手紙のような特定の人に宛てたものから、広い読者を想定した旅行記のようなエッセー、さらには自伝的作品までも、書いたものは自己の真実と離れて、そこに存在する自己は別の自己という意識を無意識的に抱いていたと思われる。

『ブリュラール』によれば、母親を七歳で失ったベールは、幼時愛する母親を奪いにくるものとして父親を嫌ったという。それが心的外傷となったとすれば、ベールという父姓を名乗って手紙に署名することをためらわせたものがあったことだろう。バルザックが言うように、アンリ・ベールという名前が知られているのに偽名を用いるところに、そんなにその名前が嫌いなのかと思わせるところがある。実際かれが親近感を抱くのは、コンタ・ヴネッサン出の母親の家系ガニョン、ベールに言わせれば、イタリア語で「ガニョーニとか」であり、精神的には母方の祖父や祖父の姉や叔父に多大に負っていて、パリに出ては母方の親戚ダリュに全面的に依存している。しかし、この父姓の拒否だけが偽名・変名を名乗るかれの傾向を形成したとは思えない。

勿論ベールには、ベール以外の人間になるというある種の変身願望のようなものはあったと思われる。しかも実在の人物、歴史上の人物の名前を署名に使っているところを見ると、そうした人物に成り代わりたいという密かな願望があったのかもしれない。音符を用いて曲を作ることはできなかったが、曲想には自信を持っていたと称するかれが、『秘密の結婚』の作曲家の名前（ドメニコ・チマローザ）のフランス語名（ドミニク）を自分に当てはめて用いたり、愛読し、のちの紀行文執筆では大いに恩恵を蒙った『イタリア書簡』の著者の名（ブロス法院長）を使ったりしているのを見れば、それも頷ける。しかしながら、著名人ばかりか多くは普通のありふれた名前の別人に自己を擬して、自分を変身させている様子が見られるとなると、それはいたずら、あるいは茶目っ気と言っていいのかもしれない。しかし、それだけなのだろうか。

かれの偽名癖についてよく言われるのは、韜晦趣味という言葉である。自分を隠して、他人を煙に巻くことである。筆名のルイ＝アレクサンドル＝セザール・ボンベでは、ブルボン王朝のルイ大王、マケドニアのアレクサンドロス、そしてカエサル（ローマの、あるいは現代のカエサルであるナポレオン？）といった支配者を連ねた大仰な名前（実は、フランス国王ルイ十八世とロシアのアレクサンドル皇帝とカエサルと言われる）が驚きを与えるだろうし、M・B・A・Aについては、もっともらしい説明を聞かないかぎり意味不明で何のことかと首を傾げさせるだろう。スタンダールについては、M（ムッシュー）・ド・スタンダールと使われているからそのままに受け取られるかもしれないが、風変わりな名前であり、これが姓だとすれば名は何かしら、バルザックが書くようにフレデリックなのかと考えてしまうところだろう。手紙の署名についても同断で、本文を読めば差出人が誰であるか分かるところであるが、署名を見た受取人は一瞬怯《ひる》み怪しむことになるだろう。ベールはそんな受取人を想像して楽しんだのかもしれない。

しかし、『ブリュラール』のなかで次のように書いていることに注目すべきであろう。

「わたしの書いたものは、いつもわたしの恋愛と同じ羞恥をわたしに与えた」（第十章）

ベールは書くことに喜びを感じて執筆するが、書いたものに対して恥ずかしいという感情を抱いているのである。それは『赤と黒』のような小説についても同じだと言う。それを知ると、紀行文などのエッセーや自伝的作品でいつも多量の「わたしは je」や「わたし moi」を詰め込むことに読者がうんざりしてしまうのではないかという懸念を抱き、これを頻繁に使うことを恥じている様子を思い出す。この一人称単数の代名詞は自己を表現するのに不可欠であるが、本のなかでは場合によっては読者に対して押しつけがましいものとなり、その増殖はまぎれもなく嫌悪感を引き起こす。ベール＝スタンダールは一人称がとりわけ内心を描くのに不可欠であると考えるが、また疎ましくも思っている。そこから、かれの小説においては自由間接話法文体の多用が発生してくると見ていいだろう。

それは一方で、「わたし」と言いながら、その「わたし」が文章のなかでは「わたし」ではなくなってしまうことに関係する。ペンの先から立ち現れる「わたし」は、真実のわたしであるはずでありながら、わたしを裸にするのとは反対に、文章はおのずと読者を意識してそこに何か夾雑物が介在し、作り物に変わっていく。手紙においても同様で、用件を記すだけのメモでないかぎり、わたしの記す「わたし」は、文章になるとわたしの見知らぬ人間に変貌していく様を感じていたことだろう。ベールはそうした文章中の「わたし」を、現実のわたしと違った「わたし」を、著書では《ブリュラール》と名付け、さらには《スタンダール》と名付け、また《ロマン派作家 le romantique》と名乗らせ（『ラシーヌとシェイクスピア』）たりすることになるのである。「わたし」を偽名の人物に仮託するわけである。そして手紙では、行き当たりばったりに、思いついた名前を署名することになる。

かれは自意識が強かったのであろうか。そこには《対自存在としての自己》に対する過剰な意識があったように思われる。かれは自己を対象化して、自己のなかに様ざまな自己を見出していく。それが次つぎに偽名・変名を生み出していったように考えられる。それはまたかれに小説家として豊かな資質をもたらしたものではないかと思われる。小説の登場人物名のいくつかは、男女を問わず、ある点でベールのいわば偽名であると言うこともできよう。かれは小説の作中人物のなかに自己を対象化して描き込んでいく。それは具体的な経験的事実や、抽象的な観念や理想といったものである。かれの作中人物は決して作者の分身ではないが、ある瞬間には、人物たちの存在感を確固としたものにする背後の作者の存在が明らかになることがある。

偽名・変名がベールに仮面を与えることによって、ベールにアリバイを提供し、それゆえに自律性 **sa radical autonomie** をもたらした、とスイスの文芸批評家ジャン・スタロバンスキーは『偽名家スタンダール』（『生きている眼』ガリマール書店刊、一九六八、所収）において言っている。確かに、筆名はすでに見たとおり、当初ベールに仮面としての役割を果たしたと言えるだろう。政治的な追求を躱《かわ》し、剽窃者としての追求を逃れ、自在に発言することに力を貸した武器であった。そして、書簡では、第三者に渡った場合、偽名が正体を隠すことに意味を持ったにちがいない。しかし、それは束の間のことにすぎない。偽名は、筆名と同じく、決して心底別人に成り代わり永久に隠れるために使用されているわけではない。ベール＝スタンダールの偽名・変名は、他人に対するよりも、すでに見たように、文章を綴る人物として、自己を対象化したものに授けている名前にすぎなく、それは、一方で現実を生きる人間である自己を別の所においておくためなのである。

スタンダールとイタリア

スタンダールの旅程概略

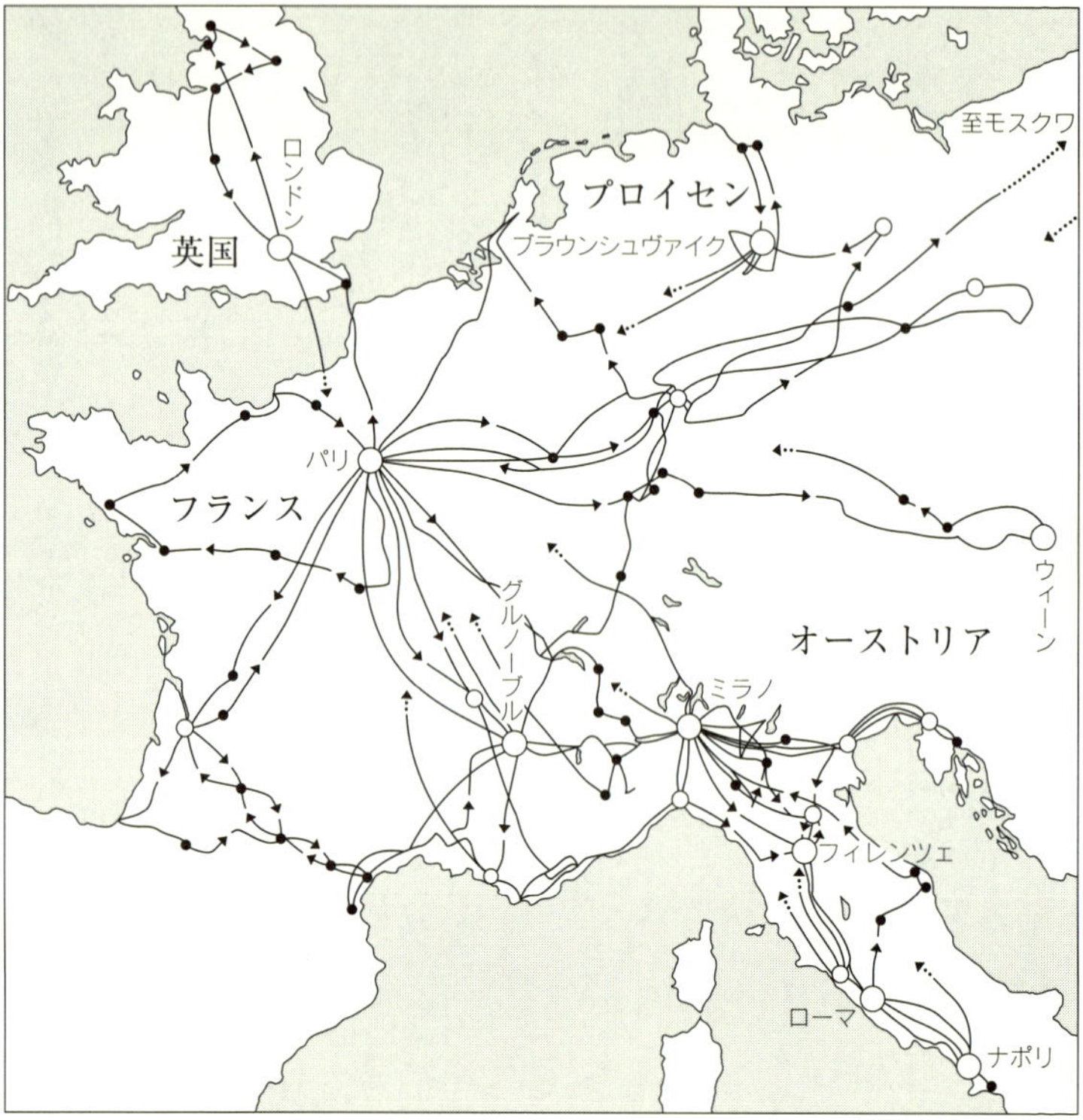

1 スタンダールの生涯と旅

スタンダール（本名アンリ・ベール）は一七八三年一月、フランスのドーフィネ地方イゼール県のグルノーブルに生まれた。日本では、グルノーブルは一九六八年冬季オリンピックが開催された場所として、またそれを記録映画にしたクロード・ルルーシュ監督の『白い恋人たち』（原題は『フランスの十三日間』）で知られているが、高い山に囲まれた町である。早くに母親を失ったかれは、祖父の家の窓から、山なみを眺めながら幼少時代を過ごした。かれは一七九九年グルノーブルのエコール・サントラル（一七九五年に制定された法律に基づく中等教育機関）を卒業すると、エコール・ポリテクニーク（理工科学校）に入学するために、その年の十一月首都パリに上った。自伝的作品『アンリ・ブリュラールの生涯』（以下『ブリュラール』と略す）にいわく。数学を勉強することによってこのグルノーブルを逃げ出そうとした、と。こうして十六歳のこのときから、かれの漂泊の生涯がはじまる。五九歳でパリの舗道に倒れるまで、結婚して家庭を築くことなく、一所に定住することなく、かれの生涯はまさに旅であった。ここに、一九八三年スタンダール生誕二〇〇年を記念してパリのフランス国立図書館で開催された「スタンダールとヨーロッパ」展のカタログの旅程図を参考に、筆者が作成した地図を掲げるが、見て分かるように、その旅程は当時としては驚異的と言ってもいいようなものである。まず生涯を追いながらかれの旅を辿ってみよう。

(1) 軍人

志を抱いて首都パリに出たアンリ・ベールは、到着してまもなくホームシックから病気になり、遠縁のダリュ家に身を寄せることになる。当主ノエル・ダリュの長男ピエールは陸軍省官房長であり、翌年には陸軍局長、のちには陸軍大臣となる人物であるが、ベールはエコール・ポリテクニーク入学の意志を翻し、その世話で一八〇〇年一月陸軍省に入る。ピエール・ダリュが、ナポレオンの第二次イタリア遠征軍の監督官に任命されたこともあって、ベールもこれに加わることになる。フランス共和国は、第二次対仏大同盟(一七九九)によってヨーロッパの列強諸国の囲い込みにあっていたが、イタリアに相変わらず勢力をもつオーストリアを討伐するために、革命暦ブリュメール十八日(十一月九日)のクーデタによって権力を奪取して第一執政となったナポレオンは、再度の遠征を企てたのであった。

ベールの加わった予備軍は一八〇〇年の五月七日パリを出発し、ディジョン、ジュネーヴを経由して、二八日にアルプスのグラン・サン゠ベルナール峠を越えてイタリアの地に入った。一七九七年フランスによって北イタリアに作られたチザルピーナ共和国の首都ミラノに到着したのは、六月十日だった。この直後十四日にフランス軍はピエモンテのマレンゴでオーストリア軍を撃破して大勝利をあげるのだが、ベールはこの戦闘には加わっていない。かれは、九月に騎兵少尉に仮任官し、十月に龍騎兵第六連隊に配属となるまで、ミラノで統治者側の比較的のんびりした暮らしを送ることになる。一八〇一年、かれはミショー将軍の指揮するチザルピーナ第三師団に加わり、正式に少尉に任官し、北イタリア各地で任務に着く。しかし年末には休暇をとり、フランスに帰国する。

一八〇二年に一度陸軍を離れ、パリ、グルノーブル、ジュネーヴ、マルセイユなどで暮らしたベールが、再び軍務に就くのは四年後の一八〇六年である。ピエール・ダリュの弟のマルシャルに従ってドイツに行き、陸軍主計官補に任じられてブラウンシュヴァイクに滞在し、ときにはハノーヴァーやハンブルクをはじめ近くの諸都市に出張する。一八〇四年に皇帝となったナポレオンは、翌年ウルムでオーストリア軍を、アウステルリッツ（現チェコ領）でオーストリアとロシアの連合軍を破り、そして一八〇六年にはイエナ、アウエルシュタットでプロイセン軍に勝利して、ドイツ諸邦を支配下に収めていたが、ベールは後方で駐屯部隊の経理に携わり、食糧や必需品の調達に務める。

一八一〇年かれはパリで参事院書記官兼帝室財産調査官に任命され、優雅な役人生活に入り、休暇を得てはイタリア旅行をしたりしているが、一八一二年七月には、モスクワ遠征のナポレオンに皇后の親書を届けるために、遠征軍を追いかけてパリを出発。ロシア領内に入ったところで皇帝の司令部に合流するものの、結局モスクワまで同行し、さらには悲惨な敗走を経験する。ベールはこのあと一八一三年にシレジア（現ポーランドのシロンスク地方）のシャガンの監督官に任命されるが、ライプツィヒの戦いでフランス軍が敗れると、ドーフィネ地方防衛軍の補佐官に任命され、故郷グルノーブルでサン゠ヴァリエ伯爵の指揮下に入る。パリが連合軍によって陥落したときは、かれは休暇によりパリ滞在中で、モンマルトルの攻防でフランス軍が敗退するのを目撃した。

(2)《亡命者》

一八一四年五月、ナポレオンが退位し、王政復古によりベールは職を失う。元老院の布告に忠誠を誓い、新体制のもとでなにがしかの役職に就いて生活の糧を得ようとするもののうまくいかない。結局パリでは自分の居場所が見つからず、かれは愛するイタリアへと脱出することになる。七月二〇日、パリを出発。グルノーブル経由でモン＝スニ峠を越えてミラノに八月十日に到着している。そのミラノもイタリア王国（チザルピーナ共和国はイタリア共和国と改称されたのち、ナポレオンが皇帝になるに及んで王国となっていた）が瓦解して、今やオーストリアが総督を置いて支配するロンバルディーア＝ヴェネツィア王国の首都となっている。かれ自身、支配者側の人間として肩で風を切って歩いていた時代が終焉したことを身を以て痛感したにちがいない。しかもかれには職がない。かれのミラノ滞在がそれほど楽しいものであったとは思えない。しかしながら、そこではかれを魅了するものがかれを慰めてくれた。近郊のブリアンツァ丘陵への遠足、音楽、美術、恋愛などがあった。こうしてミラノを中心とする生活が七年も続いた。この間に、父親から譲られた財産を処分したり、妹に会ったりするためにグルノーブルに五回の短期滞在をしている。また本の出版に関係して二度のパリ滞在とロンドン旅行なども行なっている。一八一六年末から一七年はじめにかけては、ローマ、ナポリへと旅行している。

しかし、この《亡命》生活は一八二一年に突然終了する。これについては、ミラノを支配するオーストリア政府にスパイの嫌疑をかけられたことに起因していると言われる。確かに、職もないのにミラノに留まり、北イタリア各地を歩きまわり、オーストリアの支配に反対するミラノの進歩的知識人たちと交際しているフランス人のかれは、不審な人物と思われたことであろう。六月十三日かれはミラノを出発、サン＝ゴタール峠を越えてパリに戻った。

(3) 文人旅行者

ベールは先の《亡命》時代のあいだに、『有名な作曲家Jh・ハイドンに関して書かれたオーストリアのウィーンからの手紙』（以下『ハイドンに関する手紙』と略す）『イタリア絵画史』『一八一七年のローマ、ナポリ、フィレンツェ』を執筆し、パリで自費出版している。そして二一年ミラノからパリに本拠地を移すと、『パリス・マンスリー・レヴュー』や『ニュー・マンスリー・マガジン』といった雑誌に寄稿を開始し、『恋愛論』『ラシーヌとシェイクスピア』『ロッシーニ伝』などを次つぎと刊行する。パリの進歩的な文人たちのあいだで、このロマンティシスムの文学を擁護する作家は次第に知られはじめた。

しかし、ベールはパリに落ち着いていられない。一八二三年には再びイタリアに赴き、ローマに滞在する。帰国すると『一八一七年のローマ、ナポリ、フィレンツェ』を大幅に増補して、一八二七年はじめ『ローマ、ナポリ、フィレンツェ（第三版）』を出版する。そして二六年の英国旅行をはさんで、二七年には再びイタリアへと出かけて行く。夏の七月二〇日にパリを出発し、ナポリに八月末から一カ月、ついでローマに二〇日間、フィレンツェには秋の終わりから十二月まで約一カ月滞在した。そして十二月も押しつまった三一日の大晦日にミラノに到着したが、滞在許可が得られず、十二時間以内に退去するように命令を受ける。かれは、オーストリアに敵対するような内容のイタリア旅行記をスタンダールの名前で出版していることが当局に把握され、オーストリアにとって好ましからざる人物として、ブラックリストに掲載されていた。ベールはやむなくミラノの北のマッジョーレ湖のイゾラ・ベッラに滞在し、二八年の一月末にはパリに戻っている。

一八二八年はパリで社交生活を送りながら、暗い日々を過ごし、『ローマ散歩』を執筆していた。この本は翌年秋に刊行された。しかしかれはひと時も落ち着いていられない。その秋には二カ月ほど、南フランスを旅行している。

(4) 外交官

ベールはパリで職を手に入れる努力を続けていたが、これは容易なことではなかった。『赤と黒』を出版した一八三〇年、七月革命が起こり、ブルボン家の支配が終わり、その傍系オルレアン家のルイ＝フィリップが議会の支持を得て国王に擁立された。ベールにとって風向きがよい方向に変わったと言ってよかった。かれは内務大臣ギゾに働きかけ知事の職を獲得しようとしたがうまくいかず、次に外務大臣モレ伯爵に働きかけて領事か一等書記官の職を得ようとした。結局、アドリア海に面するオーストリア領のトリエステの領事に任命された。ベールは十一月にジェノヴァ経由でイタリアに入り、二五日にトリエステに到着した。しかしこの間、かれの著書『ローマ散歩』に関する報告がウィーンの外務省に届き、宰相メッテルニヒはベールのトリエステ領事着任に難色を示した。結局、一カ月後になって、ウィーン駐在フランス大使からベールのもとに、オーストリア政府が正式にかれの領事着任を拒絶したという報せが入った。ベールはトリエステとヴェネツィアを往復しながら、本国からの指示を待ち、三月に入って外務大臣から教皇領のチヴィタヴェッキアの領事に任命するという書簡を受け取った。こうして三月末日トリエステを引き払い、四月十七日にチヴィタヴェッキアに到着した。しかしここでも教皇庁からアグレマン（領事就任の同意）を得るのにフランス大使は奔走しなければならなかった。

チヴィタヴェッキアは、ローマから北西に五〇キロほどのところにあるティレニア海に面した港町である。教皇領への海の玄関としての重要性はあったかもしれないが、ベールには退屈だった。こうしてフランス領事となったベールは頻繁にローマに滞在したり、シエーナやフィレンツェに出かけたりした。そんなベールに外務大臣は、みだりに任地を離れないよう再三要請する始末だった。

ベールは三三年に最初の休暇をとりパリに三カ月ほど戻っているが、そのあとでは発熱を理由に、三六年五月に休暇を得てパリに帰り、このときは首相になったばかりのモレ伯爵の好意で三九年まで休暇が延長され、実に三年もの長期となった。そしてこの時期にブルターニュ地方、ドーフィネ地方をはじめフランス国内各地を訪れ、三八年には南フランスからスイス、ドイツ、オランダ、ベルギーを周遊する大旅行を行なっている。そしてこの同じ年には、フランス国内旅行記の『ある旅行者の手記』を出版している。

ベールは実際健康状態が勝《すぐ》れず、三九年八月に任地に戻ったものの、四一年三月には発作を起こして倒れ、ローマで医師の診察を受けている。この年再び休暇を申請し、秋にはパリに帰った。そしてこの休暇中の翌年三月、外務省前の舗道で脳出血に倒れて、五九年の生涯を終えることになる。

2 スタンダールとイタリア

以上、生涯と旅についてそのおおよそを見てみたが、ベールはたえず旅をし、しかもほとんどイタリアに入り浸っていたと言ってもいいのではないかと思われる。かれはイタリアとの国境を合計で十三回往復している。フランスからイタリアに入るには、陸路では、距離的にいちばん長い地中海沿いのコルニシュ（崖道）を通るコース以外は、すべてアルプス越えになる。モン＝スニ峠を越えてトリノへ、あるいはスイス経由でシンプロン峠ないしサン＝ゴタール峠を越えてミラノへ出ることになる。海路では、リヨンからローヌ河を下ってマルセイユ経由でリヴォルノないしジェノヴァに到着する。一八三三年末には、船上で、ベールはローマへ向かうジョルジュ・サンドと彼女の愛人になったばかりのミュッセに遭遇している。旅はいずれにしても現代では想像できないような苦労があった。

陸路といえば馬車の旅だが、乗合馬車や郵便馬車を利用したり、貸し馬車を雇ったり、あるいは自家用の馬車で宿場ごとに馬を替えたりと多様な方法があった。しかし乗り心地のよくない馬車での旅は、モーツァルトもその手紙に書いているように、決して楽ではない。また山岳地帯の悪路を通るのは転落の危険の心配があり、場合によっては山賊の襲撃の心配をしなければならなかった。宿泊を伴う長い旅は、体力の消耗もあったろうし、費用もかかったにちがいない。いつも旅先では、面倒でもお金の計算は避けられない。これは海外旅行を経験した人ならよく理解できよう。

さらに国境や市門での警察や税関の検査がある。とりわけ王政復古後のイタリアは、フランス人には友好的でない小さな国々が、厳しい検査を実施していただろうし、旅人には憂鬱なことがらのひとつだった。ベールはこうした旅の苦労を『ローマ散歩』で書き記している。

そんなイタリア旅行でベールは何を得たのだろうか。かれの著述のほとんどがイタリア滞在の成果といっても過言ではないし、イタリアで見たり聞いたりしたことがかれの教養のかなりの部分を形成している。隆盛していた音楽をじかに聞き、古代ローマの遺蹟やルネサンスの輝かしい芸術作品を実地に見て、そして、ナポリから北のイタリアのほとんどの町を訪れ、それらの町での風俗や人間の観察から様ざまな考察を生み出しているのである。

(1) 音楽

ベールがイタリアで体験した最大のものは音楽の喜びである。音楽こそかれの情熱のうちでもっとも強烈なものであった。かれはまず、イタリア遠征軍に従ってイタリアに入った一八〇〇年六月十日、アオスタの谷を下ったイヴレアの町ではじめてチマローザのオペラ『秘密の結婚』を観た。かれは少年時代グルノーブルで叔父のロマン・ガニョンに芝居に連れていってもらい、女優のキュブリー嬢にあこがれた経験があったが、このオペラでは登場人物カロリーナにすっかり夢中になってしまった。そして『ブリュラール』によれば、このとき「イタリアで生活してこのような音楽を聴きたいと思った」とのことである。『秘密の結婚』はベールにとって相当印象的だったとみえ、その名前はのちのかれの著作や小説のなかに頻繁に登場する。そしてチマローザがかれにとって最高の作曲家となる。かれの『ロッシーニ伝』でさえチマローザを語ることから始まっている。

こうしてミラノではスカラ座に通い、イタリアの各地を訪ねると、その土地の劇場でオペラを観た。かれのイタリア旅行記はそうした音楽の思い出に彩られている。かれにとって、音楽は声楽曲であり、器楽曲、なかんずくベートーヴェンの交響曲を嫌った。そしてオペラのなかでは、オペラ・セリアよりも、オペラ・ブッファを愛した。

ベールのミラノ《亡命》時代はちょうどロッシーニの全盛時代にあたる。かれはその初演に駆けつけたりして、丹念に上演を観ている。その流行に乗って書いたのが『ロッシーニ伝』である。しかしながらかれがとりわけ夢中になったのはモーツァルトだった。かれがルイ＝アレクサンドル＝セザール・ボンベの名前で書いた最初の著作『ハイドンに関する手紙』（一八一五）のなかで、すでにチマローザと並んで、モーツァルトの『フィガロの結婚』や『ドン・ジョヴァンニ』に対する好みを表明しているが、この著作には「モーツァルトの生涯」という伝記が併載されている。

かれは『ブリュラール』のなかでこう書いている。

「実を言えば、わたしには二人の作曲家チマローザとモーツァルトの歌だけが完璧に美しいと思われる。どちらを選ぶか正直に言え、と言われるなら、いっそのこと絞首刑になった方がましなくらいだ。（…）モーツァルトかチマローザを聴いたあとでは、いつも聴いたばかりのものの方が少しいいと思われる」（第三七章）

(2) 絵画

ベールが美術に関心を寄せるようになったのは、一八一一年に休暇を得てイタリアを旅行したときと考えられる。ミラノを出発して、フィレンツェ、ローマ、ナポリをはじめて訪れ、これらの都市でおびただしい絵画を観て、かれの関心は掻き立てられた。ミラノに戻るとランツィの『イタリア絵画史』（一八〇九）を買い求める。おそらくかれは、美術を観たもののそれらについて何ほどの知識もないことを認識し、勉強しようとしたにちがいない。しかしそのうちイタリア語の勉強を兼ねてそれを翻訳しようと試みた。それがかれなりの『イタリア絵画史』（以下『絵画史』と略す）を書くことへと発展していった。

草稿をモスクワ遠征の際に紛失したりするものの、一八一七年にM・B・A・Aの著者名でこれを出版する。この著書の四分の三はランツィはじめ各種美術史、美術論の本からの剽窃であると言われているが、フィレンツェ派の画家やレオナルドとミケランジェロという大芸術家を扱いながら、その行間にすでにかれの偏愛する画家たちの名前を滑り込ませている。

かれが愛好するのは、ミケランジェロのような恐るべき天才ではない。ロンバルディーア派のベルナルディーノ・ルイニやコレッジョ、そしてボローニャ派のアンニーバレ・カラッチ、グイド、ドメニキーノ、グェルチーノといった画家たち、そしてラファエッロである。コレッジョについては、かれは『レダ』をポルポラーティの版画で所有し、またその著書で繰り返し『夜』(別題『羊飼いの礼拝』ドレスデン絵画館蔵)に言及している。かれはコレッジョについて「神々しい」という形容詞を用い、またラファエッロとティツィアーノとともに、イタリアの三大画家と呼んでいる。ベールが、コレッジョの描く女性やマドンナ、とりわけその顔に表れている微笑みを浮かべたやさしさに惹かれたのは明らかで、その点では、ルイニやラファエッロについても同様である。かれの書いた文章に「レオナルドの描く(当時はこのように思われていたが実はルイニ作)《ヘロディアス》に似た女性」は何度も登場する。

ラファエッロは別としても、これらの画家の作品は、ミラノやパルマやボローニャといった北イタリアの町に多数あって、ベールにとってはお馴染みだった。かれはローマに行っても、これらの画家の作品を探し出して観て歩くことにエネルギーを費やしている。『ローマ散歩』で頻出するのはボローニャ派の画家たちの名前なのである。

(3) 恋愛

ベールはグルノーブルで少年時代に観た芝居の女優キュブリー嬢に恋愛感情に似たあこがれを抱いたが、はじめてミラノに到着したときには、アンジェラ・ピエトラグルアという女性にひと目惚れをした。彼女は主計官ジョワンヴィル大尉の恋人で、大尉に彼女のところに連れていかれ、紹介された。褐色の髪をした肉感的な大柄な女性だったが、その顔立ちには美しく荘重なところがあった。そのとき彼女は二三歳で、カルロ・ピエトラグルアという店員の妻であった。ベールははじめて接したイタリア女性に強く心を動かされたが、そのときは友人の恋人ということもあって気持ちを告白することもなく帰国した。

かれがアンジェラに再会するのは十年後の一八一一年である。参事院書記官のかれは、パリでは馬車を購入するなど羽振りがよかったが、休暇を得てミラノを訪れ、彼女に逢いに行く。相手はベールを覚えていなかったようだ。パリですでに恋愛経験もあり、色男ぶりを発揮していたかれは、再会四日後には恋を告白する。こうして彼女を恋人にしてかれの休暇は思い出深いものになった。

アンジェラとの次の出逢いは、かれの《亡命》時代である。職もなくもはや裕福ではないベールに彼女は冷たかった。一八一四年の秋から冬にかけて、彼女の気持ちが離れていくことにベールは苦しむ。不和のすえ、翌年のはじめには一時ミラノを離れるが、結局彼女に翻弄され、この「ルクレツィア・ボルジア風の娼婦」と完全に決別するまでにはその年いっぱいかかった。

かれは回顧して次のように書く。

「太陽にあまりに近い空がはっきり見分けることができないのと同じで、わたしのアンジェラ・ピエトラグルアに対する愛の理性的な物語をするのはたいそう難しい。どうしたらあのような狂気を少しは理性的に語ることができようか」（『ブリュラール』第四六章）

しかし、そのベールはイタリアでもう一人の女性に恋する。かれがメチルドと呼ぶメチルデ（あるいはマチルデ）・デンボウスキーである。かれは一八一八年弁護士で自由主義者のジュゼッペ・ヴィスマラによって彼女を紹介されたようだ。メチルデは当時二八歳で二人の男の子がいたが、夫のヤン・デンボウスキーとは別居していた。ベールは彼女のサロンをしばしば訪れ、彼女に惹かれていった。しかしかれが恋の告白をすると、裏腹にメチルデはかれに対して冷たくなったようだ。ベールは自分の気持ちを手紙で訴え続け、自分が心から彼女を愛し、報いられない恋に不幸になっていると記している。

一八一九年五月メチルデはヴォルテッラの寄宿学校に入っている息子に会いに出発するが、ベールは十二日後に密かに彼女を追いかけてヴォルテッラに行く。しかしかれの下手な変装は見破られ、こんな風に彼女につきまとうことでひどく怒られる。かれは「デリカシーが欠けている」と言われたようだ。このあとベールは自分の行為の弁明を何通もの手紙に書き、今度はかれの手紙攻めが怒られる。ベールはメチルデの冷遇に耐えながら、彼女への恋心を抱き続け、彼女からやさしい言葉をかけてもらえるときを待ち続けていた。しかし、一八二一年かれは「生涯でいちばん苦しい決断」をしてミラノを去ることにする。メチルデに別れを言いに行った様子が、未完の自伝的作品『エゴチスムの回想』で記されているが、そこにはまた「ただ一人、この女性だけがわたしの未来の生活を変えることができたろうに」（第一章）と述べている。

ベールの『恋愛論』（一八二二）はこのメチルデに対する恋のさなかに書かれた。それは理論的な本のような外観を見せているが、そこに登場する恋愛はいつも報われない不幸な恋である。恋に不幸になっている男が主人公になっていて、ベールの自伝を思わせる部分がたくさんある。いずれにしてもメチルデへの恋なしには、この本は誕生しなかったことだろう。それどころか、この恋愛は、その後いくつもの恋があったにもかかわらず、ベールに生涯つきまとい、メチルデのイメージはかれのなかにいつまでも生き続けるのである。またかれは真の恋愛はイタリアにしかなく、他所ではその真似事しかないとも言っている。

3　結び

すでに述べたように、ベールはイタリアでかれの教養の大部分を形成し、文学の面でも、ミラノでのロマン主義文学者との交際から、かれの文学に対する考え方は相当に影響を受けている。かれは、墓碑銘に「ミラノの人」と刻ませようと考えたように、イタリアによって育てられたと言ってもいいように思われる。軍人ないし役人として、あるいは《亡命者》としてミラノで過ごした青年時代は、かれの一生を方向づけた。音楽や絵画や恋愛の発見は、かれを芸術のディレッタントにし、ドン・ファンにしたが、かれはいつも若い日のミラノを振り返る。そして『ブリュラール』に「ミラノは一八〇〇年から一八二一年まで、わたしがいつも住みたいと望んだ土地である」（第四六章）と書いている。かれのその後のイタリア訪問は、この若い日を取り戻すためであったかのように思える。チマローザを聴いたり、コレッジョを観たりすること、また女性に恋することは、かれを一瞬若い日に戻したにちがいない。

『ブリュラール』は、一八〇〇年ミラノ到着のところで中断しているが、かれは青年時代のミラノの日々を文字に綴り、自分のなかで具体的な記憶を蘇らせることに耐えられなかったようだ。この自伝的作品は一八三五年に着手され、翌年には放棄されている。そして、かれにとって馴染みの北イタリアを舞台にした小説『パルムの僧院』が着想されるのは一八三八年である。これは「ファルネーゼ家興隆の起源」というイタリアの古文書を入手したベールが、それをロマンツェット（短篇小説）にしようと考えたことがそもそもであった。しかしそれは長篇となり、一度着手すると、かれは口述筆記で短時日のうちに作品を完成させてしまう。そこにはかれの若い日の思い出が詰め込まれているのである。

『パルムの僧院』（一八三九）は、ナポレオンのミラノ入市の叙述から始まる。そして物語は一八一五年のワーテルローの戦いから王政復古時代を背景にして展開する。主人公はファブリスという青年である。かれはベールがこうもありたかったと思われるような美質を備え、父親とは敵対しているものの、女性たちに愛され護られている。かれは奔放であり、ナポレオンの崇拝者としてイタリア人ながらエルバ島を脱出したナポレオンに従って戦おうとする。また、マリエッタという女優とかファウスタという歌手に恋するが、クレリア・コンチにめぐりあい本当の恋を発見する。クレリアは主人公を愛するものの父親を裏切ったことを悔いて、父親の決めた貴族と結婚する。二人が宮廷で再会し恋を再燃させる際の前奏曲は、Ｐ＊＊夫人の歌うチマローザのアリアである（第二六章）。

『パルムの僧院』は決してベール自身の伝記的な細部を積みあげているわけではない。小説と生涯の事実を照合することで若き日の思い出を証明することはできない。そこには、ミラノや北イタリアの土地をはじめ、かれが青春時代に愛したものの多くを投入している。登場人物にしても、現実の誰かに、たとえばアンジェラとかメチルデに似ているわけではない。それにここには愛して報いられず不幸になっている男はいない。ベールが心のなかで描いた女性や恋愛、そして何よりもかれがあこがれた情熱的で高貴な魂が描かれる。イタリアとその思い出は、かれの内部に数かずのイメージを開花させ、それらがこの小説、ベール＝スタンダールの代表作のひとつに結晶しているといっていいだろう。

ドイツのスタンダール

スタンダールとドイツとの関わりについては、かれのイタリアとの関係が深いだけに、あまり注目されないようである。スタンダール、というよりもアンリ・ベールと本名で言った方がいいかもしれないが、実際、かれの五九年の生涯において、ドイツで過ごした日々はささやかなものである。つまり、長期滞在は一度だけで、それも一八〇六年から一八〇八年に至る足かけ三年、実質は二年間である。これについてはすぐあとで細かく見ることにして、そのほかは、まずその後の公務による三度の往復通過がある。一八〇九年のウィーン、一八一二年から一三年のモスクワ、一八一三年のシャガン（現ポーランド領シロンスク地方の都市）への旅によって、ドイツの南部（カールスルーエからシュトゥットガルト、インゴルシュタット）、北部（ケーニヒスベルクからベルリン経由マインツ）、中部（エアフルト、ドレスデンなどの都市）を横断している。いずれも皇帝ナポレオンが戦線を拡大しドイツに勢力を持っていた数年間のことである。最後に、晩年になって、もはや時代が移り変わってから、フランス周遊旅行の途次ストラスブールからライン河の対岸に出て、これに沿うようにして北へ向かいオランダまで歩いている。

さて、一八〇六年からのベールのドイツ滞在は、かなり強引なものがあったようである。というのも、ベールはパリでの暮らしが行き詰まっていたからである。親戚のピエール・ダリュの世話を受けてイタリアで軍務に就いていたものを、一八〇二年、十九歳のとき、休暇でパリに帰った際に辞任を申し出て、かれは気儘な道を歩んでいた。この間に、かれの文学的才能が磨かれたとも言われている。ところがマルセイユで友人と事業を興す計画を立てたがうまくいかなかった。結果として、生活に窮したベールは、再びピエール・ダリュに頼んで、軍務の斡旋を申し入れたが、ナポレオンのもとで権力を手にしていたピエール・ダリュも、この勝手気儘な遠縁の息子の申し出に簡単にはいい顔をしなかった。ベールは祖父のアンリ・ガニョンからダリュ家に話を通じて、ピエールを動かそうとした。

こうしてベールは、軍と占領地の総監督官となったばかりのピエールから、臨時の陸軍主計官補に就く話をもらうことができた。一八〇六年九月九日にピエールの弟マルシャル・ダリュに随行する了解を得て、十月十六日パリを出発した。およそ十日間かけて、フランス軍の入市とほぼ同時にベルリンに到着し、ナポレオンに付き従っていたピエール・ダリュと再会して、陸軍主計官補に任じるという通知を受け取った。そして十一月はじめに、マルシャルが監督官となったブラウンシュヴァイクに配属されることを知らされ、そこで任務に就くことになった。この町はベルリンから西へ直線距離にしておよそ二〇〇キロのところにあるニーダー・ザクセン地方の古都である。十一月十三日マルシャルとともにこの町に到着し数日後に任務に就くが、陸軍大臣から正式に主計官補職が承認されるのは、なお一カ月あまりのちの十二月十六日である。そこにはピエール・ダリュの尽力があったことは言うまでもない。

当時のドイツは、一八〇六年の八月に神聖ローマ帝国がナポレオンによって廃止されたため、皇帝という統括者を欠いた三〇〇以上もの単なる小国の集まりであった。エルベ河の東、現在のドイツ連邦共和国北東部からポーランドにかけての地域に、プロイセンが少しずつ国力を増大させ、中央部ではその影響力も大きかったが、フランスと接する西側では、七月に南のバイエルンとともに、ナポレオンに忠誠を誓う国々がライン同盟を立ち上げたばかりであった。プロイセンの主導でナポレオン帝国と対決するドイツ諸国は、ナポレオンの侵攻に対して立ち上がったものの、十月十四日に、西と南からバンベルクに集結したナポレオン軍にイエナついでアウエルシュタットの戦いで敗れ、同じ月の二七日にベルリン入市を許して、国土の大半をナポレオンのもとに引き渡す事態となった。

ブラウンシュヴァイクはその周辺地域と、カール・ヴィルヘルム・フェルディナント公が君臨するブラウンシュヴァイク＝リューネブルク公国を築いていたが、大公はプロイセン軍を率いてイエナ・アウエルシュタットで戦い、瀕死の重傷を負ってやっとのことで国に戻ってきた。ただちに末の息子フリートリヒ・ヴィルヘルムに公位を委譲して、ハンブルクに逃れ、十一月にその地で亡くなった。同年十月二六日、ビソン将軍に率いられたフランス軍が入市し、二日後に帝国の代表マルレゾンがナポレオンの名によって公国を占領、フリートリヒ・ヴィルヘルム公およびその一族のほとんどすべてと、大公にあくまでも忠誠を誓う貴族たちがそこから退去して、そののちに占領が公布された。公布と同時にフランス軍政府が樹立され、十一月十六日にはマルレゾンに代わって、監督官にマルシャル・ダリュが着任した。そしてフランス軍のもとで、従来の公国政府の役人が継続して行政を行なうことになった。はじめは動揺のあった市民生活もすぐに平穏になり、公国の時代と何らの変化も生じなかった。大公の宮殿だったレジデンツシュロスをはじめ貴族の館は空になり、フランス軍がそこを占拠した。監督官マルシャル・ダリュは大聖堂の執務部であったベヴェルン館に落ち着いた。しかしやがて、一八〇七年九月、七月のティルジット条約に基づきヴェストファリア王国がナポレオンによって建国されることになると、カッセルに王国の宮廷が開設される一方で、ブラウンシュヴァイクは王国の八県のうちの一つ、エルベ河からライン河に横に広がるオッカー県の中心都市に留まることになる。これまでのように曲がりなりにも国として独自に政策を実行することはできなくなったが、狭い国を囲む境がなくなり商業活動が自由に拡大できたので、商人たちはむしろ歓迎した。しかしそれもまもなく、フランスの商業政策の押しつけや、財政的な圧迫を受け、活動に支障をきたしはじめ、かれらは王国に敵対するようになっていく。

ブラウンシュヴァイクはもともと商業活動で栄えた国である。十九世紀初頭には町そのものの人口は三万人あまり。そのうち、少数の宮廷人、役人、軍人、僧侶などと、子供を除いて、大部分が大なり小なりの商業ないし産業活動に従事していたようである。しかもいくつかの家柄が公国でも重要性を占めるようになっていた。そのなかにルーヴェック商会を設立して成功したカール・フリートリヒ・ルーヴェックなどがいた。こうしたブルジョワを中心に、貴族、出版人、ドイツ全土に名を知られた公国の高等教育機関《コレギウム・カロリヌム》の教授・学者が集まり知的なサロンを形成し、そこでは世界の情勢が変化するなかで、あたかもプロイセンの啓蒙専制君主フリートリヒ二世の宮廷の伝統をそのまま引き継いだかのように、フランス語が話され、すべてがフランス風で、自由な議論が行なわれ、外部からの客人にも門戸を開いていた。それは占領下でも変わりなく、しかもこれら名士の主要なメンバーが組織替えのあった行政に参画していた。かれらはあまり占領の重圧を感じることなく、また監督官マルシャル・ダリュの人柄にも好感を抱いていた。

まだ二〇代前半、二三歳から二五歳までのアンリ・ベールが、ブラウンシュヴァイクでいかに過ごしていたかは、日記や手紙の残された部分から垣間見られるが、これに加えて、アンドレ・フランソワ・ポンセ著『ドイツにおけるスタンダール』（アシェット書店刊、一九六七）とヴィクトル・デル・リット&ヘルマン・ハルダー篇の論集『スタンダールとドイツ』（ニゼ書店刊、一九八三）、および目に触れたその後の資料を参考にして以下に探ってみよう。

第一に主計官の仕事だが、これは文字通りいわゆる陸軍の金庫番であり、卑しめてめし係なども呼ばれていた。一般に、軍隊の設備、装備品の調達、食糧の確保、宿営地での住まいや傷病兵の収容施設の獲得あるいは構築、その他雑務をこなすことになる。つまり、金銭的支出を伴うことすべてが仕事だと言っていいだろう。勿論、これらは書記の下にいる担当係が実務にあたるのだが、馬匹、車両、施設の管理、担当者や業者の監督などと仕事は限りない。戦闘要員ではないので、軍隊のなかではどうしても軽視されるが、こうした後方があってこそ、戦線は維持できる。ベールは最初デュポンという主計官のもとでこの仕事の見習いをするが、着任後の一八〇六年十二月二五日には早速に経理報告にパリへ派遣されている。

しかしかれの仕事はそうしたものだけでなく、監督官マルシャル・ダリュの補佐役ないし秘書役でもあった。ナポレオン軍は占領地でめぼしい美術品や書籍を収奪したことでも知られているが、ブラウンシュヴァイクでも同様である。とりわけ町の南郊ヴォルフェンビュッテルにあるブラウンシュヴァイク公の図書館には貴重な書籍、印刷術発明以前の数多くの写本が収蔵されていることで知られていた。確かゲーテの作品の源泉である民衆本『実伝ファウスト』の写本もこの図書館に所蔵されていたと記憶する。監督官マルシャル・ダリュは着任後まもなく、パリの中央美術館（のちのルーヴル美術館）館長のヴィヴァン・ドノンを伴って訪れている。そして、翌一八〇七年二月はじめにパリから戻ったベールに、選別して一覧表に示したおよそ四〇〇冊の書籍をブラウンシュヴァイク、ついでパリに送るように指示し、その仕事を実行させている。図書館には、マルシャル・ダリュ、ヴィヴァン・ドノン、そしてベールの三人の署名が入った受領書が残され、王政復古後にはそれに基づき貴重な書籍は無事返還されたという。しかし、こうした仕事を契機に、ベールはこの図書館を利用することを思いつき、書物を借り出しては読んだようで、同年九月二四日には図書館長のエルンスト・テオドール・ランガーに宛てて、所蔵のリシュリューの書簡のコピーを貸して欲しいという手紙が残っているし、翌一八〇八年には二度にわたって、八冊と五冊の書名を挙げて、所蔵していたら借用したい旨の手紙を書いている。

ベールは主計官補としての本来の仕事も少しずつ実施して、当地の陸軍病院に四〇床の補助ベッドを入れる見積書を作成したり、ブラウンシュヴァイクとヴォルフェンビュッテルの兵器庫における利用可能な運搬車両の数と能力を確定するための算出をしたりしている。

一八〇七年五月、主計官のデュポンに代わって、ベールは主計官補でありながら、資格としては主計官の役目を総監督官ピエール・ダリュから与えられ、町に駐留する兵員数やその所属を日常的に調べることや、陸軍病院の運営について常時監督することもかれの仕事になった。ピエール・ダリュはかれに装備品の在庫状況等を細かく報告するように求めることもしている。

一八〇七年十二月初旬に、それまでの国王代理に代わってジェローム・ボナパルトが国王としてカッセルに乗り込み、翌年一月議会が開会してヴェストファリア王国が正式に動き出すと、あらかじめ立案されていた行政区画、行政組織が実行に移され、多くのフランス人が移動することになった。マルシャル・ダリュをはじめ、ブラウンシュヴァイクの軍人、役人も移っていった。ベールはナポレオン皇帝の発令した主計官補に任命するという辞令をもらった。そして一八〇八年二月には、あらためて《オッカー県内の諸地区を知事と協力して治める陸軍主計官補》となり、それと同時にヴェストファリア王に直属する設備監督官を拝命する。これは一八一〇年にパリで、参事院書記官とほぼ同時に、帝室財産調査官に任命され、ドノンと仕事をすることになる道筋をつけたと考えてもいいだろう。

このあとも、ベールは役人としての能力を遺憾なく発揮している。一八〇八年のはじめには、ピエール・ダリュからの依頼を受け、県内諸地区の軍ならびに行政関係施設の正確な資産目録を作成させるために諸方に手紙を書き、あがってきた報告書をダリュに次つぎと送っている。この面倒な仕事は遅れながらも何とかやり遂げている。またダリュから、ダンツィヒを出発してミンデンに向かう擲弾兵の一隊のブラウンシュヴァイク通過に適切な措置を取るように依頼を受けるなど、数かずの仕事を受けては無事に実施している。そうした仕事を依頼するダリュの手紙は国立公文書館に、報告するベールの手紙はグルノーブル市立図書館のスタンダール文庫に残っているが、これらはデル・リット篇『スタンダール書簡全集』（シャンピヨン書店刊、一九九九年）に収められている。はじめベールに不安を抱いていたピエール・ダリュは、その仕事ぶりに満足して、あとではかれをパリに呼び戻し、参事院書記官に任命するように上申している。

次に、ブラウンシュヴァイクの社交界におけるベールの生活はどんなものであったろうか。ベールは、同じ軍人仲間のフランス人士官ないし役人の集まりにはあまり馴染むことができず、同国人では、やはりマルシャル・ダリュだけがほとんど唯一の友であった。マルシャルのもとで働くことができたという感謝と、また、当時三二歳だったマルシャルは仕事においても恋愛においてもベールの模範であり、つねにかれは称讃を抱いていた。ただ、一八〇七年の三月には正確には何が原因か不明だが、何かしらベールの名誉に関する問題でマルシャルとのあいだに不和が生じ、やっと一カ月後に和解するということがあったという。これは四月三〇日の妹ポーリーヌ宛の手紙の中に報告されている。そんなベールにとって、居心地のよかったのは地元ブラウンシュヴァイクの上流階級の社交界であった。上流階級の家庭は競って支配者のフランス軍幹部や行政官と交流を図り、またフランス側もたえず晩餐会や舞踏会を開いてブラウンシュヴァイクの名士たちを招待した。ベールはこの町の社交界に趣味のよさを見出し、かれの好奇心を目覚めさせ、精神を刺激し、想像力を掻き立てるものを発見した。かれは臆することなくサロンへ熱心に出入りするようになった。ここでも多分ダリュの親戚ということで、ベールは町の名士たちからもてはやされ、頻繁な交流を持つようになったと推測される。こうした交流は、仕事が忙しくなった一八〇八年には前年ほどではなくなったと思えるが、ベールがパリへ戻るように命令を受けてブラウンシュヴァイクを離れるその年の十一月まで続いたと見ていいだろう。

ベールはその社交界でとりわけカール・フリートリヒ・フォン・シュトロンベックと親交を持つようになった。一八〇七年には三六歳のシュトロンベックはヴォルフェンビュッテルの裁判所の陪席判事で、もともとフランス法学を学んでいた。かれはラテン作家の翻訳を試みる一方で、イタリア語やフランス語にも堪能な知識人で、イタリアには旅行したことがあった。そしてフランス文化に対して強い憧憬を抱いていた。ベールは話題も共通のシュトロンベックと友情を結び、信頼を寄せた。のちに（一八一一年）シュトロンベックはパリを訪れ、その地でベールと再会を果たしている。

ベールは毎日のようにシュトロンベックに会いに行き、時間のあるときは一緒に馬で散歩に出かけ、ときにはかれの別邸のあるグロッセン・トヴィルプシュテットに数日間滞在することもあった。シュトロンベックはベールを、フランス的な快活さを持った、並はずれて人のいい人物と『回想記』で述べているとのことである。

シュトロンベックには妻のアマリアと二人の息子がいたが、不幸なことに長男カールは、ベールがこの町に滞在中の一八〇七年十一月に死去した。妻のアマリアは、ベールによれば「母であって、それ以上のものでなく、完全に無能で、やさしく徳のある人だが、おそろしくのろま」であったという。一家にはほかに妻の妹のフィリピーネ・フォン・ビューローが同居していた。三〇歳過ぎのこの女性はベールのあこがれを掻き立て、かれはいつも日記で、その名前のまえに **céleste**（この世のものとは思えない）

という形容詞をつけて呼んだり、名前をギリシャ文字で綴ったりしているが、あるときシュトロンベックから、義妹を愛していて彼女もかれを愛しているものの、ドイツでは結婚の誓いを破ることはできないという話を打ち明けられて、彼女への想いは陰り、友情は変わらなかったが恋愛感情は薄れていった。もっとも、フィリピーネへの気持ちを薄れさせるような女性が当初からかれの視界に入っていたことも事実だった。

この一家の親しくしている友人に、もと大公の主席参謀だったアウグスト・ハインリヒ・エルンスト・フォン・グリースハイムがいた。ベールはこちらからも招待を受け、シュトロンベック同様に親しく訪れていた。チューリンゲンの由緒ある貴族の出であるグリースハイム家には、三人の娘がいて長女のアウグスタはミュンヒハウゼンと結婚していて、ヴィルヘルミーネはヘエルトというオランダ人の青年と婚約、またフィリピーネ（フォン・ビューローと同じ名である。区別するため一方をギリシア文字で綴ったのであろう）はアルベルト・フォン・ヴェデルと婚約していた。この一家はヴェストファリア王国が建国されたのち、国王ジェローム・ボナパルトからアウグストに仕官の要請があったのを断って国外に出た。アウグストはそののち反フランスの陰謀に加担して銃殺され、二人の娘の婚約者もナポレオンとの戦闘で死亡するという悲しい運命を辿るが、ベールが出会った頃が、いわばしあわせの最後の年だったと言えよう。なお、この三人の娘のほかに三人の息子がいたようだが、イエナ・アウエルシュタットの戦いで倒れたものか、その消息は伝わっていない。

ベールが、仲間うちでミネットと呼ばれるヴィルヘルミーネに心を動かされるようになったのはいつ頃からだろうか。一八〇七年のかなり早い時期からのようである。彼女は二〇歳でブロンドの顔立ちがとてもきれいな女性であったが、ベールはのちにスタンダールの名前で書く小説の人物描写と同じく、何処にも彼女の容貌、容姿を細かくは描いていない。「あのブロンドで魅力的なミネット。あの北方の魂。このような女性にこれまでフランスでもイタリアでも会ったことがなかった」と書くだけである（四月三〇日付、ポーリーヌへの手紙）。ベールは一八〇七年四月頃には彼女に夢中だったようだ。彼女には婚約者がいたものの、ベールの気持ちに気づかずにはいなかった。そして次第にかれの気持ちに引き込まれ、かれが彼女の友人のトロエンスフェルス嬢の方に気のある素振りを見せると、彼女はかれとの会う約束をすっぽかすといったことをして、コケトリーを見せた。六月十三日の日記に、彼女との会話が記されている。「ぼくはあなたを激しく愛していたし、今も愛している。あなたがヘエルト夫人になっても、出入りを許してくれる？——もちろんよ。でも当分はそうはならないわ」。シュトロンベック一家やグリースハイム家の令嬢たち、それにその令嬢たちの友人と一緒に、ベールは町はずれのカフェハウス《緑の狩人》に出かけたり、グロッセン・トヴィルプシュテット、またヴォルフェンビュッテルの森へ行楽に出かけたりと楽しむが、ミネットとのそぞろ歩きのなかで二人の気持ちは次第に相寄り添うようになった。六月二三日の日記では、トヴィルプシュテットへ出かけた際にラウニンゲンで、ミネットは一種の「愛の恍惚」を示し、ベールはそれを「誘惑」だと思ったと書いている。ミネットの婚約者はというと、かれはベールの気持ちに気づいていて、またミネットがベールの気持ちを無視していないことも分かっていたが、怒りも非難もしなかった。ベールはそんなヘエルト氏に感動し、そして困惑した。ヘエルト氏はシュトロンベックが開いたヴォルフェンビュッテルでのパーティーで、ミネットを愛していて、彼女にどこまでも付いていくつもりだとかれに語ったと、ベールは七月六日の日記に書いている。かれはシャルロッテとアルベルトを目の前にしているヴェルテルの心境だったことだろう。やがて終わる運命にある二人の恋は、どういう経緯を辿ったのか正確には分からない。夏には燃え上がった二人の気持ちは、秋には終焉を迎えたようだ。十一月九日には、日記に「ミネットに対する恋から立ち直った」とベールは書いている。そして、すでに書いたように、この年の末には、グリースハイムの一家はブラウンシュヴァイクを去っていく。ベールは一八〇九年、かれもブラウンシュヴァイクを発ってから、四月の日記でこう書いている。「ぼくがドイツで気に入っているものはどんなものもミネットの姿をしている」と。ベールがずっとあとになって、『アンリ・ブリュラールの生涯』のなかで愛した女性たちの名前を書き連ねるとき、ヴィルヘルミーネ・グリースハイムの名前を勿論忘れることはなかったが、そこには「いちばん貧しい」ことと「少しも財産のない将軍の娘」であったことが記されているだけである。すでに記したように、ミネットは婚約者をナポレオンとの戦いで失うことになるが、そのあと誰と結婚することもなく独身で生涯を過ごしたという。

このベールのブラウンシュヴァイクにおけるミネットへの恋は、スタンダール晩年の未完の大作『リュシヤン・ルーヴェン』第一部のなかで、リュシヤンとシャステレール夫人との恋のなかに形象化されている（本書一四五ページ参照）。そして、一つひとつ挙げないが、この作品はブラウンシュヴァイクの思い出に満ちている。第一にルーヴェンとは、発音では、ドイツ語の《獅子》のことであり、これは十二世紀の英雄ハインリヒ獅子公の建設した町ブラウンシュヴァイクの象徴である。今でも獅子像の立つブルクプラッツは町いちばんの名所であり、この町が《ルーヴェンシュタット》と呼ばれてきていることを思い出せばいい。《ルーヴェン》という名前にスタンダールはこの町の思い出を象徴させたのである。この小説のいくつかの表題の候補のなかに《緑の狩人》というのもあったことを、思い出すまでもない。

ベールはブラウンシュヴァイクで仕事と恋と、そしてほかに何を手に入れたのだろうか。このエコール・サントラル出の勉強家はつねに自分を鍛錬することに余念がない。かれはまずドイツ語を習得するために、コレギウム・カロリヌムの教授カール・テオドール・クーヒに週三回の個人教授を受けるが、習いはじめからドイツ語を「鳥のカアカアという鳴き声」だと悪口を言い、結局ものにならなかった。もっともかれの周囲ではドイツ人も流暢にフランス語を話し、ドイツ語を話す必要性はなかったので、それだけに身が入らなかったのだろう。ベールはドイツ語と同時に英語の個人教授も受けている。これは英語を忘れないため、またさらに磨きをかけるためであった。同じコレギウムのフランス語と英語の教授フリートリヒ・エンペリウスに、シェイクスピアをはじめとする文学作品の講読の指導を受け、こちらは成功している。かれは一八〇八年三月十八日と五月八日の日記でエンペリウスを「優秀な」語学教師だとほめている。それでは、講読によって親近感を深めた英文学に対して、ドイツ文学についてはどうかというと、ドイツ語同様あまり関心を示さなかった。劇作家になろうと考えている青年が、ドイツのロマン主義についてまったく耳目を塞いでいるのは仕方ないとしても、ヴォルフェンビュッテルの大公図書館でランガーの前任館長が、『ハンブルク演劇論』（一七六七～六九）の著者で詩人・劇作家のレッシングであったことを、ベールは聞いていたと思われるが、何の感慨も持たなかったようだ。そしてわずかに、ハルツ生まれの詩人ゴットフリート・アウグスト・ビュルガーの代表作『レノーレ』（一七七三）のテクストをシュトロンベックに訳してもらい、それを「感動的な詩」と妹のポーリーヌに伝えている（一八〇七年五月十二日付）。ドイツ文学のなかで、ベールはシラーを比較的高くかっているが、一八〇八年九月二〇日にブラウンシュヴァイクの劇場で『たくらみと恋』を観て、多分あらかじめ翻訳を読んでいたのか、「よい作品」と日記のなかで述べている。この程度である。

あらためて比べてみると、英文学はエンペリウスのもとで、かれが愛好する作家や読みたい作品を選んでは、旺盛に読んでいる。アーサー・マーフィーの編集した『サミュエル・ジョンソン著作集』をはじめ、英国のアリストパネースと呼ばれるサミュエル・フートの作品、『トム・ジョーンズ』（一七四九。ヘンリー・フィールディングの小説）、そしてかれがすでにル・トゥールヌールの仏訳で親しんでいたシェイクスピアの諸作品などである。かれはシェイクスピアのなかでは、「ほとんど完璧な作品に思える」と評価している『オセロ』に加えて、ここでの講読から『ジュリアス・シーザー』や『リチャード三世』が気に入ったと述べている。

それにしてもベールの読書量には驚嘆すべきものがある。その著者名や著作を挙げたとしたら大変なことになる。デスチュット・ド・トラシー、メーヌ・ド・ビラン、エルヴェシユス、コンドルセ、シスモンディ、リュリエール、アンシヨンなど、哲学者や歴史家の書籍が多いが、やはり劇作を志している青年は、モリエールを従前と変わらずに愛読し、またイタリアのゴルドーニやゴッツィの作品に親しんでいる。シェイクスピアをいちだんと高く評価していくにつれて、日記にはコルネイユや、とりわけ、ラシーヌに対する批判的な指摘が見られるようになる。

イタリアではあれほどベールを魅了した音楽については、ブラウンシュヴァイクではどうだったのであろうか。かれは一八〇七年六月にチマローザのオペラ『困った興行師』を町の劇場で観たと書いているが、当地では観たり聴いたりしに劇場へ行くばかりでなく、自分たちで演奏したり歌ったりすることが上流階級のなかに浸透していたようである。ベールが出入りするどのサロンでも、皆が音楽の心得を持っていた。かれはグルノーブルでの少年時代にヴァイオリンやクラリネットを習おうとしてそれぞれ個人教授についたが、ものにできなかった苦い経験があった。今度はピアノを習いたいと思いついたが、結局、フランス人の歌手デニス（フランス風の発音でドニ）を先生にして歌唱を習うことになった。そして一八〇七年六月から週二回のレッスンを受け、七月一日には、デニスとはじめて『秘密の結婚』（チマローザのオペラ）のなかのジェロニモとロビンソン伯爵が歌う二重唱「あなたのからだが呼吸し続けるかぎり」を歌ったと日記に書いている。また十月六日には妹への手紙で、「調子っぱずれの声で口ずさむチマローザの小アリアは、二時間のくだらない書類作りを癒してくれる」と書いている。スタンダールは音楽を聴いて心を癒したばかりでなく、歌ったのだ！

ベールにとって、このブラウンシュヴァイクにおける音楽のうえでの大きな出来事は、モーツァルトの発見である。かれはその名をどこで知り、その音楽をどこで聴いたのだろう。この町ではベールが到着する前に、『魔笛』が上演されていて、町の社交界では作曲家の名前は知れわたっていたから、音楽よりも先に名前がかれの耳に入ったのかもしれない。しかし、それを教えたのは歌唱の先生のデニスであろう。というのもデニスはこの年（一八〇七年）の暮れに町の劇場で『ドン・ジョヴァンニ』をプロデュースしているからである。ベールはこれについては何も書いていないが、デニスの生徒がそれを観に行かなかったことなどありうるだろうか。かれは肝心なことを書き残さない場合が多い。しかし、モーツァルトについて、ベールは先に掲げた妹への手紙のなかで、『ティトゥスの慈悲』『ドン・ジョヴァンニ』など六作品の本を同封して、次のように書いている。

「愛するポーリーヌ、同封するのがモーツァルトの主要な作品だ。かれは天性の音楽家だが、北国の魂の持主だ。この魂は、南国の穏暖な風土がその住人のなかに生じさせる激情や優しさよりも、不幸や、不幸のないときの静穏さを描くことにいちだんと適している。観念でも、感覚でも、かれはイタリアのすべての凡庸な作曲家たちよりも遙かに好ましい、と芸術愛好家たちは言っている。しかしながら、かれは総体的にチマローザには程遠い。ぼくがおまえに送りたいのはこちらの方だ。『秘密の結婚』や『タラントの皇子』を読むように努めなさい」

ここにはまだ後年のモーツァルトへの熱中は見られない。相変わらずチマローザ一辺倒であり、モーツァルトへの評価も自分自身の下すものではない。かれがさらにモーツァルトと接近するのはウィーンを訪れたときになるだろう。やがてチマローザとモーツァルトの音楽を並べて、どちらが上とは言えず、この二人の歌だけが完璧に美しいと思い、かれにとってこの二人の作品は「いつも聴いたばかりのものの方が少しいいと思われる」ようになるのである（『アンリ・ブリュラールの生涯』第三七章。本書四八ページ参照）。

芸術への関心については、美術館などで絵画や彫刻などの作品を鑑賞する機会はなかったようで、そうした記録はどこにもない。イタリアと違って芸術作品に囲まれた環境になかったことは言うまでもない。しかし、かれの部屋には町で見つけたラファエッロの聖母像やクロード・ロランの風景画に並べて、この二人の巨匠とは格段に差のあるラファエル・モルゲンの版画がかけてあることが日記のなかに記されている。これがほんとうだとすれば、一般にはこうした美的感覚は理解しがたいと思われよう。だが、かれの観点は違う。かれはこれを南方と北方を対比するためだと言っている。

ベールの楽しみに関しては、日記によれば、レッスンを受けて修得した乗馬を楽しんだり、ピストルの射撃に夢中になって興じたり、ヤマウズラやカモ、ウサギの狩猟に出かけたりもしているが、やはり郊外への行楽が多かったようである。ヴォルフェンビュッテルには九回出かけたと記しているが、ここには仕事で足を運んだことも含まれるのかもしれない。その土地は、今でもアルテマルクト広場を中心にした古い街路とそれを取り囲む気持ちのよい森を擁して、別荘、プチ・ホテル、レストラン、カフェなどが散在し、ハイキング、ウォーキングやジョッギング、サイクリングの愛好家を集めている。ベールは森への行楽や遠乗りで仕事の疲れを癒していたのだろう。森のカフェハウスでは音楽の演奏もあり、ダンスもあった。遠方への外出では、シュトロンベックと一緒に、魔女が箒に乗って集まるという伝説があるハルツ山中の最高峰ブロッケン山（一一四一メートル）に泊まりがけで出かけている。ハルツではまた別の機会にドロテの地下鉱山にも降りている。そしてハルベルシュタット、ハノーヴァー、カッセルといった近くの町への旅も楽しんでいる。

こうしたかれの生活を見ていると、ブラウンシュヴァイク滞在は非常に充実していたように見える。

しかしかれ自身は、一八〇八年になるとつねに退屈を覚え、日記にはこの町にうんざりしている様子が頻繁に記される。愛する女性を失ったあとでは、ただ生理的な欲求から、金持ちのオランダ人クーテンドヴィルデに囲われているシャルロッテ・クナーベルフーバーという二三歳の女性と寝ていることが、一行記されているだけである。オッカー川とその川の作り出した池と湿地に囲まれて夏は湿度が高く、そして十月一日には火が欠かせないくらいに冬が早くに到来する北の町は、イタリアの青い空を知るかれには耐えがたいところがあったのかもしれない。かれは南にあこがれ、一八〇八年四月に、ピエール・ダリュがカッセルからパリに戻り、マルシャル・ダリュもスペインに行くと聞いて、自分もスペインに行けないものかと、ダリュ兄弟の母などに手紙を書き、祖父のアンリ・ガニョンにもダリュ家に手紙を書いてくれと頼んだことが日記に記されている。かれのこうした頼みがかなえられたのかどうか分からないが、かれはパリに行くように命令を受けて、一八〇八年十一月十三日にブラウンシュヴァイクを出発する。

しかし結果的に、ブラウンシュヴァイクはかれが生活した唯一のドイツの町、その住人と交際してドイツ人という民族を知った唯一の町であり、それゆえに、イタリアとあらゆる点を比較し幾多の考察を巡らすことを可能にしたのである。われわれはかれが『ローマ、ナポリ、フィレンツェ』などの紀行文や、『恋愛論』で、ドイツとイタリア、ないしは北国と南国を対立させるとき、かれの頭にはつねにブラウンシュヴァイクのことがあったと考えてよいのではないだろうか。

スタンダールと愛国心

はじめに

ここでは、スタンダールが、いわゆる《愛国心》をどのように考えていたかを探ろうと思う。スタンダールの生きた時代は、王政から、フランス革命による共和制、ナポレオンの帝政、復古王政、そして七月王政へと体制がめまぐるしく変化し、その間にフランス国民が国家意識に目覚めていった時期にあたる。

そうした国民国家意識形成の糸口であったフランス革命のそもそもは、全国三部会に集った第三身分のブルジョワを核に下級貴族と僧侶の一部が合流して国民議会ついで憲法制定議会を構成したところから始まっている。その段階では、革命はまだフランスの一般民衆と遠いところにあった。民衆（とりわけパリの）は、食糧不足と困窮から小さな騒乱を頻発させてはいたが、差し迫った目前の生死に関わる利害しか問題ではなかった。かれらを革命勢力に引きつけたのは、やはりバスティーユにおける国王の軍隊の民衆に向けての発砲や、民衆に背を向けての国王の逃亡といった具体的な事件が、大きな要因であった。そして何よりも、近隣の列強諸国がフランスを包囲して、威嚇する姿勢を見せたことが国民的結束へとかれらを動かした。スタンダールは言う。

「民衆が力を持ち、なにものかであるのは、かれらが怒っているときだけである。怒っているとき、民衆はいかなる犠牲をも辞さない」（『ナポレオンに関する覚書』一八三六年執筆）

周知のとおり、フランスの革命政府は、貴族階級を中心とする国内の反革命勢力と戦わねばならなかっただけでなく、反革命勢力が援助を求め、また革命の波及するのを恐れてフランスの革命政府を潰そうと企図する近隣の旧体制の国々と戦わなければならなかった。まず、一七九一年、神聖ローマ皇帝レオポルト二世とプロイセン国王フリートリヒ・ヴィルヘルム二世がピルニッツで会談し、フランス王家への支援と革命政府への武力行使の可能性を宣言して、敵意を明らかにした。このあとは、フランスの革命政府がオーストリアへ宣戦布告をすることになり、プロイセンとはヴェルダンついでヴァルミーで戦いを交えなければならなかった。とりわけ、一七九三年に国王ルイ十六世を処刑してからは、列強諸国は対仏大同盟を組み、フランスは四面楚歌の状況に置かれた。国内をまとめることに腐心する政府は、一方で、外国の介入を排除し、また同時に諸国にフランスの新体制を受け入れさせるために、戦争に突入することが避けられなかった。

言うまでもなく、こうしたなかで頭角を現したのが軍人のナポレオン・ボナパルトである。一七九四年のトゥーロン攻撃で名を挙げ、九五年十月（革命暦でヴァンデミエール＝ぶどう月）の王党派の暴動を鎮圧し《ヴァンデミエール将軍》の異名をとり、その翌年にはイタリア遠征軍を率いて、当時はオーストリアの支配下にあったミラノを占領、その破竹の勢いはフランスの栄光を担い、個人崇拝すら巻き起こした。

フランス国民の軍隊を率いたナポレオンの対外的な戦闘の勝利によって、かつて国王の臣民であったフランスの民衆は、このときはじめて自分の国というものを意識し、自分がフランス国民であると意識したと言っていいだろう。

1

スタンダールは自伝的作品『アンリ・ブリュラールの生涯』（一八三五〜三六執筆。以下『ブリュラール』と略す）で、革命時代を回顧して、かれの父とその友人たちは王党派であり、かれらがルイ十六世の死刑判決と処刑を嘆き革命政府を呪っていたのに対し、幼いかれは国王の死を熱望していたと書いている。そこにはかれが父とその仲間の僧侶やブルジョワに対して抱いていた反発の感情が潜んでいるが、国王が神聖ローマ皇帝と結託してオーストリア軍を革命政府の軍隊に対峙させ、自国の軍隊に銃を向けさせたことで、国王を裏切者と考えていたとも書いている。はたして、一七九三年には十歳であったアンリ・ベール（スタンダールの本名）がそこまで考えていたものか疑問符を置かざるをえないが、国王の処刑という前代未聞の事件は、かれのまわりの反応に見られるように、広く革命政府に対する反感を引き起こしたことは言うまでもない。これは、永きに渉って、フランス国民であるということが、フランス国王の支配（考え方によっては庇護）のもとにいることであり、国王はいわば一家の長であるという漠然とした意識が浸透していたからである。ルイ十四世の《朕は国家なり》という有名な言葉ではないが、いわば国王が国家であったゆえに、その主人を亡くすことは、一部の国民に国を失ったような思いさえも抱かせたことであろう。スタンダールの指摘によれば、革命政府のルイ十六世に対する処遇については、「あたかも親友か身内に対するものであるかのように」心配されていたのであった。

スタンダールは『ブリュラール』の同じ箇所で「必要なときには祖国のために死ぬことが厳しい義務だと考えていた」と記している。かれがここで言う「祖国」は、国王を主人に頂く王国ではないことは言うまでもない。「祖国 patrie」という言葉自体は、ラテン語のパトリア（父の国）を語源とする古い言葉だが、一七九二年、革命政府の支援にフランス各地から連盟兵が参集したなかで、マルセイユの兵たちが歌う《ラ・マルセイエーズ》の「いざ祖国の子よ、栄光の日は来た」というルージェ・ド・リール大尉の詞によって、当時人口に膾炙した単語である。スタンダールが帰属意識を抱くのは、革命によって九二年に誕生した共和国なのである。おそらく、民衆は未だ見たことのない共和国に対する不安が大きかったろうし、革命政府のなかで繰り返される権力闘争と、恐怖政治（九三年から翌年にかけての、革命や現下の権力者に反対する者の粛清）は、未来を暗く感じさせたことであろう。しかしながら、若い世代は、そこに希望を抱き、とりわけナポレオンがイタリアにおける戦闘でオーストリアの軍隊を撃破していくに及んで、共和国に対し祖国愛を感じはじめていた。スタンダールは一八三六年に『ナポレオンに関する覚書』（以下しばしば『覚書』と略す）で次のように書いている。

「未だ子供に属する年頃に体験した共和主義的美徳に対する熱狂。戦いの相手である国王たちのやり方に対して抱き、さらにはかれらの軍隊が実行していた単純極まりない軍隊の慣わしに対してさえも抱いた憎悪に近い極端な軽蔑。これらが、一七九四年のわが国のたくさんの兵士たちに、フランス人だけが道理をわきまえた存在であるという感情を抱かせたのであった。自分たちをつなぐ鎖をそのままにしておこうと戦うヨーロッパの他国の住民は、われわれから見れば、情けないバカか、われわれを攻撃している専制君主たちに身を売ったペテン師としか映らなかった」

スタンダールは一般化しているが、これはかれ自身が青年時代以降に抱いた思いであろう。対外戦争に備えて一七九三年から募兵が始まっているが、それに応募した兵士のどのくらいが、「道理をわきまえた」国民としての意識を持っていたのか。また前線で戦うこうした兵士は別にしても、共和制のフランスは、当時国内でどのくらいの民衆の支持を集めていたのだろうか。国内の混乱が続くなか、九六年にはナポレオンの第一次イタリア遠征が始まるが、すでに述べたようにこの遠征における戦闘の勝利の一つひとつが、民衆を共和国へ結束させていった。スタンダールは「熱狂こそが、共和国を維持するために必要不可欠なものである」（『覚書』）と述べているが、この戦勝は熱狂を煽り、危機にある祖国への愛を掻き立てたのであった。

こうした共和国とそれを代表する軍人ナポレオンへの共鳴を背景に、英国軍を討伐することを目的にインドへ向かい、エジプトで引き返してきた当のナポレオンは、一七九九年十一月九日つまりブリュメール（霧月）十八日に武力で議会を解散させ、権力を奪取することになる。祖国という漠然としたものへの愛は、もっと明瞭に目に見えるナポレオンという個人に対する崇拝を通して定着していくが、それは愛国心を煽ることから、国家主義、さらには極端な愛国排外主義（フランス語のショーヴィニスムないしは英語のジンゴイズム）の方向に人心を転回させはしなかっただろうか。

2

スタンダールは先に見たように、共和制の祖国を愛する《愛国者》であった。かれは一八〇〇年の第二次イタリア遠征に従軍し、それを誇りとしているが、それは偶々かれの遠縁にこの遠征軍の監督官に任命されたピエール・ダリュがいて、エコール・ポリテクニーク（理工科学校）に入ることを目的にパリに出てきたものの、それを翻意してダリュ家の厄介になっていたかれとしては、ピエールに従うのに愛国の情は関係なかった。かれは非戦闘員として参加し、糧秣の調達や経理事務を行ない、翌年には少尉に任官している。スタンダールの軍歴は、ナポレオンが皇帝を退位する一八一四年まで、断続的なものであるが、帝政時代には主計官補としてのドイツでの任務、モスクワ退却での糧秣の確保などに従事している。それは作家の十七歳から三一歳までにあたり、かれの青春はナポレオンが君臨した時代と重なる。つまり、ナポレオンはかれの青春だった。スタンダールがナポレオンを語るとき、一種のスターに対する憧憬のようなものが付きまとい、ナポレオンを見たことを得意に語る様が見られる。ただし、ナポレオンを終始称讃しているわけではない。その軍人としての功績は評価するものの、皇帝となり独裁の道に突き進んだナポレオンに対してはのちに厳しい考えを述べている。かれはナポレオンを「専制君主」と呼ぶことをためらわない。スタンダールは前述の『覚書』の「まえがき」で次のように書いている。

「一七九七年においては、皆はかれ（ナポレオン）を留保なしに熱烈に愛することができた。かれはまだ祖国から自由を盗み取っていなかった」

スタンダールはつねに、ナポレオンの功績は認めながらも、皇帝になってからの態度や行為、おのが祖国に対する功績を自讃し、自ら栄光をまとうようになったことを、のちに批判的に書かざるをえなかった。スタンダールは同書で「ナポレオンは、皇帝の称号を獲得することによって、自らの生涯を深刻な喜劇に陥らせている」とも書いている。

しかし、ナポレオンのもとで勤務していたとき、かれがナポレオンを批判的に見ていたかどうかははっきりしない。上司の命令に従ってとりあえずは仕事に専念していたと受け取ることができる。またかれはことさらに自分が祖国を愛していることを公言するようなこともなく、国のために軍隊で働くことがそのまま祖国を愛することになるとあらたまった認識を持っていたわけでもない。フランスは共和国から帝国へと変貌していくのだが、そうした変化を批判的に見ていた様子も伝わっていない。

スタンダールの文学的出発は、一八一四年に王政復古となり、軍人の仕事から放り出されてからである。フランスで新しい仕事にありつけず、ミラノで無為徒食の生活を始めてから、かれは本格的に執筆活動を開始するが、そこでは当然三〇年の前半生が、ミラノの現在と同時にかれの執筆素材となる。しかし共和制から帝政時代にかけての政治や社会に関する著作物は、生涯を通じて、死後に出版されたナポレオンに関する未完の下書きにすぎない二つの著作、つまり一八一七年から翌年にかけて執筆した『ナポレオン伝』と、それからほぼ二〇年後に着手し放棄した前述の『ナポレオン覚書』があるだけである。時代も移り変わり、帝政時代の一八一〇年に復活した出版物の検閲は復古王政、七月王政にも引き継がれ、時の政府にとって不都合になるものを発表することができなかったという事情もあるのだろうが、革命政府や共和国フランスを正面から取り上げた著作ないし草稿はない。

『ナポレオン伝』は、ミラノで出会った人びとにかれが見たナポレオンについて語ったことを核として、スタール夫人の『フランス革命の主要な出来事に関する考察』（一八一七）におけるナポレオンに対する誹謗への反発を契機に筆を取ることになったもので、スコットランドの雑誌『エディンバラ・レヴュー』の記事のほか多くの資料をスタンダール流にアレンジしている。しかし、これはうまくまとめきれないままに完全に下書きで終わっている。一方『覚書』は、ラス・カーズによるナポレオンの回想録『セント・ヘレナ日記』全六巻（一八二三〜二六）出版後に、この新資料をもとに再度ナポレオンに関して書きはじめたものだが、同じように完成していない。英雄とほぼ同時代を生きた作家としては、その時代とともにナポレオンの全貌を書き残したかったのであろうが、この壮大な意図は実現できなかった。

スタンダールがこれらの著作において注目するナポレオンの術策のひとつは、その栄光礼讃である。つまり、祖国愛を煽るやり方である。ナポレオンはレジョン・ドヌール勲章を創設し、祖国に対して功労をたてた人物を顕彰したが、スタンダールは「祖国の役に立った人はことごとくこれをもらった」と書いている（『ナポレオン伝』）。またこうも書いている。

「薬屋の店裏でどんなささやかな仕事をしている小僧も、もしも大発見をすれば、勲章を貰って伯爵に叙されるであろうという考えに煽られていた」（同書）

この考えは同時期に出版された『一八一七年のローマ、ナポリ、フィレンツェ』（以下『一八一七年のローマ、ナポリ…』と略す）でも繰り返されるが、かれの代表作『赤と黒』（一八三〇）のなかでは、ナポレオンを崇拝する主人公ジュリヤンが、時代の推移によって、戦争で手柄を立てて出世することがかなわないために、僧侶になって世に出ようとする、ということになる。ナポレオンと愛国心の高揚は、出世ないし褒章を媒介にして結びついている。

3

スタンダールは留保なしにナポレオン・ボナパルトを讃美することも、自国を称讃することもない。繰り返すが、かれは祖国に対する愛をわざわざ喧伝することもない。むしろ、自国を讃美することを「控えの間の愛国心」と言って軽蔑している。この表現は『一八一七年のローマ、ナポリ…』ではじめて登場するのだが、チュルゴがド・ベロワの悲劇『カレー攻囲』について言った言葉としてだけ紹介され、のちに『恋愛論』（一八二二）の第二巻においても同じ紹介が繰り返される。そして『ローマ、ナポリ、フィレンツェ（第三版）』（一八二七）では、次のようにエピソードとして説明されている。

「一七六三年頃、『カレー攻囲』がもっともバカげた、またもっとも国民的な成功を獲得した。詩人のド・ベロワは、のちに他の人にも利用された、自国民におもねるという金になる考えを抱いたのだ。デイヤン公爵がある日この悲劇を嘲笑した。〈では、きみはボン・フランセ（よきフランス人）ではないのか〉とルイ十五世はかれに言った。――〈殿、悲劇の詩句がわたくしめほどにもボン・フランセ（よきフランス語）であればよいのですが〉

自国を愛し、媚びへつらいのなかに阿呆とペテン師とのやりとりしか見なかった賢明なチュルゴは、ベロワ殿の卑しいお世辞を称讃するお人よしの心酔に、控えの間の愛国心と名付けた」*（傍点は原文イタリック、以下同）

*このエピソードは、スタンダールが愛読していたフリードリヒ・メルヒオール・グリム（一七二三～一八〇七）の『文芸通信』（一八一二～一三刊）に掲載されているとのことである。イヴ・アンセル他編『スタンダール事典』（二〇〇二）参照。

スタンダールはこの説明に続けて、こう付け加えることも忘れない。

「ボナパルトはド・ベロワを真似て、フランス国民を服従させたいときに、かれらに偉大な国民と呼びかけた。かれ自身この手品を自慢している」

つまり、自国や自国民をもちあげ称讃すること、またそれに同調することをこう名付けていると言っていいだろう。スタンダールは上記二つのイタリア紀行文で、この「控えの間の愛国心」がイタリアの大きな欠点であると指摘する。当時イタリアはまだひとつの国家として統一されていないで、小国に分裂していた。そして、それらのそれぞれ伝統を持つ国は張りあい、住民たちも自国（つまり自分の地方や町）に対する矜持が強かった。スタンダールがイタリアの各地でぶつかるそのお国自慢に辟易としている様子さえ見られる。

「チュルゴ氏の言う控えの間の愛国心は、イタリアの一大滑稽事である。それぞれの町は自分の町の拙劣な作家たちを夢中になって擁護している」（『一八一七年のローマ、ナポリ…』五月二日）

他の箇所でも、イタリアでは愛国心（愛郷心）はどこにでもあり、「町の栄光」を擁護することに熱心で、少しでも批判を加えると瀆聖になる、と言っている。スタンダールは、イタリアの各都市がそんな状態にあるうちは統一がおぼつかないと書かざるをえない。ある町は別な町を嫌い、国民が一致団結できないと指摘している。かれはこの事態を裏返しにして、支配するためには分割することが近道だという法則のようなものを導き出している。

スタンダールがこうした排他的な愛国心を嫌っていたことは、のちにフランスに戻ってから、英国の劇団によるシェイクスピアの上演が妨害されるという事件に遭遇し、これに対して『ラシーヌとシェイクスピア』(一八二三)を発表したことにも見られる。この事件は、一八二二年の七月に英国の劇団がパリに来て、ポルト・サン゠マルタン劇場で『オセロ』を上演したが、観客の妨害にあって途中で中止となり、日を改めて小さな劇場で上演することになったというものである。これは、一八一四年に英国をはじめとする連合国にフランス(帝国)が敗れたことを根に持っていた市民の暴挙だった。スタンダールはこの見当はずれの愛国心に対して、早速『パリス・マンスリー・レヴュー』の十月号と翌一八二三年の一月号で、純粋に文学的な立場から反論を加えた。フランスのどんな新聞も、フランスの演劇が世界第一級の演劇であり、唯一の合理的演劇であると宣言し、これに反論することが許されない状況を述べたうえ、スタンダールはシェイクスピア演劇の優れている点を明らかにして、これを擁護しているのである。そして、シェイクスピアが英国人であるからといって、これを口笛でやじることが国家的な名誉心の発現であると思っている人びとを批判している。『ラシーヌとシェイクスピア』は、古典派に対するロマン派の文学的対立という構図の根底で、当代のフランス人のものの見方の偏狭さを告発している。

4

スタンダールのものの見方は、国家主義のはびこるなかで、優れているものはそれがどこの国のものであれ、優れていると認めるというものであり、これは今から見れば至極あたりまえのことである。その一方で、反対に厳しい目を向けることもあり、自国のものに対してはことさらであるようだ。かれは、フランスの音楽や美術については、つねに否定的である。たとえば次のような書き方をしている。

「フランス人がいつか音楽を理解するなんてありえない。この点では、かれらはきわめて著しく誤った才能を持っている。似て非なるものに拍手を送り、美しいものは平凡だといって見逃す」（『一八一七年のローマ、ナポリ…』）

「美術に関するかぎり、フランスはなんとしても小ぎれいの域を出ない」（『恋愛論』第二巻）

スタンダールはこうした否定的な書き方をすることでフランスの読者の反発をかうことを予測して、『ローマ、ナポリ、フィレンツェ（第三版）』のなかで、皮肉を交えてこう書いている。

「ほんとうの愛国者はこの本を火に投げ入れて、しかもこう叫んだにちがいない。著者はフランス人ではない」

自国を讃美する者が愛国者としてまかり通っているのが実状なのである。スタンダールも決してフランスの優れている部分を無視しているわけではないが、いわば自画自讃になるような書き方はしていない。それこそ、ともするとかれの言う「控えの間の愛国心」に陥りかねないからである。スタンダールはそうしたことで愛国心をひけらかすことが、何かしら胡散臭いことであるのを熟知している。

かれは、王政復古時代、再びオーストリアの支配下に組み込まれて独立できないでいるイタリアに滞在しても、優越感をちらつかせることはない。フランスは革命を経ている兄貴分の国であり、そうした国から来た人間としてイタリアの現状と未来を考える。自国を自慢することなく、かれはこう述懐する。

「フランスはヨーロッパでいちばん幸福な国であると思う」（『一八一七年のローマ、ナポリ…』）

そしてまた、自国を批判的に見て、こうも言う。

「フランスは滑稽と一大首都の専制的支配によって、独創性を失っている」（同書）

スタンダールはイタリアにいて、むしろ自国の欠点、劣った点の数かずを探し出す。イタリアないしイタリア人は、フランスとその国民について様ざまなことを気づかせてくれる。かれはフランス人について、虚栄心が強く、気取りやで、目立ちたがりであることを指摘する。そして、フランス人お得意の、機会を捉えては洒落た表現をひねり出そうとするエスプリ（機知）についても、かれは我慢ならないと感じる。そこには他を見て、自らを振り返るという姿勢が感じられる。これは、場合によってはフランスよりもイタリアをもちあげているようにも見えるが、イタリアについても決してメリットだけを書いているわけではなく、先に触れた「控えの間の愛国心」もそうであるが、青年のなかに蔓延するペダンティスムがこの国を毒していることなど、イタリアにおける問題点を指摘し、それを改めるように強調している。かれは、愛するイタリアがオーストリア支配下で不振を託《かこ》っていることを嘆き、その国民を鼓舞するようなことを書いている。そして、自由を希求しているものの、自由のメカニズムを研究することを怠り、ただひたすら共和制にあこがれて、「ある朝天使がそれを運んできてくれると思っている」（同書）と手厳しい。

しかしフランス人である作家は、フランスについて悪く言われることにはやはり反発を感じないではいられない。それは『一八一七年のローマ、ナポリ…』におけるヴィットリオ・アルフィエーリに関する記述に見られる。この記事のほとんどは一八一〇年一月の『エディンバラ・レヴュー』からの借用であるが、スタンダール流にアレンジしている。

アルフィエーリは、スタンダールが二〇歳頃に劇作を試みたときのいわば師である。スランダールはまず翻訳で作品を読み、ついでイタリア語版を入手して、このイタリアの劇詩人を手本に文体と作劇術を学び、またこの詩人の劇中に見られる少し過激な政治思想に共感して、かれを共和主義者として敬意を払っていた。しかし、その熱は時とともに覚めはじめる。スタンダールは『一八一七年のローマ、ナポリ…』の五月十一日付では、アルフィエーリが民衆の側に立つようなポーズを取ったが、貴族に生まれた本性が現れて、革命を成し遂げたフランスとフランス人を憎悪する「極右反動以外の何ものでもない」と決めつけている。それがアルフィエーリの書いた「フランス人嫌い Misogallo」という詩のせいであることが窺われる。

スタンダールは『ローマ散歩』（一八二九）のなかでは次のように書いている。

「これらの連中（イタリアのへぼ詩人）は、アルフィエーリのすべてを、フランス人に対する愚かな怒りまでも、模倣している。狭量なアルフィエーリは、（パリの）パンタン税関で千五百巻の犢《こうし》皮装幀本を没収されたことで、ヨーロッパやアメリカに両院をもたらすはずのあの革命を絶対に許さなかった」

これらのアルフィエーリ批判では、スタンダールは努めて客観的であろうとしているが、そこに愛国の情を滲ませている。スタンダールの言説のなかには、フランスとフランス人を憎むアルフィエーリに対してよい感情を持っていないことが現れている。

5

スタンダールは、生まれ育ったフランス南東部の町グルノーブルに対して、繰り返し「憎しみ」を吐露している。そこで幼少の頃に愛する母を失い、父に対しては反発を抱き、さびしい日々を過ごしたために、少年時代にはこの町を早く出たいと望んでいたという。かれは『ブリュラール』で、次のように書いている。

「グルノーブル、それは父を意味したが、そこを去りたいという情熱、そして数学に対する情熱が、一七九二年から九九年まで、わたしを深い孤独に投げ込んだ。数学はこの町を出るための唯一の方法だった。わたしはこの町を憎んでいたが、今もそれは変わりない。というのも、わたしが人間を知ることを学んだのがこの町であったからだ」

実際、スタンダールは一七九九年にパリのエコール・ポリテクニークに入学するためにグルノーブルを出て以来、郷里へはイタリアへの行き帰りの際に短期間立ち寄ったり、妹ポーリーヌの亡夫の遺産問題の処理や父の遺産相続などの用件で帰ったりと、滞在は数えるほどである。まして、この町に帰って住むことなどは考えてもみなかった。そこには一種の心的外傷があったと思われる。『ブリュラール』には故郷での数かずの思い出が細かく記されている。にもかかわらず、かれの郷里に対する感情はよいものではなく、いわゆる愛郷心なるものは不在である。

しかし、だからといって、首都のパリに着いて、そこがすぐに気に入ったかというと、そういうわけではない。かれは同じく『ブリュラール』で書いているが、「パリと数学の勉強にあこがれていたが、山のないパリにとても激しい嫌悪感を抱き」、山に囲まれたグルノーブルの町に郷愁の気持ちさえも抱くのである。それでもパリを愛したのは、グルノーブルを嫌っていたためであるとかれは洩らしている。

そのスタンダールがいちばん親近感を抱くのはイタリアのミラノである。かれは、一八〇〇年にナポレオンの第二次イタリア遠征軍に従ってこの町を訪れて以来、何度か来訪し、王政復古時代には一八一四年から二一年まで暮らしている。かれ自身はすでに中年の域に達していたが、この町でイタリアを知り、音楽や美術に親しみ、イタリア女性を愛し、文人たちとの交際を広げてかれの教養を培うことになる。

ミラノ滞在で、かれはイタリア人のなかに自然さと善良な気質を発見し、いわゆる《人のよさ》にフランス人との対極を見る。かれはイタリア人に気やすさを感じ、フランスにいるときに抱く用心、つまり《滑稽》に陥らないための用心をしないで済むことから、心を寛がせている様子が見られる。何しろフランス人は、前節で記したように、虚栄心が強く、気取りやで、目立ちたがりやである、とかれは考えている。そこからかれは祖国というものを次のように考える。

「ほんとうの祖国とは、自分に似た人にいちばんたくさん出会う国である。わたしはフランスにいるといつも、どんな社交の場でも、冷ややかな調子にぶつかるのではないかと恐れている」(『一八一七年のローマ、ナポリ…』)

スタンダールはミラノを祖国と考えていたのだろう。それはかれが墓碑に刻むように遺言した「ミラノの人」という一語にも現れている。

かれのミラノ滞在は、一八二一年にそこを発ったのが最後となり、その後は、オーストリアに敵対的な書物を出版した作家であることが発覚して、滞在許可が下りていない。一八二七年には、入市するやそこを十二時間以内に立ち去るよう命じられ、三〇年には領事に任命されてトリエステに向かう途中、オーストリアのヴィザ発給のために一日だけ留まることができたという状況である。それにもかかわらず、スタンダールにとってこの町は忘れがたい町となり、かれのイタリアとなる。また、かれにとって、永住することがかなわなかったこの町が、グルノーブルに取って代わって懐かしい郷里となる。

スタンダールは一八三〇年の七月革命後から四二年にパリで死去するまでの残りの生涯を、就職活動が功を奏して(といってもかれには不満だったようだが)、ローマの北の小さな港町チヴィタヴェッキア駐在のフランス領事に就任しているが、その勤務ぶりは必ずしも政府の意に沿うものではなかった。外務大臣にとっては、かれが公務員として必ずしも国のために献身的に働いているように見えなかったようだ。この文人外交官は、任地を勝手に離れ、また休暇申請を出してはパリに舞い戻り、国内外を旅していたのだから。

それでは、生まれ育った国フランスを愛する気持ちはどうなったのだろうか。それはわざわざ問うまでもないだろう。かれの著作の隅々まで、フランス人としてのアイデンティティーが一貫し、フランスとフランス人への想いが溢れている。フランス批判こそ、かれの祖国に対する愛ではないか。フランスに生まれ、その国のパスポートを持ってヨーロッパ中を旅しているスタンダールにとって、自分がフランス人であることを意識しないことはなかっただろうし、かれがイタリアを愛していても、イタリア人に成り代われるものでないことはかれ自身はっきりと解っていたであろう。イタリアのすべてを愛し、それに近しい気持ちを抱き、そこを祖国と感じた「ミラノの人」は、遺言によりパリのモンマルトルに永遠の住まいを得て、フランスに安らいでいる。

おわりに

スタンダールはイベリア半島を除いて西ヨーロッパのかなりの部分に足跡を印している。こうした旅がかれの知見を広げたのは言うまでもない。現在のように居ながらにして世界中の情報が入手できるわけでなく、外国の情報は新聞・雑誌など出版物でわずかに入ってくるばかりであり、それも国に不利益をもたらすものと判断されれば、国境で差し止められていた。確かに、国の外のことは、旅行案内書や旅行記ないし回想録で知ることができたろうが、それもそんなに情報量が多いわけでなく、外の世界を垣間見る程度であったにちがいない。自分の国を実際に出てみなければ、自国の外は見えなかったというのが現実だった。それは、また自国をも見えなくしていた。スタンダールの愛読する思想家モンテスキューは、『ペルシア人の手紙』（一七二一）で、パリに来たペルシア人がパリで見聞したことを郷里イスファハンの友人知人への手紙に書くという形式で、パリ風俗を批判したが、スタンダールはペルシア人になったつもりで、フランスを見ようとしている。かれは自分をフランス人という属性から引き離して、できるだけ客観的に自国を見ることに努めている。それは勿論かれが、フランス以外のヨーロッパ各地を見て、観察と考察を巡らした結果である。

国際人スタンダールが自国についてあれほど批判的に書くのは、自分がフランス人であるゆえになおさら、同国人が気づかぬ（あるいは気づいていながら気づかないそぶりをしている）その国民性や、意識せずに陥っている欠点ないし不足している部分などを指摘する必要性を感じるからである。それはまたイタリアについても同じである。かれは、愛するものの堕落は嘆かわしいと書いているが、堕落を云々するだけでなく、問題点をあげつらって、それらへの注目を促している。繰り返すが、かれが批判するのは愛するがゆえになのである。そういう意味ではかれはまさに愛国者であったと言えよう。それは自国を讃美する愛国者の対極にある。スタンダールは、文学修行の手本とした劇作家モリエールをはじめとして、自国には他の国には見られない立派な文学的伝統があることも充分承知している。また、他国に先駆けて共和国を実現するなど、優れた点が多々あることも認めている。しかし、フランスの作家として、フランス人に向かってそれを自慢したところでどんな意味があるだろう。それこそかれの言う「控えの間の愛国心」に陥ることである。

したがって、かれの言う愛国心とは、敷衍して言えば、自国を思いやり、国際的視野で自国を眺め、これに対して忌憚ない批判を加え、自国をさらに他国に対して恥ずかしくない、誇れる国にしようと思う心である。かれが次のように言うとき、それは自分の精神の在り所として追い求めていたものを指し示しているのではないだろうか。

「わたしたちは英国人の偏狭な愛国心からほど遠くにいる。世界は、わたしたちの目には、とても異なる真実をもった両半分に分かれている。一方に阿呆とペテン師、もう一方には、偶然から高貴な魂と少しの才知を与えられた特権的な人がいる。後者の連中がヴェッレトリ（イタリアの町）で生まれようと、サン＝トメール（フランスの町）で生まれようとわたしたちは同郷人だと感じている」

（『ローマ散歩』）

ここで重要なのは「高貴な魂」という部分だろう。そうした人びとに出会えるところなら、精神の祖国としてスタンダールにはいずこも祖国だった。フランス国民でありながら、ミラノを祖国と考えたのは、そうしたかれのコスモポリタンとしての生き方からだったと言えよう。

スタンダールとドクター・ジョンソン

「小説、それは道に沿って持ち歩く鏡である」という『赤と黒』（一八三〇）第一巻第十三章のエピグラフに掲げられている言葉は、普通この作者がかれの《小説観》を自ら述べた言葉として把握されている。そしてこのエピグラフを軸にして、かれの小説について様ざまな説明や解釈が巡らされている。

しかしながら、この言葉からは二つの意味合いが読み取れる。小説は社会とか風俗とか人間を鏡のように忠実に再現しなければならないという主張と同時に、もう一つは、小説は社会とか風俗とか人間を鏡のように忠実に再現するものにすぎないという弁解である。後者は、この作家の政治に対する態度が解明されるようになってから、必然的に了解されるようになった。すでにかれの最初の小説『アルマンス』（一八二七）の「序文」に出てくる《鏡》には、このニュアンスが明瞭な言葉で示されている。

「それはともかく、喜劇『トロワ・カルチエ』（一八二七年に上演されたピカールとマゼールの共作による芝居）の作者たちに示されたようないささかの寛恕を、われわれは切望する。かれらは観客に鏡を差し出した。もしこの鏡の前を醜い人が通ったとしても、かれらの罪であろうか。鏡がいずれかの党派に属するだろうか」

これも、『アルマンス』が、今では広く知られている《不能者の恋の物語》と読まれるうちは見過ごされてしまう。この作品は副題で示されているとおり、「一八二七年のあるサロンの情景」であり、それはまた出口なしの状況に陥ったエネルギーなき階級への痛烈な風刺になっている、作者はこの弁解によって、自分がありのままを記すにすぎず、党派的な偏った見方をするものでも、事実以上の何ものかを含ませているものでもないことをわざわざ断り、自分へのはね返りを避けようとしている。

この手の弁解は、かれにあっては、小説を書きはじめる以前の作品にも見られる。なかんずく、《一八一四年》以後のイタリアの社会と風俗を描き、イタリアの支配者たちを揶揄した紀行文『一八一七年のローマ、ナポリ、フィレンツェ』（一八一七）では、《小説＝鏡》の前段階として《作家＝医者》が現れる。

「かれ（ポープそしてまた著者自身）は諸国民の精神面の様ざまなあり様を記す。しばしばかれの目から見れば、これらのあり様は精神の不健全を示す症状である。医者が、観察する病気に立ち会うからといって咎められようか」（傍点は原文イタリック）

要するにかれは、社会とか風俗とか人間の現実を写すと同時に、それが由来する政治はいかなるものかを描き出すのだが、諸事実を明らかにすること、ときによってはそれらに意味づけをすることで、読者にある効果（「精神に討論と不信の習慣を植えつける」云々）をもたらそうとする。そしてかれ自身は現下の体制で生きのびるために、医者に身をやつしたり、鏡の陰に隠れたりするわけである。『赤と黒』の鏡にもこうした目を眩ます役割が負わされていることは言うまでもない。

この作家の《鏡》にこうした意味合いが読み取れるかぎり、もう一方の、社会とか風俗とか人間を忠実に再現しなければならないという主張を読み取ったとしても、客観的に現実を写して提示しうるなどとかれが信じていたのかどうかは疑ってみなければなるまい。鏡の屈折の効果を小説のなかで書いているかれは、《鏡》が仕掛けであることをよく承知していたはずである。

ところでかれはどういう経緯でこの《鏡》を案出したのだろうか。『赤と黒』のエピグラフは「サン＝レアル」から引用したことになっているが、十七世紀に実在した同名の歴史家僧侶の書き残したもののなかにあるとは思えず、それが創作であることはまぎれもない。しかしながら《鏡》の発見は、おそらく、ジョンソン博士ことサミュエル・ジョンソンが、かれの編集したシェイクスピア全集につけた『序文』（一七六五）で書いている次の有名な文章に負っている。

「シェイクスピアは他のいかなる作家にも増して人間をありのまま歌った詩人であり、少なくとも古典時代以後の作家でこの点においてかれに及ぶものはなく、かれこそ読者に人間の風俗とか生活とかの忠実な鏡を提供している」（吉田健一訳、以下同）

［原文］Shakespeare is above all writers, at least above all modern writers, the poet of nature; the poet that holds up to his reader a faithful mirror of manners and life.

ジョンソンの『序文』はスタンダールにとってなじみの書物であり、これこそかれのロマンティシスムの教科書である。かれのロマン主義演劇論『ラシーヌとシェイクスピア』（一八二三）の中心的な考えはこれから借りている。この著書の前身にあたるロマン主義に関するエッセー「ロマンティシスムとは何か、とロンドーニヨ氏は言う」（一八一八執筆）のかなりの部分は完全にジョンソン博士からの剽窃なのである。英国のスタンダール研究家のドリス・ガネルがその『スタンダールと英国』（シャルル・ボス刊、一九〇九）でジョンソンとスタンダールのテクストを対照させているので、そこから一節だけ引用してみよう（二四九ページ）。

［スタンダール］

「時と場所の統一を守る必要は、劇をほんとうらしくみせる必要と称するものから出ている。前時代的批評家たちは数カ月続く行動が三時間で生起するなんて信じられることがありえないと考える」

［ジョンソンの原文］

The necessity of observing the unities of time and place arises from the supposed necessity of making the drama credible. The criticks hold it impossible, that an action of months or years can be possibly believed to pass in three hours.

ジョンソンはこの『序文』において、シェイクスピアが実社会、実人生を写し、かれの作品の登場人物たちはどんな場合にも、人間が実際にそう言ったり、そうしたりする可能性のあるように、発言し行動し、また人間が経験しないような場面においてもそのような場面で人間はどう対応するかを示した作家であり、「かれの劇は人間の生活の鏡である」と述べる。そして、シェイクスピアにおける登場人物の会話の運び具合の必然性や自然さに触れ、古典劇の規則である三統一を守っていないことは、描かれたことの真実らしさをいささかも損なうものではない、と言う。ジョンソンは現実と芸術の関係を次のように書く。

「芸術における模倣は、それが現実と見誤られるからではなくて、われわれに現実を思わせることによってわれわれを喜ばせたり悲しませたりする」

この文章は『赤と黒』の作家もそのまま「ロマンティシスムとは何か、とロンドーニヨ氏は言う」に引いている。かれの《鏡の美学》を解剖するには、こうした言葉をはじめとしてジョンソン博士の『序文』全体を考えてみる必要があると思われる。ついでに付け加えれば、ジョンソンは、世界をよりよい場所にしようとすることは作家の務めだというようなことも述べている。ジョンソンを「ロマンティシスムの父」と呼び（『美術におけるロマンティシスムについて』一八一九執筆）、この『序文』をロマン主義擁護に大いに利用したかれは、《鏡》をかれなりに用いるにしても、その根底ではジョンソン博士の《鏡》をかれの《鏡》に反射させていることは確かなように思われる。

ベール＝スタンダールがジョンソンの『序文』を読んだのは、陸軍主計官補としてブラウンシュヴァイク滞在中のことである。一八〇八年四月八日の日記に「ジョンソンのシェイクスピア序文を読む。正鵠を得ているし、検討に値する」と書いている。

しかしかれはどこでジョンソンを知り『序文』を知ったのであろうか。とにかくジョンソンの名は一八〇一年七月四日の十八歳の日記にすでに現れている。そして二年後、かれの作成した読むべき本のリストにも、おびただしい古典作品や作家たちのあいだにジョンソンの名が見られる。だが、この頃はまだ「読むべき」作家であり、実際にその著作を手にしてなかったにちがいない。

ブラウンシュヴァイク滞在中には、かれはアーサー・マーフィーの『サミュエル・ジョンソンの生涯と天才に関するエッセー』（一七九二）を読み、一八〇八年五月三日の日記にこの本の抜き書きをするまでになっている。それから二年するとかれは友人のフランソワ・ペリエ゠ラグランジュの妻となっている妹のポーリーヌへの手紙（一八一〇年六月）で、「是非は別にして気に入った書物の題名」を挙げて、そのなかに『トム・ジョーンズ』（一七四九。ヘンリー・フィールディングの小説）などと並べて、ジョンソンの『序文』と『詩人伝』（一七七九〜八一）を入れている。おそらく後者の影響であろうか、この年の六月十日の日記に「ジャーナリスト諸君に」という文章を書いて、何ごとについてもよくしゃべる近頃の若者も、芸術家については見解を持たないようなので、鋭意八折判一巻の本を執筆中であると述べ、その本が以下のような芸術家たちの伝記であるとしている。

「一、ラファエッロ、ジュリヨ・ロマーノ、ドメニキーノ、パウルス・ポッテル、ルーベンス、ファン・デル・ウェルフ、プッサン、ティツィアーノ、コレッジョ」

「二、ペルゴレージ、ドゥランテ、チマローザ、モーツァルト、ハイドン。カノーヴァ、フィオラヴァンティ、パイジェッロ、モンティについては解説」

「三、ローペ・デ・ベーガ、シェイクスピア、セルバンテス、タッソ、ジョンソン、シラー、アルジャーノン・シドニー、アルフィエーリ」

主として画家、作曲家、作家からなるこのリストはかれの好みが強く反映されている。そしてこの企画はそのままのかたちでは実現しなかったわけだが、まもなく作曲家については『ハイドン、モーツァルト、メタスタージョ伝』(一八一五。ここに掲げたのは一八一七年の改装版の表題)、画家については『イタリア絵画史』(一八一七)が書かれることになる。剽窃の評判の高い両作品ではあるが、そこではジョンソンの次のような考えが生きているように思われる。

「ある人間の業績が正当に評価されるためには、それをかれが生きていた時代の形勢、およびかれ自身に与えられていた便宜と比較してみることを必要とし、確かに読者にとってある本の作者がいかなる事情の下に生活していたかということはその本の価値をそのために多くも少なくもしないが、人間の仕事とその能力とのあいだにはつねにある関係が実在するのであり、人間がどの程度までその計画を実現し、どれだけ高くかれの個人的な能力を評価し得るかという問題は、ある一つの作品なり何なりにいかなる等級をつけるかということよりもはるかに内容がある事柄なのであるから、われわれの好奇心はいつもある仕事の出来栄えのみならず、それに用いられた手段を追求し、どれだけを実際の力量に、またどれだけを偶然の、外部からの援助に帰すべきかを知ろうとする」(『序文』)

いずれの作品においても、スタンダールは芸術家たちについて、その生涯を挿話を混じえて語りながら作品にあいわたっていくが、こうした手法にジョンソンの影響がないだろうか。『イタリア絵画史』の草稿断片で、かれが大いにその著作を利用したイタリアの芸術家・美術史家のジョルジョ・ヴァザーリを攻撃しながら、美術の天才たちの肖像を描くには、ひとりのシャンフォール、ひとりのデュクロ、ひとりのジョンソンが必要だと述べているのである。

しかしスタンダールが当の『詩人伝』をどの程度に読んだかは定かではない。アディソン、サヴィジ、コングリーヴなどの伝記を読んだことは確かのようだが、その内容について具体的に記すということはしていない。むしろかれの関心は書かれている詩人よりも書いているジョンソンにあったと考えてもよいだろう。かれがジェイムズ・ボズウェルの『ジョンソン伝』（一七九一）を愛読したことも知られている。

スタンダールがジョンソンの作品やジョンソンを描いた伝記からどんなジョンソン像を思い浮かべていたかは分からない。かれは、ウェストミンスター寺院の内部でジョンソンの墓を見つけたときも、その墓碑が「哲学的なきれいな像でかなりよい」としか記さない（一八一七年八月五日の日記）。それでも、かれは、この偏見がなくもないが囚われない魂の持主に対して、シェイクスピアのある注釈には異論を唱え「ジョンソンは学識がありすぎて感情が不足している」（『イタリア絵画史』第一〇二章註）などと言いはしても、共感を覚え、そして教えられるところが多かったのは事実であろう。

スタンダールの小説における女性像

——『赤と黒』と『パルムの僧院』のヒロインたち

はじめに

スタンダールの小説の登場人物というと、この作家の愛読者には、『赤と黒』（一八三〇）のジュリヤン・ソレルとか、『パルムの僧院』（一八三九）のファブリス・デル・ドンゴといった名前がすぐに浮かんでくるであろうが、かれらのいわば相手役であるヒロインのレナール夫人やマチルド・ド・ラ・モール（『赤と黒』）、ジーナ・サンセヴェリーナ公爵夫人やクレリア・コンチ（『パルムの僧院』）といった魅力的な女性たちも忘れがたい存在である。しかも、読者によっては、ジュリヤンやファブリスといった主人公よりも、これら女性たちの方に親近感を覚える人も多いにちがいない。なぜなら、女性たちは生き生きとしていて、積極的であり、どちらかというと主人公たちはかれらの愛する女性たちに護られて生きているからである。野心家のジュリヤンは「女性を利用して出世を計る」ことを目的としているが、「利用する」どころか、かれの美質を見抜いた女性たちにその存在を認められ、最後には侯爵令嬢マチルドと結婚しようというところにまでこぎつける。またファブリスは叔母のジーナ・サンセヴェリーナの行き届いた助力で幾多の危険を逃れ、最後はパルムで補佐司教、さらには司教にまで到達する。かれらは自ら積極的に自分の人生を切り開き地位を獲得するいわゆる行動家ではないのだ。かれらが行動を起こすのは、かれらの真価を知ってかれらを愛する女性に対してだけである。ブルジョワを敵と見なす製材所の息子ジュリヤンは、家庭教師として住み込んだレナール家で、夫人から目をかけられるが、何気なく触れた夫人の手が素早く引っ込められたことから自尊心を傷つけられ、その手を引っ込めさせてはならないという《義務の観念》に迫られて夫人の手を握り、そのあとでは大胆にも彼女の寝室に忍んでいく。パリでラ・モール侯爵の秘書となると、貴族に侮られまいという自尊心から、侯爵の令嬢マチルドの誘いにのって、梯子をかけて彼女の部屋に忍んでいく。ファブリスの方は、城塞長官の娘クレリアに逢うために危険を顧みず一旦は脱出した城塞の牢獄ファルネーゼ塔に舞い戻り、のちにはクレリアの嫁ぎ先の屋敷に忍んでいく。このように女性を愛することには命をかけている。そして、ジュリヤンもファブリスも、最後にはそのためにこの世もしくは俗世への未練を絶たざるをえない。

行動家ではないと書いたが、それどころか、主人公の青年たちの生き方には、むしろ何かしら滑稽なところがある。女性と恋愛関係を結ぶことで出世できると考える庶民のジュリヤンは、アンシャンレジームの宮廷で国王の寵姫に取り入った廷臣や役人が、彼女らのうしろ盾によって地位を手に入れたという歴史的な話に、奇妙に突き動かされているようである。また、イタリア貴族のファブリスは、明確な信念もなく「ナポレオンに従って戦う」という目的でワーテルローの戦場に紛れ込むが、そこから戻ってくると、密出国者としてお尋ね者になったこともあって、叔母の庇護のもとに無為徒食の生活を送り、クレリアに逢うまで、かれが実行するのはノヴァーラのC＊＊＊夫人やナポリのA＊＊＊夫人とのアヴァンチュール、マリエッタやファウスタといった女優や歌手を追い回して事件を引き起こすことばかりである。スタンダールの他の小説、『アルマンス』（一八二七）や『リュシヤン・ルーヴェン』（一八三四執筆着手）の主人公オクターヴ（貴族の子弟）やリュシヤン（大ブルジョワの子弟）も、自分の人生に積極的ではないし、どちらかというと投げやりであったり、他人に依存したりしている。スタンダールはこうした青年像を、時代の所産であるかのごとくに描いているが、そこに皮肉な視線を向けているとも感じられる。

それに対して、女性の方は生彩に富み、彼女らはひとたび愛するとなると一途であり、自分が愛する男性に一身を賭けている様子が描かれる。スタンダールは女性観察にかけては、自分の報われない恋愛経験などからも鋭いところがある。それにかれは、ある面で自伝的要素もあり、経験的女性論でもある『恋愛論』(一八二二)の著者である。かれは『アルマンス』をはじめ『ヴァニーナ・ヴァニーニ』(一八二九発表)『カストロの尼』(一八三九)『ミーナ・ド・ヴァンゲル』(一八五四死後出版)『ラミエル』(未完、一八八九死後出版)などヒロインの名前を表題とする小説ないしは女性が主人公の中・短篇小説を多く手がけていることも記憶される。

では、かれの二つの主要な小説において、女性はどのように描かれているだろうか。彼女らの心の動きと行動を、それぞれに物語を辿りながら見てみよう。

1　レナール夫人

『赤と黒』のレナール夫人ルイーズは、ヴェリエール町長の妻としてまさに「子供のことだけに気を遣うような」平凡な生活を送っている女性である。夫の提案で子供に家庭教師が付けられるというので、どんな人物が来るのかを心配するが、予想に反して、やって来た家庭教師があまりに若く、「変装した娘」とも思えるような子供なので驚く。夫人にとって嬉しい意外性、これが夫人と主人公ジュリヤン・ソレルとの最初の出会いである（第一巻第六章）。やがて夫人は家庭教師があまりに貧しいので、同情して、かれに何か買い与えようかと思うが、それも思い切れずにいる。彼女にはそうした「天使のようなやさしさ」（第一巻第六章）がある一方、「内気」であることが作者によって繰り返される。まもなく夫人は、ジュリヤンが夫の交際している町のブルジョワたちと異なり、気高く誇り高い青年であるのに気づく。夫人の心のなかで、ジュリヤンの存在が明確に形をとっていく。つまり、同情によりジュリヤンに注目した夫人は、かれのなかに高貴な精神を発見して、それに惹きつけられる。また、ジュリヤンも、内心でブルジョワに対して敵意を抱いているものの、夫人のやさしさの前では野心や敵意といったものが消えかける。

レナール夫人の好意が恋心に変わるのは、女中のエリザがジュリヤンを愛していることを知ったときである。彼女はショックから病気になり、そのあと、ジュリヤンがエリザの結婚の申し出を断ったと知ると「あまりのうれしさから理性の働きをなくすくらい」なのである。彼女は恋なんて「愚者だけが追い求める幸福」だと思っていたのに、自分がその恋に落ちたのを覚る（第一巻第八章）。彼女はおそらく当時の習慣で夫とは家同士の取り決めで結婚したのであろうし、恋の感情は未知のものだったにちがいない。

夏になって、ヴェルジーの別荘の庭でジュリヤンに手を握られ、彼女はびっくりしてしまうが、部屋に戻ってからは「うれしさに眠れない」。やがて、人妻の自分が恋をしていることにびっくりはするものの、今までに感じたことのない情熱を覚える。夫人はベッドのなかで「このときまで生きていなかったように思い」」、彼女の手がジュリヤンのキスで覆われたときの嬉しさが頭を去らない（第一巻第十一章）。「世間知らず」の平凡な主婦であったレナール夫人は、予想もしなかったような、普通には起こりえない出来事、彼女にとっては前代未聞の出来事に引き込まれていくが、その様子が細かく追求される。

そんなレナール夫人に突然「不倫」という恐ろしい言葉が浮かび、忌まわしい考えが湧き起こって、単純な想いに暗雲がかかる。「穏やかな魂」（第一巻第六章）の持主だったはずの彼女は罪の恐ろしさに苦しむ。夫人はあえてジュリヤンに対して冷淡にするが、かれが彼女に黙って旅行に出ると、かれを失うのではないかと悩み病気になってしまう。そして、ジュリヤンが帰ると、普段は質素すぎるくらいの夫人が流行の布地でドレスを作らせたりするので、サクレ＝クール学院同窓で親戚のデルヴィール夫人は、彼女が恋をしていることを察知する。

「世慣れない」とはいえ、夫とのあいだに三人の子供のいる三〇歳過ぎのレナール夫人を、まるで純朴な田舎娘のように作者は描いている。小説を読んだこともない「無邪気な」彼女には恋心がどんな道筋を辿るか予測することもできず、また彼女の守ってきた道徳や信仰に背くことになるということも思いつかない。

このあとでは、誘惑者を気取るジュリヤンが彼女の拒絶にもかかわらず寝室に忍んできて、一旦は抵抗するものの、夫人は結局かれを受け入れてしまう。彼女はかれが去ったあとも「身内から湧き起こる激情」が静まらない。彼女はこうして、ジュリヤンへの恋と、道ならぬところにまで踏み込んだ悔恨の気持ちに引き裂かれることになる（第一巻第十五章）。夫人は、ジュリヤンと逢うと恋の喜びに夢中になり、後悔の気持ちも薄れる。夜は「不安と情火にさいなまれながら」かれを待ちわびる。そして彼女は次第に大胆になっていく。しかし、子供が熱を出すと、罪の意識に囚われ、良心の呵責におそわれる。彼女は信心深いのだが、「神の眼から見て、彼女の罪がどんなに大きなものか」に、このときになってはじめて気がつく（第一巻第十九章）。

このレナール夫人の激しい恋と罪の意識のあいだの戦いは、まさに恋の恐ろしさと女の哀れさを強く印象づける。彼女は後悔からすべてを夫に打ち明けてしまおうかと思う瞬間があるかと思うと、ジュリヤンと愛しあうためにはあらゆる障碍を排除しようとする。二人の不倫が噂に上りはじめ、夫のもとに密告の手紙が来ると、彼女は自分のところにも中傷の手紙が来たように取り繕い偽手紙を作成するなど（本書一七四ページ参照）、恋に夢中になった夫人はジュリヤンを驚かせるほど知恵を働かせ行動的になる。彼女は二人の恋を隠すために、真実の気持ちを偽り、夫にジュリヤンをくびにするように勧める詐術さえ用いる。スタンダールは第一巻第二一章で「真の情熱は利己的である」と書いている。

『赤と黒』の第一巻においては、年若いジュリヤンに惹かれて恋するようになったレナール夫人が、はじめは小心で純心であったものの、恋のためには大胆にも夫の目を逸らすような工作をするまでになっていく。その間の、ジュリヤンに翻弄され悩む心理が辿られるが、そこにはスタンダールが『恋愛論』で示した「感嘆」「嫉妬」「疑惑」「不安」といった恋の誕生の過程が追跡され、夫人がすっかりジュリヤンの虜になってしまうまでが描かれる。平穏に暮らしていた平凡な妻であり母である夫人が、ジュリヤンに魅入られ、情熱のためにあるときは強く、そしてあるときは弱くなる姿がむしろ痛々しいようにも思われる。

ジュリヤンがシェラン神父の忠告を受けて町を去ってから、一年と三カ月後に、レナール夫人は彼女がラ・モール侯爵に書いた手紙（本書一七七ページ参照）が原因でジュリヤンに狙撃され重傷を負う。しかし夫人は傷が癒えると、ブザンソンの監獄にジュリヤンを訪れて再会し、毎日かれに逢いたいがために、ついには夫のもとを逃げ出してくる。そしてジュリヤンが上告することもなく処刑されて死んだあと、三日目にあとを追うようにこの世を去る。不倫の恋ではあるが、そのひたむきさがレナール夫人を魅力的な女性にしている。

スタンダールはレナール夫人を「背が高く姿がよい」美人と描き、美しい目には「気品が溢れている」と書いている。態度にも気取ったところはなく、まったく「自然」で、やさしい性格の女性としている。こうした愛すべき夫人は、町長の妻として町のブルジョワから敬意を受けていたにもかかわらず、恋の深淵に臨み、そこに飛び込んでいく。身を滅ぼすこの恋は、世間の良識からは指弾されるかもしれない。

2　マチルド・ド・ラ・モール

マチルドは優雅な姿をした金髪碧眼の「稀な美貌」（第二巻第十三章）の女性で、青年貴族たちからちやほやされているが、父ラ・モール侯爵の秘書となったジュリヤンがその娘である自分に対し冷ややかな態度をとることに驚き、そのためにかれに注目する。この娘は十六世紀の宗教戦争の時代に、マルグリット女王に愛され、のちにはグレーヴ広場で斬首された先祖、ボニファス・ド・ラ・モールの命日に喪服を着るのを習慣にしている。つまり先祖の激しく生きた英雄を崇拝している。彼女自身「とても誇り高い性格」だが、そこには自分をマルグリット女王になぞらえるというある種のナルシスム的な感情が見られる。彼女はとりまきの貴族青年たちを退屈に思い、知識豊富で野心と情熱に溢れた秘書のジュリヤンとのおしゃべりを楽しみにする。かれらが「ジュリヤンにはエネルギーがありすぎ、再び革命になったときには自分たちを断頭台に送る男だ」（第二巻第十二章）と恐れを口にするので、彼女にはこれがかれへの讃辞のように思えさえする。

マチルドはこうして軟弱な貴族青年よりも、内に秘めた野心を火種にエネルギーに燃えるジュリヤンを選び、自分の愛に値するのはかれしかいないと頭で思い、手紙でかれに恋を告白する。彼女は自分の方から身分の低い、いわば使用人のジュリヤンに恋文を書いたことを一種英雄的なことのように思っている。二人のあいだで手紙がやりとりされ、最後にマチルドは「夜中の一時に梯子を使って部屋に来るように」かれに求める。ここには、すべてを自分の意のままに進めたい、恋愛においてさえも自分がイニシアティヴを取りたいというマチルドの姿勢が見られる。

こうしてマチルドはジュリヤンを恋人にするが、今度は自分に支配者を作ってしまったことを悔やむ。話しかけてくるジュリヤンに、肉体的に結ばれたとはいえ、彼女を支配する権利を与えたわけではないときっぱりと宣言し、かれを怒らせ、険悪になる。マチルドはジュリヤンが弱いところを見せると軽蔑し、かれが怒りから彼女を殺そうとするといった行動に出ると幸福感を覚える。しかしそんなマチルドもイタリア座にチマローザのオペラを観に行き、愛を讃えるアリアを聴きながら、自分のジュリヤンに対する気持ちをはっきり自覚する。かれが決死の思いで再び梯子をかけて忍んでくると、「高貴で冷ややかな魂」の持主である彼女も、すっかり恋に酔いしれる。

しかし、マチルドはかれに対する酷い仕打ちを謝ったものの、しばらくするとそんな自分の謝罪を悔い、再びかれに冷たくする。作者はマチルドについて「その心は生まれつき冷たい」と書いている（第二巻第十三章）。マチルドは、同じく自尊心が強いジュリヤンと《自尊心の戦い》を交え、どちらが屈するかという局面を迎える。この二人の心理的な戦いが微細に描かれていくが、それに付きあう読者の方もかなりエネルギーを要するかもしれない。やがてジュリヤンは社交界で貞淑の評判のフェルヴァック元帥夫人に接近し、夫人と文通してマチルドへの関心が失せたように見せかけ、マチルドを苛立たせる作戦に出る。結局、マチルドはジュリヤンの策に敗れ、自分が味わった惨めな気持ちをかれに打ち明ける。彼女はチマローザの『秘密の結婚』を観に行き、涙を流し、桟敷席にやって来たジュリヤンに自分の愛の保証を伝え、降伏を宣言する（第二巻第三一章）。

高慢な貴族令嬢のマチルドも、甘美な響きの音楽に心を揺すられ、その瞬間にはやさしい気持ちになる場面が繰り返される。このあたりには、音楽、とりわけアリアがどんな頑なな心の持主をもやさしい気持ちにすると見るスタンダールの考えが反映している。

その後、マチルドはジュリヤンの子供を宿し、父侯爵にジュリヤンと結婚すると宣言する。怒るラ・モール侯爵に、ジュリヤンに決闘を仕掛けて死なせでもしたら自分はソレル未亡人を名乗ると言い放ち父を驚かせる。マチルドには、階級は下であるが、他よりも秀でた男と結婚するのだという自負がある。ここにも、マチルドの誇り高いところが表れている。侯爵は旧知のピラール神父の口添えもあり、まるく収めるように努めざるをえない。

順調に事が運ぶと見えたとき、ジュリヤンは昔の恋人レナール夫人を狙撃して逮捕され（第二巻第三五、

郵 便 は が き

料金受取人払郵便

新宿北支店承認

5138

差出有効期限
平成25年2月
19日まで

有効期限が
切れましたら
切手をはって
お出し下さい

169-8790

260

東京都新宿区西早稲田
3—16—28

株式会社 **新 評 論**
SBC（新評論ブッククラブ）事業部 行

お名前	SBC会員番号 L 番	年齢
ご住所（〒 ） TEL		
ご職業（または学校・学年、できるだけくわしくお書き下さい） E-mail		

本書をお買い求めの書店名
市区 郡町 書店

■新刊案内のご希望 □ある □ない

■図書目録のご希望 □ある □ない

SBC（新評論ブッククラブ）**入会申込書**
※に✓印をお付け下さい。

SBCに **入会する** □

SBC（新評論ブッククラブ）**のご案内**
◆当クラブ（1999年発足）は入会金・年会費なしで、会員の方々に小社の出版活動内容をご紹介する小冊子を定期的にご送付致しております。**入会登録後**、小社商品に添付したこの**読者アンケートハガキ**を累計5枚お送り頂くごとに、全商品の中からご希望の本を1冊無料進呈する特典もございます。ご入会は、左記にてお申込下さい。

読者アンケートハガキ

●このたびは新評論の出版物をお買上げ頂き、ありがとうございました。今後の編集の参考にするために、以下の設問にお答えいただければ幸いです。ご協力を宜しくお願い致します。

本のタイトル

●この本を何でお知りになりましたか

1.新聞の広告で・新聞名（　　　　　　）2.雑誌の広告で・雑誌名（　　　　　　）3.書店で実物を見て
4.人（　　　　　　）にすすめられて　5.雑誌、新聞の紹介記事で（その雑誌、新聞名　　　　　　）　6.単行本の折込みチラシ（近刊案内『新評論』で）7.その他（　　　　　　）

●お買い求めの動機をお聞かせ下さい

1.著者に関心がある　2.作品のジャンルに興味がある　3.装丁が良かったので　4.タイトルが良かったので　5.その他（　　　　　　）

●この本をお読みになったご意見・ご感想、小社の出版物に対するご意見があればお聞かせ下さい（小社、PR誌「新評論」に掲載させて頂く場合もございます。予めご了承下さい）

●書店にはひと月にどのくらい行かれますか

（　　　）回くらい　　書店名（　　　　　　）

●購入申込書（小社刊行物のご注文にご利用下さい。その際書店名を必ずご記入下さい）

書名　　　　冊　書名　　　　冊

●ご指定の書店名

書店名　　　　都道府県　　　　市区郡町

三六章)、裁判にかけられることになるのだが、マチルドは田舎娘に変装して牢獄に面会に出かけていく。彼女はジュリヤンを救うために、金をばらまいたり、権力者に手紙を書いて手を回したりという彼女らしい工作をするが、うまくいかない。ジュリヤンに死刑判決が下りると、彼女は上告させようとするが、きっぱりと拒絶される。マチルドは高慢さが消え去るが、傷が癒えたレナール夫人がやって来ると嫉妬の感情を抱き、またジュリヤンの気持ちが離れていくことに憂鬱になる。恋が最後にマチルドを普通の女性に変えたと言えるのかもしれない。

それでも、彼女はジュリヤンが処刑されると、ジュリヤンの友人のフーケのもとに引き取られたかれの遺骸に対面し、その斬り落とされた頭部に英雄的にキスをする。そこには自分をマルグリット女王に擬し、ジュリヤンをボニファス・ド・ラ・モールと重ね合わせて崇拝するマチルドの姿が見られる。

マチルドはこのようにあくまでも英雄を崇拝して、英雄的な魂を持たない者、エネルギーを持たない者は自分にふさわしくないと思っている。自分を屈服させるほどの強靱な精神へのあこがれが強く、ジュリヤンに巡り会って、最後には鎧を脱いで、やさしい気持ちを抱くようになる。

ジュリヤンから見ると「カトリーヌ・ド・メディシスのような女」(第二巻第十三章)であるマチルドも、作者は「その性格には恨みがましく陰険なところはなかった」(同)とか、機嫌を損じたときでも「節度のある、うまく選ばれた、礼儀を欠かさない冗談」を投げつけた(第二巻第十一章)とか記述していて、マチルドが自尊心の強い冷たいだけの女性ではないことを付け加えている。

3　ジーナ・サンセヴェリーナ

『パルムの僧院』のジーナはヴァルセッラ・デル・ドンゴ侯爵の妹で、はじめピエトラネーラ伯爵と結婚してミラノに住むが、彼女が十五歳のときに生まれた侯爵の次男つまり甥のファブリスを愛し、結婚後もミラノに招いたりして可愛がる。その後、彼女が三一歳のとき王政復古となり、ナポレオンによって建国されたイタリア王国が瓦解し、その宮廷に仕えていた夫が、ナポレオン支配時代の兵士の勇気について揶揄した男と喧嘩して、決闘で殺されてから、兄の申し出を受けて、生まれ育ったコモ湖畔グリヤンタの館に戻り、ファブリスたちとともに暮らすようになる。それは彼女に「十六歳の頃に帰ったような気持ち」を抱かせる。

その翌年、エルバ島を脱出したナポレオンがフランスのジュアン湾に上陸したというニュースがもたらされ、十七歳になったファブリスは、亡き叔父ピエトラネーラ伯爵を厚遇してくれたナポレオンとともに戦うと宣言し、ジーナを感激させる。彼女は、殺された夫の復讐を、彼女の崇拝者のリメルカチという青年に求めたが、青年がそれを愚行だと考え行動しなかったため、かれを軽蔑して絶望の淵に追いやった経緯があった。彼女が求めるのは英雄的で大胆な行動である。甥のファブリスのナポレオン軍への参加を喜びながら、彼女は「自分のいちばん大切なものをナポレオンのために差し出す」（第二章）のだと甥に言う。

偽造旅券を入手して、ロンバルディーア＝ヴェネツィア王国を密出国したファブリスは、仲のよくない兄のアスカニオに告発される。ジーナは、帰国する際にファブリスに警戒を呼びかけ、またジュネーヴに使者を送る。彼女はお尋ね者となったファブリスを密猟者に変装させ国境を越えさせて、夜グリヤンタの館に密かに迎え入れる。

彼女はファブリスをミラノついで侯爵夫人の実家の領地ロマニャーノに匿いながら、警視総監ピンデル男爵と交渉し、さらにはボルダ司教参事会員を通じて男爵夫人にその夫への働きかけをしてもらうように工作する。

ジーナは半年ぶりに帰国したファブリスを「以前よく知っていた美貌の外国人」に出会ったように思う。つまりファブリスを今や甥以上の存在と見ているジーナの心が露呈される。そしてかれの精神の気高さに内心で絶大な讃美を寄せ、実際、夫人はこのあとファブリスのためにだけ生きているかのように、全身全霊かれに打ち込む様子が見られる。

そのジーナはパルム公国の大臣モスカ伯爵の愛人になって、パルムに住むことになる。ファブリスがナポレオンとともに戦うために旅立ったあと、その不在から生じた空虚と心配から憂愁の気持ちに囚われ、彼女はミラノに出て、スカラ座での観劇に慰めを見出していた。そこで妻と別居中のパルム公国の大臣モスカ伯爵を紹介され、その気やすい人柄に惹きつけられ、かれの求愛に応えるようになった。ファブリスがノヴァーラ近郊に隠れているあいだ、伯爵に強く求められて彼女はパルムに行き、サンセヴェリーナ公爵という老人と名目だけの結婚をして、この地に住まいを構える。彼女はモスカ伯爵の進言により、ファブリスを将来パルムで聖職者にするために、ナポリの神学校に留学させることに決める。

その「ロンバルディーア風の美貌」に「レオナルド・ダ・ヴィンチの美しいヘロディアス像が持つ官能的な微笑と穏やかな憂愁」(第十五章)を湛えた表情のサンセヴェリーナ公爵夫人ジーナは、「快活で、潑剌とした機知と茶目っ気」を発揮し(同)、パルムの社交界で人気を勝ち得て、パルム大公ラヌッチョ・エルネスト四世からも覚えがめでたい。彼女は、ファブリスが四年経ってナポリから帰ると、大公にも目通りさせ、ランドリアーニ大司教に紹介するなど、ファブリスを引き立てる努力をする。今や立派な青年となったファブリスにジーナはすっかり魅了され、彼女の示す愛情が当のファブリスさえも悩ませる。

そのファブリスは旅回りの劇団の女優マリエッタに夢中になり、それを知ったジーナはモスカに力を借りて劇団をパルムから追い出す。ところが、劇団がパルムを出て行くところにファブリスは遭遇して、マリエッタの情夫ジレッチから喧嘩を売られ、これを返り討ちにするという事件を引き起こす。

ジーナは甥のジレッチ殺しが相手から売られた喧嘩の末に起こったものとして事件を片づけたいと思うが、モスカに対立するラッシ検察長官は、証人が見つからないふりをしてかれを指名手配し、有罪にしようとしているのを知る。彼女は陰謀の渦巻くパルムを去ろうとするが、公爵夫人に気のある大公は、彼女を引き留めるために特赦状をモスカに認めさせる。ところが、その特赦を証明する書状にはそのものを無効にするような欠落があり、卑劣な大公はそれを公爵夫人に渡したあとで、翌朝にはファブリス逮捕の命令を出す。

ボローニャに逃げていたファブリスは、検察長官に与するラヴェルシ侯爵夫人の偽手紙におびき出されて逮捕され、それを知ったジーナは怒りと屈辱でいっぱいになり、自分の無力を嘆く。モスカとの面会も断り、かれと別れようかと考えるが、かれがこの件について調査すると約束して破局は回避される（第十七章）。このあたりにもジーナの決然とした強い性格が描かれている。

パルムの牢獄であるファルネーゼ塔に収監されたファブリスについては、ジーナのもとには噂話しか伝わってこない。彼女は情報収集に全力を尽くし、塔に幽閉されているファブリスとの連絡方法を模索して、夜間に遠くの塔の上から光の信号を送るという手段を着想する。信号によってコミュニケーションが取れると、彼女はかれに脱獄の指示を与える（第二〇章）。ファブリスと心を通わせる城塞長官の娘クレリアの助けを借りて、脱獄は決行される。

ジーナ・サンセヴェリーナにとって、自分に屈辱を与えたパルムに対する恨みは大きい。かねてから彼女に忠誠を誓っていた自由主義者のフェランテ・パッラと連絡を取り、大公の暗殺を企てる。彼女はある種の狂気に囚われている。とかくするうち大公がポー河の岸辺で穴に落ちて死んだことが伝えられる（二三章）。

ラヌッチョ・エルネスト四世の息子がラヌッチョ・エルネスト五世として大公に即位すると、公爵夫人はその母の前大公妃に付く女官長に任命される。しかし、モスカから、前大公のファブリス逮捕令はまだ有効であり、用心をするように忠告を受ける。

そうしたときに、ファブリスが自ら城塞に戻ったという知らせを受けて、ジーナは絶望する。ファブリスの命が危ういことを知った彼女は、最後は大公に助けを求め、ファブリス救出と交換に大公の思いのままになるという条件を呑まされる。かれを救出するための彼女の奔走の仕方は、ファブリスへの執心が異常なものであることを明らかにしている。

ジーナはファブリスを救出するものの、かれがクレシェンツィ侯爵夫人となったクレリアを想い続けていることに悩む。しかも前大公妃の誕生のパーティーで久しぶりに出会ったファブリスとクレリアが、縒りを戻したとジーナは察知する。ジーナはモスカにパルムを去ることを提案する。ジーナは、彼女にとって最後の屈辱であるパルム公との約束を果たすと、モスカとパルムを去り、二人はペルージャで結婚式を挙げる。ジーナはポー河の対岸のオーストリア領に住み、パルムには二度と足を踏み入れない。

以上に見るように、ジーナはまったくファブリスへの愛に生きている。ファブリスは幼少の頃から彼女に愛され、かれ自身ジーナの大きな影響を受け、ある点では彼女の似姿にもなっている。二人はいわば合わせ鏡のような存在である。ジーナを取り巻いて、愛人のモスカ伯爵はもちろん、大公からテロリストまで多くの男性が彼女を慕い、彼女の愛を得ようするのだが、彼女にはファブリスしか眼中にない。モスカ伯爵を嫉妬に苦しませるだけでなく、それはパルムの宮廷中に妬みを巻き起こす。ファブリスのために、誇り高い彼女は自分に直接加えられた屈辱、かれに加えられた屈辱（それもまた間接的に彼女に加えられた屈辱にもなる）、これらを堪え忍び、あとではこれに復讐を企てるという激しいところを見せ、それはある種の狂気にまで迫る様子が見られる。

4　クレリア・コンチ

クレリアがファブリスと出会うのは、密出国の容疑で指名手配となったファブリスが、母デル・ドンゴ侯爵夫人と叔母ジーナ・ピエトラネーラ伯爵夫人の二人の女性の手引きで身を隠すためにミラノに向かう途中である。一行の乗った馬車がパスポート検査で止められた際に、クレリアは父のファビオ・コンチ将軍とともに憲兵に捕まるという場面を見られてしまう。コンチ将軍はコモ湖で急ぐあまりパスポートの提示を振り切って乗船したという容疑だった。父娘はミラノ行きの馬車に遭遇することを当てにして街道を歩いているところを憲兵に捕まったのだ。日射しを避けさせるために馬車に乗るようジーナから申し出を受け、クレリアがファブリスの手を借りているところに、厳格な父がそれを禁じる命令を発したために、彼女はファブリスの腕のなかに落ちかかり、かれと目を合わせ真っ赤になる。結局、コンチ将軍がミラノへ連行されることになり、十二歳になったばかりのクレリアはファブリス一行の馬車に同乗する。クレリアはジーナがファブリスに情熱的な視線を向けるのを敏感に感じ取る（第五章）。

次に彼女がファブリスと出会うのは丁度七年後である。花の盛りのクレリアは「グイドの描いた美女の像に比肩できる」（第十五章）ほどの、「天使のような」顔立ちで「この世のものとは思われないような美しさ」を持った女性に成長している。彼女がパルム公国城塞長官となった父と馬車で城塞を出ようとしたとき、逮捕され連行されてきたファブリスが、詰所に連れ込まれ、書記のバルボーネと悶着を起こしているのにぶつかる。騒ぎを調べに馬車を降りていった父を待つクレリアは、憲兵班長に何が起こっているのかを尋ね、事態を知らされる。クレリアは馬車のなかから外の様子を知ろうとして、そのとき詰所の外に連れ出されたファブリスと目を合わせる。昔コモ湖の近くで彼女と出会ったことをかれが覚えていて、それを口に出したので、彼女は赤くなり、どぎまぎする。あとになって、クレリアはかれにひと言も言葉をかけられなかったことを悔やむ（第十五章）。

クレリアは、ファブリスをジーナ・サンセヴェリーナ公爵夫人の恋人と考えていたので、かれが逮捕されたことで夫人を気の毒に思い同情する。そして、その晩の夜会でクレリアは、パーティーのさなかにファブリス逮捕のニュースを囁かれた夫人が青ざめるのを見て、夫人のファブリスに寄せる愛情の深さを目の当たりにする。クレリアのなかでも、夫人から愛されているファブリスに対して、愛情が目覚めたと考えていいかもしれない。

クレリアは城塞の上にある長官邸三階に鳥家を持っていて小鳥の世話をしているが、目の前にはファブリスの収監されているファルネーゼ塔が聳えている。彼女はあえて塔を見上げないようにするが、どうしても上目遣いになる。ファブリスが塔の窓から彼女に挨拶を送ってくると、よそよそしい態度で挨拶を返すが、自分の目を黙らせることはできず、そこに知らないうちに「強い同情」を込める。まもなく、ファブリスの監房の窓に日よけが取り付けられ、クレリアは見られていないと思い、かれを案じて窓を見上げるが、やがて囚人はそこに穴を開け、「無垢なやさしさとこの世のものとは思われない魂の清らかさに溢れたこの顔」に表れている心配そうな様子を、すっかり見てしまう。はじめクレリアはファブリスに見られることを恥ずかしく思っているが、やがてはピアノを三階の部屋に運ばせ、ピアノを弾くことによって彼女の存在を知らせ、目でかれと語りあうことが習慣になる。ファブリスは合図によってあからさまにクレリアへの愛情を示すので、そんなときにはクレリアは自分のかれに惹かれる気持ちを覚られないように逃げていく（第十八章）。

彼女は父からクレシェンツィ侯爵との結婚を迫られ、返事を引き延ばしている。彼女は命の危ないファブリスの傍から離れる気持ちになれない。ジーナ・サンセヴェリーナ公爵夫人の気持ちを思い夫人に同情すると同時に、嫉妬している自分を感じ、ファブリスにすっかり心を奪われているのを自覚する。クレリアは、ファブリスにとって牢獄生活の退屈を慰めるひとときの相手でしかないと自分に言い聞かせながらも、かれの無事を確認しては強い喜びを感じる（第十九章）。

とかくするうち、彼女はファブリス毒殺の噂を耳にして、ピアノの伴奏でオペラのレチタティーヴォ（叙唱）のように歌って危機を知らせる。彼女はファブリスに肌着を裂いて紐を作らせたうえ、塔の下に垂らさせ、そこに縄を結びつけて、その縄によって食糧のチョコレートやパンを供給し、また紙、鉛筆などを与えて連絡の手段を確保する。彼女はサンセヴェリーナ公爵夫人がファブリスと光によって通信する手だてを考え出し、かれを脱獄させる計画があるのを知り、脱獄に消極的なファブリスと塔のなかの礼拝堂で逢い説得する。今やファブリスを愛しているクレリアは、脱獄に加担し、城塞長官の父に対する裏切り行為に出ようとしているが、それをまったく自覚していない。

クレリアは公爵夫人に協力を申し出るが、その結果父に薬が呑ませられ、そのどさくさが利用されて脱獄準備が行なわれたことで「信心深い」彼女は驚き、はじめて良心の呵責を覚える。結局、ファブリスがコンチ将軍の全快祝いの祝宴を利用して脱獄に成功すると、クレリアは悩んだ末、聖母マリアにもうファブリスを見ないと誓い、かねてから迫られているクレシェンツィ侯爵との結婚にはじめて同意する（第二二章）。

ところが、結婚を控えたクレリアが、鳥家にあがり、いつもの習慣でファルネーゼ塔を見上げると、そこにファブリスの顔を見て驚く。かれは脱獄したものの、クレリアの傍を離れて幸せはないと城塞に出頭したのだ。クレリアは聖母への誓いを思い出し急いでその場を逃げ出す。

そのあとすぐに、ファブリス毒殺の計画を知ったクレリアは、かれが食事を口にする前にかれを助けようと、牢番の制止も聞かず監房に駆け込み、かれの前に置かれた皿をひっくり返してファブリスを抱きしめる（第二五章）。ファブリスは一瞬でも長くクレリアを腕のなかに抱いていたいために、食物を口にしたふりをして、彼女を愛撫へと誘導し、二人は陶酔を味わう。

ファブリスが城塞から救出されたあと、コンタリーニ邸に預けられたクレリアは、今度は聖母への誓いどおりに暗闇のなかでファブリスと逢引きをするが、彼女の父が病気になったのを機会に、かれに永久の別れを記した手紙を送り、クレシェンツィ侯爵と結婚する。それからしばらくして、彼女は宮廷で開かれた前大公妃の誕生祝いのパーティーで補佐司教となって社交界からは引退していたファブリスを見かけ、P＊＊＊夫人の歌うチマローザのアリア『あのやさしい眼』を聞くと涙を止めることができない。彼女はパーティーの終わりに、ファブリスに「友情の思い出」として扇を与える（第二六章）。

屋敷に閉じこもったクレリアは、近くの聖堂でファブリスが説教を行ない、評判になっていることを知っているが、聞きに行こうとはしない。しかし、かれの熱烈なファンであるアネッタ・マリーニという娘の話を聞くと興味を惹かれ、この娘を見に出かける。クレリアは補佐司教ファブリスの説教を聴き、十四カ月のあいだかれに逢わなかったことが罪悪のように感じられる。かれに手紙を書き、夜のあいだに屋敷の庭にある建物で逢引きをする。彼女は聖母に立てた誓いをファブリスに打ち明けて、かれと暗闇のなかで逢い続け、それは三年間に及ぶ。その間にファブリスとのあいだに息子が誕生し、侯爵とのあいだの児ということにして育て、子供も二歳になっている。ファブリスはその子供サンドリーノを手元に置くことを熱望し、悩んだ末にクレリアは、侯爵の留守の間に子供が亡くなったことにしてファブリスに渡す。しかし数カ月後、サンドリーノはほんとうに亡くなってしまい、クレリアは、聖母に誓ったにもかかわらず時としてファブリスを見たせいだと激しく自分を責め、子供の死去のあと数カ月後に息を引き取る。

作者はクレリアを「気高い魂」の持主であり、「とても敬虔」であると書き、一方で「理性的」であり、「穏やかで情に動かされない」（第十五章）うえに、「無分別なことをして後悔するということが一度もなかった」（第十九章）と書いている。そうした彼女はどうしてファブリスの魅力に囚われ、恋の炎に身を焼かれるようになったのだろうか。作者はクレリアのファブリスに惹かれていく気持ちを綿密に追っている。

クレリアが実際にファブリスと愛しあった時間はわずかである。しかし彼女が十二歳でかれに出会ったときから、クレリアの心のなかにファブリスは住み着いていたと言ってもいいだろう。かつて彼女が出会い、間近で見たジーナが、ファブリスを愛しているという宮中の噂を聞いて、夫人に対し憧憬と羨望を抱きながら、夫人をある点で自分に置き替えて、ファブリスを見ていたと思われる。

ファブリス逮捕により彼女はジーナの気持ちを忖度するが、それはまた自分の気持ちになっていく。ファブリスが収容されたファルネーゼ塔の窓と邸の窓をはさんで二人はまなざしを交わし、はじめはおずおずとしていたクレリアが、愛情をあからさまに表現するファブリスを前にして、次第にジーナに入れ替わり、かれの身を案じ、かれから離れられなくなる。「孤独が好き」な「引っ込み思案」で恥ずかしさに顔を赤らめていた少女が、積極的にかれに近づくようになり、やがて結婚してからも、暗闇のなかとはいえ、大胆にも屋敷地内にかれを招き入れ逢引きをするまでになる。彼女には夫を裏切るという意識もなければ、神に背くという意識もなく、ただまっすぐに彼女の真の夫であり、神であるファブリスの方だけを向いていた様子が見られる。

おわりに

以上のようにスタンダールの代表作である『赤と黒』および『パルムの僧院』に登場する女性たちの生き様を辿ってみたが、ジュリヤンやファブリスに対する彼女らの気持ちは、四人四様であるが、真率なものであることが分かる。レナール夫人の恋は不倫であり、マチルドの恋は身分違いの恋、ジーナ・サンセヴェリーナの愛は近親相姦的、そしてクレリアの恋はやはり結果的に不倫である。こうした愛にもかかわらず、彼女らの一途に愛情を貫く姿が感動的である。

レナール夫人は、不倫が噂になりジュリヤンがヴェリエールを発っていったあとも、かれへの愛を心に秘め後悔のなかで暮らした様子が見られる。ブザンソンの神学校に入ったジュリヤンにしばらく手紙を書き続けるが、それは神学校長ピラール神父の手で開封され、燃やされて恋人の手元に届かない。彼女はそうとは知らずいつまでも返事を待ち続ける。そして諦められない気持ちを抱きながらも、彼女は信仰にのめり込んでいく。ヴェリエールの教会でミサの祈りを捧げているときにジュリヤンに狙撃されるという事件を契機に、再び目の前に現れた恋人に対して、内奥に閉じ込めていた彼女の想いが噴出することになる。

貴族令嬢のマチルドの方は、ジュリヤンが卓越した人物であることを見抜くと、はじめは観念的にかれに恋を仕掛け、庶民のかれに英雄的に肉体を与える。しかし彼女の内部の障碍である自尊心を乗り越えられない。ほんとうにかれを愛するためには、熾烈な自尊心の戦いを経て、それが屈服させられなければならない。敗北を認めたあと、妊娠さらには恋人の逮捕に至って、彼女は心からジュリヤンを愛するようになる。ジュリヤン亡きあと、彼女はその思い出に自分を捧げるであろうことが予想できる。

マチルドと同じように誇り高いジーナについては、見てきたように、ファブリスを護るために自尊心を捨てて力を尽くし、それが妨害されると復讐をも辞さない激しさを持っている。しかしそうまでして護っているのに、ファブリスの心がクレリアに奪われるのを防ぐことはできない。ジーナは二人を引き離そうとするが、クレリアを見るためにファブリスは城塞の監房に戻るという危険を冒す。ジーナはクレリアの結婚を急がせ、ファブリスの手の届かないところに彼女を追いやろうとするが、パーティーでの邂逅によって、二人が縒りを戻したのを察知する。こうして、最後にはファブリスの心が自分の手の届かないところに行っているのを知らされると、ジーナははじめてかれから去っていく。

クレリアについては、はじめ清純な少女として登場する。ジーナを見ることによって抱いたファブリスに対するあこがれが、ファルネーゼ塔に収監されたファブリスと塔の窓と邸の窓をはさんでまなざしを交わしたことによって、かれを身近な人にする。ジーナに遠慮しながらも彼女の気持ちはかれに惹きつけられていく。城塞の礼拝堂でジーナの意向を伝え、ファブリスに脱獄を促す彼女は、城塞長官の父のことを少しも顧慮していない。そして毒殺の危機を知らせにかれのもとに飛び込んだ彼女は、監房のなかでかれの恋人となる。慎み深かった彼女は、父のみならず、神をも恐れず、結婚後も彼女が自ら立てた「聖母への誓い」を守ることを口実にして、暗闇のなかで、そして蠟燭の光のなかでファブリスと逢い続ける。おそらくファブリスを愛しすぎたクレリアは、四人の女性のなかで一般的な意味ではいちばん不道徳と言えるが、「敬虔」で「無分別なことをしたことがない」彼女を恋の情熱が変えたのである。

クレリアとレナール夫人。不倫に陥ったこの二人の女性が恋人ないし子供の死により、最後は自らも死んでしまうのは、彼女らの道徳に反した行為の贖いのように見えるが、作者にはそのような意図はない。やはり愛に殉じたのだと見るべきだろう。あまりに激しく生きた女性は、命を消耗し尽くし、不幸に耐え切れなかった。スタンダールの小説では、愛しあう者たちの誰かしらが死んで終わる作品がほかにも見られるが、それらは自殺や他殺や刑死であり、喪失感から死を迎える女性は二人のほかに例がない。

スタンダールの『赤と黒』と『パルムの僧院』では、それぞれ主人公の青年を巡って、いずれも容姿・容貌も美しく、異なる性格の二人の女性が登場する。しかも、作者によって付与された性格は彼女らを縛るものではない。ここには恋愛を通して女性たちが変貌していく様子が見られる。恋愛によって以前の自己を乗り越えていく姿が見られる、と言っていいかもしれない。ジーナ・サンセヴェリーナの場合は、愛情が彼女をいちだんと過激に変える。それでも彼女らの高貴な心は変わらない。『アルマンス』の同名のヒロインや『リュシヤン・ルーヴェン』のシャステレール夫人も同様である。登場する女性たちが愛するのは、これまた美貌でなおかつ高貴な精神を持っているとされる青年たちである。彼女らはこうした男性を女性らしく子宮によって本能的に嗅ぎ分ける。そして、ここで取り上げた二つの作品の女性たちに見るように、臆病であったり、慎ましかったりする女性も、愛する人のためにはどのようにしても愛情を貫く激しさを持っている。また自尊心が強く誇り高い女性も、ほかのことはいざ知らず、愛情のためには弱さを見せる。スタンダールはその小説のなかで、男女の愛を通して、情熱が様ざまに女性たちを動かす様子を細かく描き、強くもあり弱くもある普遍的な女性像を描いたと言えるだろう。

こうした女性たちは、スタンダールが愛した女性たちの面影をどこかに持っていると言われる。かれがミラノで知ったアンジェラ・ピエトラグルアやメチルデ・デンボウスキーをはじめ、愛しあった女性ないし単に思いを寄せた女性たちだが、これら現実の女性を見事に形象化してスタンダールは虚構世界の作中人物に溶け込ませているので、モデルを云々するのは難しいように思われる。それに現実の女性のみならず、かれは読書体験を通じて知った女性や、絵画のなかに見た女性などからも女性像を生み出すためのヒントを得ている。レオナルドないしはベルナルディーノ・ルイニ、ラファエッロ、グイド、コレッジョなどの女性は、容貌・容姿のみならず、そこから想到される人間的魅力を小説の人物像にまとわせようとしたと考えていいだろう。

また、作中の女性たちの心理や行動について、スタンダールの創作以外の著書、なかんずく『恋愛論』、および自伝、日記や手紙などを参照のうえ、分析したり、分類したり、枠をはめたりして、スタンダールの考えを解説ないし解読することができるかもしれないが、それはとりあえずここでは留保しておこう。

スタンダールの小説のトポグラフィー

序

近代になって、小説のなかでリアリティーというものが追求されるようになったことはあらためて述べるまでもない。現在では、小説は虚構、つまり空想の産物であるにもかかわらず、現実離れした、本当らしくないものに対しては、寓意や象徴を目的とするのでないかぎり、低い評価しか下されない気配さえ感じられる。さらに言うならば、どこかに本当らしさを漂わせていないと、マイナーな作品と見なされる傾向がある。これは、本来まったくの空想の産物であり、ある点ではマイナーな文学と考えられていた大衆小説にさえ影響を及ぼしている。たとえば、かつては空想科学小説と呼ばれていたものはサイエンス・フィクション（SF）となり、やはりそのぶん想像力は科学的実現可能性が推測される方向を辿るべく制御されているように思われるし、探偵小説や時代小説も推理（論理的妥当性）や歴史（歴史的考証）に依拠する傾向が強くなっているようである。いわゆるまったくの《おとぎ話》は、ファンタジーと呼ばれる衣に着替えた世界、主として児童文学の世界を別格として、次第に片隅に追いやられているのではないかと考えられる。

もっとも、小説の世界を離れて映像の世界に目を転じれば、そこでは、従来は現実に存在するもの（たとえそれが、作られたもの、ミニチュアであっても）しか表現しえなかったが、科学技術の発達で特殊効果（SFX）と称するものが誕生したために、空想を自在に映像に展開してリアリティーの呪縛を乗り越えているかのように思われる。

ところで、小説においてリアリティーを醸し出す要素はいくつかあるだろうが、物語やその登場人物のリアリティーのおもとには、その物語が展開する時代や場所といった、いわば《舞台》のリアリティーというものが重要であると考えられる。空想的な昔話においては、「昔々…」という決まった書き出しによる時代的な不特定性が大きな特徴だが、場所についても「ある所」であったり、どこでもいいような地名を、話が語られたり読まれたりする場所との関連で提示され、時代と場所の束縛から自由な点が注目されよう。それはヨーロッパの中世やルネサンス、そしてバロック時代の物語（フランス語のロマンやヌーヴェル）においても同様であり、仮に「いつの時代のことである」とか「どこのことである」とか書かれていても、その時代や場所は他のものに交換可能なものであり、遙かに遠い時代の遠い場所であることを示して、空想的物語を実際の話のように見せかける手だてに利用されることがあった。まして、時代や場所が物語と緊密に結びついていることなどは、ほとんどありえなかった。

フランスにおいては文学史上、ラ・ファイエット夫人の小説『クレーヴの奥方』（一六七八）が近代小説の祖と呼ばれているが、これはまたフランス心理小説の祖とも見なされている。この小説では舞台設定についても、物語と緊密な関係を持っている。時代はアンリ二世の御代とされ、主人公のクレーヴ公夫人は宮廷に出仕する女性であるが、自邸と宮廷のあるパリとそれにクレーヴ公の別荘のある《郊外》のクーロミエが物語の展開するその主な場所である。時代的には、作者は自分が知っているルイ十四世の宮廷を、一世紀ほど前に遡らせた時間のなかに置いているのだが、様ざまな歴史的事実や歴史上の人物を混じえることによってアンリ二世の御代を描き出し、ある意味で歴史小説の様相さえも呈している。

しかし物語では、クレーヴ公と結婚したものの、宮廷で自分に対して好意を見せるヌムール公に惹かれてしまうクレーヴ公夫人の情念と徳の葛藤が心理的に描かれる。夫人はヌムール公を避けて、クーロミエに引っ込む。パリが権謀術数の渦巻く宮廷の存在する場所、夫人にとっては愛する人を眼にすることで苦悩を与える場所であるのに対して、クーロミエは夫人に安らぎを与えるいわば避難所である。しかし、クーロミエでは、別荘に引きこもることを不審に思った夫に夫人は問いつめられ、ヌムール公への想いを白状させられ、また夫人の姿を見るために別荘の敷地内に忍び込んだヌムール公がはからずも夫人の本心を知るという事態に展開する。この部分はいかにも小説らしいところである。しかし、パリとその郊外のクーロミエとは、物語の展開に緊密な関係を保持する場所であることは明らかであろう。読者がクーロミエは実際にどんなところか分からないにしても、また場合によったら架空の場所と想像しても、パリ郊外の別荘地という地理的条件は充分に理解できるし、ここが物語のなかでパリに対して占める意味合いは納得できるものである。

『クレーヴの奥方』に関して長く述べることになった。この小説はスタンダールが「ウォルター・スコットと〝クレーヴの奥方〟」という文章（一八三〇年二月十九日『ナショナル』所載）をはじめその他の著作のなかで、「称讃すべき一冊」と書き、その《自然さ》を高く評価している作品であるが、この小説ではその舞台設定についても、作品のリアリティーに貢献しているのである。

スタンダールの小説については、心理分析だけでなく、その作品が描く時代のリアリティーが評価され、物語の展開と時代は緊密な関係を保持しているが、ここではそうした時代とともに、物語の展開する舞台となる《場所とその様相》、つまりトポグラフィーについて考えてみたい。

1

スタンダールの最初の小説『アルマンス』(一八二七)は、デュラ公爵夫人の書簡体小説をもとにアンリ・ド・ラトゥーシュが出版した作品『オリヴィエ』(一八二六)にヒントを得て書かれた作品である。ラトゥーシュの作品ではルイ十六世の治下に時代設定されているが、スタンダールは現代の物語として、一八一四年から始まった王政復古時代の末期に舞台を設けている。そして主人公のオクターヴ・ド・マリヴェールに、この時代を生きる才知ある貴族青年の閉塞感を、精神的かつ肉体的に体現させている。

この小説の物語は、『クレーヴの奥方』におけるパリとクーロミエと同じように、パリとその郊外のアンディイという地理的な位置関係のなかで進行する。パリには貴族の邸宅街であるフォーブール・サン゠ジェルマンにマリヴェール侯爵の邸や、マリヴェール夫人の従姉妹であるボニヴェ侯爵夫人の邸があり、同じくショセ・ダンタンにドーマル伯爵夫人の邸があるとされる。そしてアンディイはボニヴェ侯爵の別荘のある土地である。

オクターヴの母のマリヴェール夫人は、息子の「人間離れした」生き方を心配してボニヴェ夫人のサロンに出るように勧め、そこでオクターヴはボニヴェ夫人の遠縁の娘(つまりマリヴェール夫人にとっても縁者)である孤児のアルマンス・ド・ゾヒーロフに出会い、彼女の人柄に注目する。アルマンスもオクターヴに心を惹かれるが、彼女は財産がないので、一八二五年に施行された貴族財産保障法によって二〇〇万フランという大金が手に入ることになったマリヴェール侯爵家の御曹司とは身分違いと認識し、彼女の気持ちを隠している。かれに近づくことが金目当てと思われたくないアルマンスは、縁談がもちあがっているという嘘の話をオクターヴにするが、それでいてオクターヴがドーマル伯爵夫人と近づきになると、夫人に嫉妬心を起こす。一方、オクターヴも、かれの家に財産が入ることでサロンに集まる人びとからちやほやされるが、そのことでかれの人間が変わってしまったとアルマンスに思われたくないという気持ちでいながら、それを伝えることができない。そしてかれはアルマンスの結婚が近づいているのではないかと悲しい気持ちでいる。このオクターヴに、ボニヴェ夫人の別荘に滞在中のドーマル伯爵夫人は、一同がアンディイの森を散歩しているときに、かれがアルマンスを愛していることを見抜いて、そのことを指摘する。伯爵夫人は、散歩するオクターヴとアルマンスの様子を見てオクターヴの気持ちを察知するのだが、一方、オクターヴはその指摘になぜか「不幸の淵」に突き落とされる。

ここでスタンダールはラ・ファイエット夫人の作品のなかにはないような情景の描写を、過剰な形容詞をつけて、次のように行なっている。

「ある晩、焼け付くように暑い一日のあとで、みんなはアンディイの丘を覆う美しい栗林を、ゆっくりと散歩していた。日中は時おり、物好きな人たちがやって来て、この森の趣を台なしにするのである。美しい夏の月の穏やかな光に照らされて、魅力的なその夜は、ひと気ない丘がうっとりするような眺めを見せていた。心地よい微風が木の間にたわむれ、この甘美な宵の魅力をいちだんと加えていた」（第十六章）

この描写のなかでアンディイという土地についての情報は、栗林に覆われた丘であるということだけである。

こうしてアンディイは、オクターヴにアルマンスを「恋している」ことを認識させる土地となるが、オクターヴは逃げるようにこの土地を去ってパリに戻る。次にかれがここにやって来るのは、パリで決闘をして負傷し、急いで駆けつけたアルマンスに病床で自分のほんとうの気持ちを打ち明けたあとである。かれは決闘の傷がもとで死ぬのではないかと思い、愛情を告げたのだった。二人のあいだの誤解が解け、アンディイでは満ち足りた平穏な生活がやって来るはずであったが、アルマンスとオクターヴのあいだにはまだわだかまりが存在して、それを二人は館のなかで手紙を交換することで解消しようとする。

アンディイは二人を結びつける場所として小説のなかで重要な位置を占めている。登場人物たちの住むパリに近く、そことたやすく往復でき、また親類縁者のみならずサロンの主要なメンバーが寄り集まることのできる別荘は、静養だけでなく、狩りや乗馬や散歩といった娯楽を提供し、パリの閉ざされたサロンに較べて開放的である。

この構図は、『赤と黒』のヴェリエールとヴェルジー、『リュシヤン・ルーヴェン』のナンシーとビュレルヴィレールの森にも再現される。場合によっては『パルムの僧院』のミラノとグリヤンタ、ないしはパルムとサッカをも同じように考えることができるかもしれない。

2

『赤と黒』（一八三〇）は第一巻で、フランシュ゠コンテ地方にあるという設定の小さな町ヴェリエールが舞台となる。この町については小説の冒頭で細かな描写がある。この描写で注目されるのは町と産業が結びついていることである。この町を流れるドゥー川とこの川に流れ込む支流の流れを利用して、ミユールーズ産と称して販売している更紗の製造で町は潤い、主人公のジュリヤン・ソレルの家をはじめ多くの製材所が稼働し、町長のレナール氏は大きな製釘工場を経営して儲けている。王政復古時代となり、フランスの地方都市にも産業の波が押し寄せるが、その様子をこの町に象徴的に描いている。そしてこの物語の第一部が貴族階級の世界でなく、ブルジョワや庶民の世界を描いていることを伝えている。

しかしこの冒頭の描写ではっきりしないのは、その地理的な様相である。

「ヴェリエールは北を高い山で囲まれているが、それはジュラ山脈の支脈のひとつである。鋸の刃のようなヴェラ山のいただきは、十月の最初の寒気到来から雪に覆われる。山から迸《ほとばし》り下る急流はドゥー川に落ちる前にヴェリエールを横切り、多数の製材所に動力を与えている」（第一巻第一章）

この描写によるとヴェリエールの町は北に山を背負い、南に川があると推測できる。レナール氏の邸宅もまた石垣を築いた庭園が川に向かって下っているから、南に面しているのだろう。そこからはどの方向か分からないが「ブルゴーニュを囲む丘陵に限られた地平線」が見える。そして、町長は自邸のみならず、川から一〇〇ピエ（約三二メートル）あまりの高いところにある町の散歩道に高さ二〇ピエ（約六・四メートル）、長さ三、四〇トワーズ（約六〇〜八〇メートル）の石垣を築いて、そこを忠誠散歩道と命名している。この散歩道の胸壁に寄りかかった旅人の「わたし」はドゥー川を目の前にして、次のように描写している。

「彼方、左岸には五つ六つの谷が蛇行し、その谷底に小さな水流がとてもよく見定められる。それらが滝を連続させて流れてきたあとドゥー川に落ちるのが見える」（第一巻第二章）

これによれば、川は左から右に、つまり東から西に向かって流れていて、対岸もやはりドゥー川に向かった斜面でいくつかの小さな川が土地を削り谷を作っている様子が想像できる。しかし、これはスタンダールの描写をつなぎ合わせての推測である。レナール氏は自分の庭を広げ四番目のテラスを作るために、ソレル老人の土地と交換に川の下流の岸辺の土地を好条件で譲ったとされるが、それについても、どこをどうしたのか具体的には何も浮かんでこない。

このように、いかにも地理的に正確に地形を描いたような書き出しは、実際にははっきりとしないし、これは美しい描写であっても意外に具体性に欠けている。読者は漠然とこの土地を想像するだけである。スタンダールの関心は地理的な詳細を描くことよりも、やはり土地の産業とそれに従事する登場人物たちを描くことだったと言っていいだろう。

さてこのヴェリエールで主人公のジュリヤン・ソレルは、シェラン神父の紹介で、家庭教師として町長のレナール氏に雇われる。かれの貧しさに同情したレナール夫人は、やがて夫やその仲間のブルジョワたちとは違ったこの青年の美質に気づき、かれを愛するようになる（本書一一一ページ参照）。一方、野心に燃えるジュリヤンはこのやさしい夫人を手に入れ、出世の足がかりにしようと考える。こうして春が来て、一家がヴェルジーの別荘に移動することになる。この土地については「それはあのガブリエルの悲劇的な恋物語で有名になった村である」とだけ書いている（第一巻第八章）。しかしここはヴェリエールからさほど遠くないことが、町の用事で町長が行き来し、またヴェリエールの人びとが晩餐に招かれていることからも分かる。ジュリヤンとレナール夫人の関係が進展するのはこの村でのことである。ジュリヤンはこの土地で、「しかも世界でもっとも美しいこの山々のなかで」生きる喜びに酔いしれる。かれはレナール夫人の親友のデルヴィール夫人がやって来ると、レナール夫人が作業員を雇って作らせた並木道の突端から、「スイスやイタリアの湖水地方のもっとも美しい風景にまさるとは言えないまでも、それに匹敵する」景色を見せ、ナラの森に縁取られた断崖に出ると、そこからの眺めが「モーツァルトの音楽のように思える」と夫人に言わせるのである（第一巻第八章）。こうして美しい土地ヴェルジーが二人の恋愛に舞台を提供する。

しかし、ジュリヤンがレナール夫人との関係を進展させるのは、かれの手が彼女の手に偶然触れた瞬間にそれが引っ込められたことから自尊心を傷つけられ、この手を引っ込めさせてはならないと思ったことに始まる。ブルジョワに対して、庶民の息子のジュリヤンは激しい憎悪を抱いているのだが、夫人のやさしさと、自然の美しさのなかでそれを忘れかけていたのである。こうして、苦しみの果てに夫人の手を握り、一方、恋というものをはじめて知った夫人は、ジュリヤンに夢中になっていく。ジュリヤンも再び野心や憎しみを忘れて夫人を心から愛するようになる。

ヴェリエールはジュリヤンにとって、仮にラテン語の知識があったとしても、家庭教師か単なる使用人にすぎないという、社会的な身分を思い知らされる場所であるのに対し、ヴェルジーは一時的に夫人が「敵側の陣営で育った女」と感じることはあっても、かれに野心を忘れさせる所である。この小説の最後で、ジュリヤンはレナール夫人を狙撃するに至り、逮捕され牢獄に収容されると、このヴェルジーでの幸福を懐かしむことになる（第二巻第三六章）。

以上のように、場所はフランスの東部フランシュ＝コンテ地方の町とその郊外であるが、地方とはいえブルジョワたちの人間関係が入り組む町と、人間臭さを脱した、自然の身近な田舎が対立し、後者において恋愛が育まれ、物語が前進させられる。

ジュリヤンはこのあと町で夫人との仲が噂され、レナール家にかれを紹介したシェラン神父の忠告で、この地方の中心都市ブザンソンの神学校に入ることになるのだが、やがてまた、そこから首都のパリに上っていくことになる（第二巻）。より大きな都市へと、かれの野心にふさわしく、かれは出て行くのだが、それがかれの幸福とは逆方向になることは推察できることである。

3

さて次にスタンダールの未完の大作『リュシヤン・ルーヴェン』（一八三四執筆着手）にナンシー*とビュレルヴィレールの森の関係を見てみよう。

＊草稿ではナンシーではなくモンヴァリエである。スタンダールはのちにモンヴァリエをナンシーに変えるべくメモを残している。ここではナンシーとした。

主人公リュシヤンはパリの銀行家の御曹司であるが、エコール・ポリテクニークを除籍になると、父の会社に週に一度顔を出し、それで高給を得ている。しかしかれは父に養われることから脱するために、従兄に槍騎兵第二七連隊のフィロトー中佐を紹介してもらい、この中佐に取り入って、連隊の少尉に任官する。第二七連隊はナンシーに駐屯する部隊で、この町は「近道をすればライン河まで十九リュー（約七六キロメートル）」（草稿第四章）というドイツ国境寄りの町である。こうしてかれは当地の駐屯地にやってくる。合流した部隊とともに町に到着したリュシヤンの見た町の感想を、次のようにスタンダールは叙述している。

「ナンシーはリュシヤンには醜悪に思えた。汚さ、貧しさ、さもしさ、無味乾燥でしかも金とか不幸しか考えていない顔つきが、そこに住まいを定めているようだった。（…）狭い街路は、舗石もきちんと敷かれてなく、曲がり角や袋小路がやたらとあり、汚い水の流れだけがきわだっていたが、その流れもスレート瓦を煮出したような泥水がやっと流れていた」（同）

リュシヤンがパリからやって来たブルジョワの御曹司の軍人であるせいか、ナンシーの産業については、レース編みの女工がいること以外には何も注目されていない。

ところがリュシヤンは町に到着すると早々に街路で落馬してしまう。それは大きな家の前のことで、その二階にある緑の鎧戸付き窓のカーテンを半分ほど引いたなかに見えた金髪の若い女に気を取られて、かれが何気なく馬に拍車を当てたため、馬が脚をすべらせたのだ。そしてこの体たらくがその女性にすっかり目撃されてしまう。この女性こそ町でいちばん美しいという評判の女性のひとりであった。彼女はポンルヴェ侯爵の娘で、シャステレールという近衛少将と結婚したが若くして未亡人になっていた。リュシヤンはこの女性に関心を寄せ、宿駅長のブーシャールから情報を得、またこの家の近くのキャビネ・リテレール（新聞や書籍を閲覧させたり貸したりする店）に通って家を見張るといったこともする。かれは兵営に入らず、トロワ・ザンプルールというホテルに最高の部屋を取り、やがてかれが銀行家ルーヴェンの息子だという噂が広まると、次第に町の貴族やブルジョワたちの仲間に加えられ、この退屈な町の保守的な社交界に接近していく。しかしシャステレール夫人とはなかなか面識を得られない。

目的の夫人と出会うのは、かれがセルピエール邸を訪問中のことであった。夫人の来訪が告げられると、かれはすっかりぎごちなくなり、それまで発揮していた才知の陰も消えて話すことすらできなくなってしまう。リュシヤンはセルピエール夫人からシャステレール夫人に紹介されるが、かれは真っ赤になって、気の利いた言葉のひとつも口に出せない（同第二〇章）。こうしてリュシヤンは噂にのみ聞いていたシャステレール夫人と面識を持つわけだが、そのあとでも、身持ちが正しく社交界でも一歩引いたところのある夫人にかれはなかなか近づけない。かれは思い切って手紙を書き、自分の気持ちを打ち明けるが、夫人はかれの気持ちを知りながら、かれに些《いささ》かも希望を与える気配を見せない。

スタンダールの設定では、このナンシー郊外にはビュレルヴィレールの森という、いわばナンシーの上流階級の散歩場になっているところがある。そこはナンシーでも美人の評判の高いドカンクール夫人が男たちとしばしば行楽に出かける場所であると、宿駅長がリュシヤンに紹介しながら、「いいところですよ。そこには《緑の狩人》というカフェがあって、当地のティヴォリ（ローマ郊外の別荘地）といったところです」と付け加える（同第四章）。リュシヤンは連隊で勤務のないときには、この森に乗馬訓練に出かけるが、あるときは考えごとをしていたために、ナンシーから七リュー（約二八キロメートル）も離れた地点まで踏み込んでしまう。

シャステレール夫人がかれに好意を見せるのは、この森に出かけたときである。セルピエール邸のサロンにいた夫人とリュシヤンは、この家の令嬢たちの提案で一家とともに森の《緑の狩人》へ馬車で赴く。夫人も家のなかでは気が滅入ったため気分転換を計りたいと思っていたのだ。ここではじめてリュシヤンは「長い時間おもいきって夫人の前で、そして夫人に向かって話し」、ついに夫人はかれに腕を預ける（同第二〇章）。

「その夕べカフェ・ハウス《緑の狩人》には、ボヘミヤのホルン奏者たちがいて、甘く、単純で、ゆったりした音楽を、うっとりとするように演奏していた。これほどにやさしさに溢れ、心を奪うものはなく、これほど森の大樹の背後に沈んでいく太陽と調和するものはなかった。時どき、太陽は深い緑を透かして光を投げかけ、広い森のこのたいそう感動的な薄闇に命を吹き込むように思われた。無感動な心の持ち主がいちばんの敵に数える魅惑の宵であった」（同第二三章）

こうした雰囲気のなかで二人の心は接近していく。リュシヤンはシャステレール夫人宅の訪問の許可を取り付ける。しかしシャステレール夫人はかれを自宅に招いても、決して二人きりで会おうとはしない。そんなかれらは再び期せずしてセルピエール邸で出会い、またしても令嬢たちの提案で森へ出かけることになる。シャステレール夫人はためらうものの、自分が行楽に行かないとなると、令嬢たちも出かけないだろうと考えて馬車に乗る。こうして森に到着して馬車を降りると、夫人とリュシヤンはボヘミヤのホルン奏者の演奏するモーツァルトを聞きながら、幸福感に浸されて宵闇のなかを散歩する（同第二六章）。

以上のように、無味乾燥なナンシーの町のなかにいると、夫人はリュシヤンの気持ちに応えようとしないが、ビュレルヴィレールの森では心を開いて、かれの真摯な気持ちを受け入れる。リュシヤンの方も、ナンシーの町が新しい町のように見えてくる。しかしながら誤解からリュシヤンは夫人には愛人がいると思い込み、彼女への想いが真剣だっただけにその衝撃から町を立ち去ることになる。パリに戻ったリュシヤンは、やがて父の紹介で内務大臣ヴェーズ伯爵の秘書となり、七月王政下（一八三〇〜四八）のバス＝ノルマンディで政争のなかに巻き込まれていく。

この小説では、ナンシーとビュレルヴィレールのほかに、ナンシーから六リュー（約二四キロメートル）のダルネーという町が出てくる。リュシヤンがシャステレール夫人に手紙を出すためにわざわざ出かけていく町である（本書一六五ページ参照）。それは丁度『赤と黒』において、ヴェリエールから二リュー（約八キロメートル）にブレという郡役所のある町を配したのと似通っている。これらの町は具体的には何も叙述されていないが、それだけにヴェリエールやナンシーの存在感を引き立てている。

また、この小説で主人公たちが心を通わせるビュレルヴィレールの森（架空の森）は、アンディイの森（実在の森）と同様に、フランスの都市の郊外に広がるいくつもの広大な森が、自然のなかでのリクリエーション（娯楽＝再生）の場である事実をあらためて思い出させる。

4

以上の三つの小説は、主人公たちの恋の進展に似通った地理を提示している。それはあたかも町なかでは愛しあう気持ちが阻害され、自然に囲まれたなかでこそ、そうした人間的な感情が取り戻せると、ロマン派的な主張をしているように見える。それでは残りのもうひとつの長篇『パルムの僧院』（一八三九）ではどうであろうか。

この小説は北イタリアが舞台であるが、後述するように全体に主人公ファブリス・デル・ドンゴの遁走劇といった様相であるので、かれの足跡を辿ると、いくつもの地名が登場する。しかしまずはかれが生まれ育った場所を見てみよう。

この小説で主人公は一七九八年生まれと設定されている。ちなみに『赤と黒』のジュリヤンは一八〇八年生まれで、ファブリスより十年遅く生まれている。ファブリスが生まれる二年前に、ナポレオンが第一次イタリア遠征でミラノに入城した。親オーストリア派のデル・ドンゴ侯爵はミラノの自邸を去り、コモ湖の奥のグリヤンタに逃れ、ファブリスはそこの館で生まれた。このコモ湖畔の館は次のように描写されている。

「その館はおそらく世界にも類い稀な位置を占め、あのすばらしい湖水から一五〇ピエ（約四八メートル）ほどの高所に建てられ、湖水の大半を視野に収める」（第一章）

「館の正面の湖の対岸には、館を眺めるには絶好の位置となるメルツィ荘があり、その上にはスフォンドラータの神聖な森、湖をあんなにも逸楽的なコモ湖とレッコの方に流れる峻険さに充ちた支湖の二つの枝に分ける鋭い岬。この崇高で優雅な風景は、世界でもっとも有名なナポリ湾の景色もこれに匹敵するとはいえ、凌駕することはない」（第二章）

スタンダールはこのあとで、コモ湖がジュネーヴ湖（レマン湖）のように湖岸が開発されて投機と金銭の臭いを発散してなくて、自然のままであることを強調している。「文明の醜さを思い出させるものは少しもない」（第二章）とさえ付け加えている。

そこはスイス国境に三リュー（約十三キロメートル）しか離れていない場所とされる。デル・ドンゴ侯爵はこのミラノのいわば奥座敷の湖畔でオーストリアのスパイにミラノの動静を伝えるなどの連絡を取っている。

ファブリスはこの土地で十二歳までの幼少年時代を村の子供に交じって過ごしてから、ミラノのイエズス会の学校で教育を受けさせられる。ミラノには侯爵の妹で、ファブリスにとっては叔母のピエトラネーラ伯爵夫人が住んでいて甥の世話をするが、この叔母夫婦は侯爵とは反対にフランスの支持者で、イタリア王国（国王はフランス皇帝ナポレオンが兼務）の副王であるウジェーヌ公の宮廷に出入りしている。たまに侯爵夫人がミラノの息子に面会にやって来るが、侯爵自身はミラノに足を踏み入れることはない。しかも侯爵は妹が息子をウジェーヌ公の宮廷にお目見えさせようとしていると知って、ファブリスをグリヤンタに呼び戻してしまう。ファブリスは悲しむが、年に一度だけ叔母の誕生日の前後一週間叔母のもとへ行くことが許され、これを楽しみにする。

しかしまもなく王政復古となり、ピエトラネーラ伯爵はフランス支配の時代について悪口を言いつのった連中と決闘をして殺されてしまう。伯爵夫人は復讐を考えるが、兄のデル・ドンゴ侯爵の誘いでグリヤンタにともに住むことになり、甥と暮らすことができるようになる。ファブリスには六歳年長の兄アスカニオがいるが、侯爵は長男を跡継ぎと定めてファブリスは眼中にない。ファブリスはこの地で母と叔母の愛を受けて一年近くを過ごす。

スタンダールはこのファブリスがデル・ドンゴ侯爵夫妻の子供ではなく、ミラノでデル・ドンゴ邸に寄宿したフランス人士官ロベール中尉と夫人とのあいだに生まれた子供であることをほのめかしている。兄が父にそっくりであるのに対して、ファブリスには父の特徴を継ぐところがない。

ミラノとグリヤンタは、ファブリスと十五歳年上の叔母ジーナ・ピエトラネーラの心をつなぐ場所である。ファブリスがこの二つの土地を行き来することで、かれらの絆が深まっていく。二〇年ぶりでグリヤンタに戻ったジーナは、そこに「幸福で平和な生活が待っている」と思う（第二章）。彼女は湖の眺めと館での生活に十六歳の頃の心を蘇らせる。このあとファブリスは、ナポレオンがエルバ島を脱出して、フランスの皇帝に返り咲き、ベルギーに進撃するという情報を聞くや、ナポレオンとともに戦うために家を出る決心をして、その決意を母と叔母に告げる。ジーナは出発を告げに来たファブリスに「嬉しさと心配で」涙を流す。

『パルムの僧院』のこの最初の第一章、第二章がすべての発端である。叔母ジーナの甥ファブリスに対する愛情の物語としてこの小説を読めば、その愛は、ミラノとグリヤンタのあいだでナポレオン支配の末年の五年のうちに育まれたと言える。これ以後はその愛情の強い熾火が数回に渉って掻き立てられ、ジーナはファブリスのためにあらゆる危難をまぬがれさせるように力を尽くし、別の言い方をすれば、いわば甥のために生きていく。それらを列挙すれば以下のようになるだろう。

まず、ファブリスはナポレオンとともに戦うためにロンバルディーア＝ヴェネツィア王国を密かに出国するが、この密出国が兄に告発されて指名手配されることになる。ジーナはグリヤンタに密かに戻ったかれをミラノに連れて行ったあと、ピエモンテ地方ノヴァーラ近くのロマニャーノ・デ・セジアに亡命させる（ファブリスの第一の逃亡）。ジーナはミラノのスカラ座でパルム公国の大臣モスカ伯爵と出会って愛しあうようになっていたが、この時期に、伯爵の策でサンセヴェリーナ公爵と名前だけの結婚をして、サンセヴェリーナ公爵夫人となり、パルムでモスカ伯爵の愛人になる。また伯爵の入れ知恵で、ファブリスを将来パルムで聖職者にするためにナポリの神学校に入学させる。

次に、四年後パルムに戻ったファブリスは伯爵の力で司教補佐に任じられるが、女優のマリエッタに心を惹かれ、これに嫉妬した彼女の情夫ジレッチに襲われ、返り討ちでこれを殺す。かれはカザルマッジョーレからフェッラーラ、ボローニャと逃走する（第二の逃亡）。ボローニャで知りあったオペラ歌手ファウスタとともにパルムに入るが、その情夫に決闘を挑まれ、相手を負傷させ、今度はフィレンツェそしてボローニャへと逃走する（第三の逃亡）。その間、ジーナの懸命の運動にもかかわらず、パルムでジレッチ殺しの有罪判決が出る。ラヴェルシ侯爵夫人の偽手紙におびき出されて、ファブリスは逮捕されパルムのファルネーゼ塔に収監される。ジーナはファルネーゼ塔からファブリスを脱獄させるために城塞長官の娘クレリアに協力を求め、それを実行。かれをピエモンテに逃がす（第四の逃亡）。

ジーナ・サンセヴェリーナ夫人はこのように、甥の事件の後始末をするが、それは宮廷での駆け引きであったり、実際の行動であったりする。彼女は不本意にも陋劣なパルム大公ラヌッチョ・エルネスト五世（四世の息子）にからだを許すことまでもする。

しかし最後は、ファブリスの心をクレリアから引き離すことができず、甥は彼女の手の届かないところに行ってしまう。

それにしても、モスカ伯爵が嫉妬するほどのジーナのファブリスに対する愛とは何なのだろうか。叔母の甥に対する一般的な愛情を通り越して、近親相姦的とも見えるが、恋愛なのだろうか。ナポリから戻ったファブリスは叔母の自分に対するそうした愛を強く意識する（第七章）。それはすでに記したように、ジーナにとって、大もとで、ミラノついでグリヤンタで、ナポレオン支配の最後の短い年月を、夫ピエトラネーラ伯爵や甥ファブリスと過ごしたよき時代が、唯一ファブリスのうちに姿を残しているからではないだろうか。愛し、守りたいものは、ファブリスとかれによって代表されるよき時代のすべてではないかと思われる。

都会のミラノに対するグリヤンタは、やはり自然にあふれる湖水地方の別荘地である。ミラノは交互に体制が変わるなかでオーストリア支持者とフランス支持者が衝突する政治の町だが、自然に囲まれたグリヤンタは、家庭内で、デル・ドンゴ侯爵と長男アスカニオに、侯爵夫人、ジーナ、ファブリスが対立しているものの、それは顕著な対立関係では表れない。政治は人間の生きるところ、あらゆるところに浸透して人びとを引き裂くのかもしれないが、それでも自然のなかでは、一瞬、そうした対立を忘れさせ心に人間を蘇らせる。それはパルムに暮らすジーナが宮廷の駆け引きに疲れると、「コロルノの彼方ポー河を見下ろす森に囲まれた高台にあるサッカの館」で自分を取り戻すところにも表れている。

結

以上見てきたように、スタンダールの小説においては、二つの地理的様相の異なる場所のあいだで物語が進行する。それが、『アルマンス』のように作品全体を通してのこともあれば、他の小説のように作品の前半なりなかばの場合もある。しかし作品の最初もしくは途中ではあっても、それは全篇を通じて、主人公たちの運命を強く決定づけている。ジュリヤンにとって、誕生の町ヴェリエールよりもヴェルジーで過ごした日々は、レナール夫人との愛を思い出させ、そのまさに短い生涯が終わろうとするときにもそこでの日々を思い出させる。リュシヤンは、ナンシーからパリに戻っても、この首都でいちばんの才色兼備の女性とされるグランデ夫人の愛を遠ざけて、ビュレルヴィレールの森のそぞろ歩きによって心を開いたシャステレール夫人を思い続けるであろう。そして『パルムの僧院』においては、ジーナ・サンセヴェリーナはミラノとグリヤンタの時代から離れることができずに、いつまでも甥のファブリスの庇護者であることを止められなかった。

人の一生のなかには、短期間であってもその過ごした場所が大きな影響を与えることがある。ましてその場所で忘れられない愛の思い出があったとすればなおさらである。実際の場所はもちろんプルーストの言うように時間のなかに属していて、場所は変わらなくても人間が変わり、その場所は過去と同じ場所ではなくなる。しかし記憶のなかではその時のその場所がいつまでも消えない。また、その場所は比較する場所があってはじめて輝きを強くする。スタンダールはそうした対照的な場所の構図のなかでリアリティーに富んだ作品を創造したのである。

スタンダールの小説における手紙の機能

コミュニケーションの手段としての手紙は、今や主役を電子メールに譲り渡したかの感がある。先史時代から、媒体である石片や皮、木片や紙に、記号＝文字を刻んだり書いたりして、差出人から受取人へと何かしらの手段によってその原物が運ばれていたものが、現代では、伝えるべき内容を差出人がコンピュータの画面上に記すと、それは遠近に関わりなく瞬時に受取人に送られる。電子媒体と呼ばれているが、それは運ばれるのが目に見えず、表記されたものが差出人のコンピュータから受取人のコンピュータに転送される。コンピュータ内に保存されたものを、受取人は適宜ディスプレイに表示させて、見たり読んだりすればよいし、プリントアウトすることもできる。それはまたフロッピーディスクやCD－ROMといった二次的な媒体にコピーして保存することもできる。電子媒体では、言うまでもなく、跡形もなく消去でき、またたやすく複製を作ることができるという特色がある。

電子メール時代に至るまでの主役であった手紙は、往々にしてそこに書かれた内容以上のものを運んでいたことが明らかである。書き手である差出人は、便箋や封筒を選び、インクを選び、文章やカリグラフィー（書法）にも注意を払い、ときには香を染み込ませたり、花などの添え物をしたりして、郵便局や配送業者に託す。受取人は、その内容とともに、その内容が記されている支持体に差出人の感情、観念、意図などを濃密に感じるにちがいない。フランスの文芸理論家ツヴェタン・トドロフの指摘を俟つまでもなく、「手紙は物的側面によって他の多くの記号（あるいはメッセージ）と大いに異なっているのである」（『文学と意味』ラルース書店刊、一九六七）。そして何よりも、その原物が、長期的ないし短期的、場合によっては束の間、受け手の手元に保存されることになる。

フランスでは、交通手段としての馬車が広まり、全国に宿駅が整備されると、馬車は人や物資を運ぶだけでなく、郵便物も運ぶようになり、宿駅長はのちには郵便局長を兼ねるようになった。それまでは貴族や商人、軍人や役人が私的公的にメッセンジャーを雇って運ばせていたものが、十七世紀の終わりには、街道沿いに整備された宿駅を財務官（郵税徴収請負人）が管轄することになり、料金を支払えば郵便配達人が遠く離れた土地に郵便物を運んでくれた。これによって手紙は身近なものとなり、一般的になった。

この十七世紀に、セヴィニェ侯爵夫人は、プロヴァンスの貴族と結婚した娘に、中断はあるものの、四半世紀に渉って週に二度手紙を書き送ったことで有名である。一六二四年、ゲ・ド・バルザックが外国から友人に宛てた手紙を公刊して注目を集め、優れた手紙が文学として認知されるようになった。この頃から、パスカルの『田舎の友への手紙（レ・プロヴァンシャル）』（一六五六）に見られるように、手紙の形式が個人の報告や見解を表明する手段ともなった。さらに、一六六九年には『ポルトガル尼僧の手紙』なるものが発掘、刊行され評判になった。この手紙は最近では仏訳者を自称するギユイユラーグ伯爵の創作であることが判明しているのだが、これが評判になったあとでは、私的で内密であるはずの手紙でさえも公開されるようになっていった。

十八世紀にはそこから当然の成り行きとして書簡体が流行を見る。ヴォルテールの『哲学書簡、または英国書簡』（一七三三）やディドロの『盲人に関する書簡』（一七四九）などの書簡の形式を借りた哲学的論考の刊行のほか、これは小説のジャンルにまで広まる。ルソーの『新エロイーズ』（一七六一）やゲーテの『若きヴェルテルの悩み』（一七七四）をはじめとして、英国で、フランスで、そしてドイツにおいて、この時代の著名な小説のいくつかは書簡体である。このジャンルの流行は十九世紀のはじめまで続いた。これに手を染めなかった十九世紀の作家といえども、少なからず前世紀の書簡体小説の影響をまぬがれなかった。

スタンダールの場合については、何よりもモンテスキューの『ペルシア人の手紙』（一七二一）の愛読者であり、ペルシア人がパリの風俗を故国に手紙で報告するというモンテスキューの手法を借りて、ドイツ人士官がナポレオン支配後のイタリアの習俗を旅日記に書き留めるという手法を『一八一七年のローマ、ナポリ、フィレンツェ』（一八一七）に採り入れた。そしてまた、かれが愛読した小説が、いずれも書簡体の、ルソーの『新エロイーズ』であり、コデルロス・ド・ラクロの『危険な関係』（一七八二）である。後者は、手紙を使っての誘惑という恐るべき内容を、手紙の持つ報告と告白という二つの機能を用いて見事に描き出し、最後は保存された手紙がすべてを暴くという、まさに書簡体小説という以上に、《書簡を巡る小説》である。この小説がスタンダールの小説に大きな影響を与えていることはまちがいないようだが、その影響関係を解きほぐした研究書に筆者はまだ出合っていない。しかし、スタンダールの小説において手紙などの《通信》が頻繁に用いられていることについては、何らかの参考文献の指摘を俟つまでもなく、作品を丹念に辿れば見えてくることである。まず、このスタンダールの小説の中心的登場人物たちのあいだでどのような《通信》が行なわれているかを見ておくことにする。

1　通信

スタンダールの小説における《通信》で何といってもまず挙げなければならないのは、『パルムの僧院』(一八三九、以下『パルム』と略す)におけるファルネーゼ塔に閉じこめられたファブリスと、外部にいるクレリアとの連絡である。主人公のファブリス・デル・ドンゴは、旅回りの役者のジレッチと喧嘩をして死なせたことによって、逮捕され、この塔に囚われの身となる。そこの独房でかれは、城塞長官の娘クレリアがすぐ目の下の建物三階にある鳥屋に小鳥の世話をしにやって来ることを知る。かれはこの娘と何とかコミュニケーションを取ろうと、はじめは窓から顔を覗かせ自分の存在を知らせようとする。しかし、その窓に日よけが取り付けられてしまう。クレリアの方は、かれに姿を見られないように秘かに塔の窓を窺っていたが、日よけが取り付けられたことで、姿を現し、心配な表情でこれを見上げる。一方、ファブリスは日よけの板に穴を開け、次にはそれを掌の大きさに切り取って小窓をあけ、そこからクレリアに合図を送る。はじめはファブリスの合図に動揺したクレリアも次第にかれにはっきりした関心を示すようになる。二人はかつて一度馬車に同乗したことがあり、クレリアはかれについて取り沙汰されている噂も耳にしている。ファブリスは掌に暖炉の炭でアルファベットを一字一字書いては消して、彼女に想いを告白する。やがて、ファブリスが毒殺の危険に曝されていることを知ると、クレリアはオペラのレチタティーヴォ風に歌でそれを知らせる。さらに彼女はファブリスに指示して、肌着を裂いて紐を作らせたうえ、これを日よけの穴から垂らさせて、まず綱を引き上げさせ、それによってチョコレートやパン、さらには紙と鉛筆を与える。それらには短信も添えられている。ファブリスはこの紙と鉛筆を用いて手紙を記し、それを塔の下に並べてあるオレンジの木の植わった箱のなかに降ろす。その内容はテクストで示されていないが、クレリアの書いた返信によると、恋の告白であることが明らかになる。このあとでは、届けられた祈禱書のページを破いて、アルファベットの文字カードを作り、日よけの穴からそれをクレリアにかざして、かれは彼女との交信に成功する（第十九章）。

この二人の若者は、伝達の不可能を克服しながら、お互いに対する愛情を募らせていくのだが、ファブリスははじめ所作とまなざしで、次にはアルファベットで自分の幸福を語り、彼女への愛を伝え、クレリアの方は父親から嫌な結婚を迫られていることもあって、自分を愛してくれるファブリスを恋しく思うようになる。クレリアはやがて父親の城塞長官を裏切り、ファブリスの脱獄に手を貸すまでになる。

ファブリスとクレリアのカードによる通信に続いて、このあとかれを何とか塔から救出しようとする叔母ジーナ・サンセヴェリーナ公爵夫人の光による信号がある。ファブリスはある夜、遠くに明滅する光に気づき、それが自分に向けられた叔母の合図であることに気づく。この合図の方式は、アルファベット二六文字の順番に応じて、その数だけ光を点滅させるというもので、現代ならさしずめ携帯電話でメールを送るときに、五〇音の三番目である「う」であればボタンを三度押すのと同じである。ファブリスも小窓からランプの光を明滅させ、こうして交信は成立する。しかし、この通信では、やがて省略記号も考案され、またアルファベットの順番をそのまま使用するのでは他人に気づかれる恐れがあるため、文字に与える明滅回数を変えることなども相談される。こうして塔のなかのファブリスと、かれを救出しようとする叔母のあいだで、一種の暗号による通信が確立する（第二〇章）。

以上があまりによく知られた『パルム』におけるコミュニケーションの手段だが、ここには塔のなかに幽閉された主人公という特別な状況もあって、このような手段はスタンダールの小説では数少ない。あえて付け加えれば、『カストロの尼』（一八三九）における館のなかのエレナとその窓下のブランチフォルテのあいだで交わされる合図によるコミュニケーションと、未完作品『スコラスティカ尼』（一八三七執筆）における修道院のなかのロザリンデとその窓下のジェンナリーノのあいだで交わされる指を使ってのコミュニケーションがある。ほかでは、通信手段はすべて手紙によるのである。

最初に出版された小説『アルマンス』（一八二七）は王政復古時代（一八一四〜一八三〇）末期の青年貴族の憂悶を描いた作品であるが、その主人公のオクターヴはクレヴロシュ侯爵との決闘で怪我をしたとき、自分は場合によったら死ぬかもしれないと思い、病床でアルマンスに手紙を書いて愛情を打ち明ける。このほとんど偶然の機会をはじめとして、お互いの気持ちが次第に明らかになり、障碍を克服してやがて結婚へと話は展開していく。しかし、そうなると常日頃から憂鬱そうなオクターヴはいちだんと不機嫌を募らせる。かれがその不機嫌の理由について決定的な告白ができないまま、二人はアンディイの館で、庭にあるオレンジの木の植木箱のなかを介して、他人に気づかれないように手紙をやりとりし、お互いの愛する気持ちを確かめあう（二九章）。

二人は逢って話すことができないわけではない。かれらは一緒に館の庭やそれに続く森への散歩を日課にしている。手紙は、対面しては口に出しにくい考え、もしくは言い尽くせない感情の告白を可能にする。

樹木を介して手紙を受け取る場面については、『アルマンス』に先立って書かれた『エルネスチーヌ』（一八二五頃執筆）という小さな物語のなかにすでに見られる。伯父の老伯爵とドーフィネ地方の湖畔の城館に住む主人公の娘は、ひとりの狩人が湖の対岸にあるナラの木の洞に花束を入れるのを、城館の屋上から望見する。彼女エルネスチーヌは、小鳥の世話をするために習慣的に屋上の鳥屋に上っているのだが、この狩人に関心を抱き、かれの様子を密かに覗き見、また侍女と外出した際に、この洞の花束を見に行く。その花束には「英語風の書体で記された魅力的な手紙」が添えられていて、花束が目にとまるだろうかと記されている。エルネスチーヌはその花束と手紙から気持ちを引き離そうとするが、次第にその花束を置いている狩人に惹かれていく。狩人はエルネスチーヌを秘かに恋し、彼女が小鳥の世話に城館の屋上に現れることを知っていて、そこから彼女に見られることを意識して、洞に花束と手紙を置いていることは明らかなのだ。

ここでは手紙に花束を添えて、娘の目に触れるようにすると同時に、狩人は彼女に対する自分の愛情を強くアピールしようとしている。しかもそればかりか、エルネスチーヌのためらう気持ちを知って、あるときには、自分の不幸を哀れと思うなら花束のなかから白いバラを抜き取るようにと指示を与えたり、次には、そこから斑入りのツバキを取ってくれたら彼女の通う村の教会に出かけていくという条件を出したりして、彼女への一方的な伝達を相互的なコミュニケーションに変換しようという意味まで、この花束に託している。やがて、エルネスチーヌは二つも置かれていた花束を二つとも喜んで持ち帰るようになり、手紙に記された恋の告白に、不安を感じながらも有頂天になる。彼女にとっては「もはや手紙の優雅な書体などは問題ではなくなって」いる。

この「恋の誕生」という副題を持つ物語では、エルネスチーヌを恋する人物が、デイサン夫人との関係が噂されているフィリップ・アステザンという中年の男性であったことから彼女の悩みが深刻になるのだが、手紙と花束がもとになり、彼女のなかに恋が誕生する有様が悉《つぶさ》に辿られていく。この物語はスタンダールが『恋愛論』（一八二二）で展開した「恋の誕生」の理論の応用篇になっていることで知られている。

さて、『アルマンス』における同じ館のなかでの手紙のやりとりは、『赤と黒』（一八三〇）のなかでも繰り返される。ピラール神父の紹介で、パリに出てラ・モール侯爵邸に秘書として住み込んだ主人公のジュリヤン・ソレルは、侯爵令嬢のマチルドと恋仲になるのだが、その発端は、マチルドが軟弱な青年貴族に較べてエネルギーに溢れたジュリヤンに心を奪われ、自分との身分の違いに悩むものの、父親の従者を通じてジュリヤンに手紙を届けさせることから始まる。手紙は「気取らぬ文体」で、ここでも「きれいな英語風の書体」で書かれている。手紙を受け取ったジュリヤンは、自分が貴族たちのからかいの対象になっているのではないかと疑うが、図書室に入ってきたマチルドにそうしたことを記した返事を手渡す。このあとさらにマチルドが手紙を図書室のジュリヤンに「投げつけて」いくと、ジュリヤンはマチルドの手紙好きに驚き、手紙のやりとりで「書簡体小説ができてしまう」などと冗談めかして考える。こうして三通目の手紙で、マチルドは恋を告白し、部屋に忍んでくるようにという大胆な誘いを書いてくる。疑り深いジュリヤンはマチルドからの手紙を、自分に何かあったときに公表するように記した手紙を添えて、小包にして友人のフーケのもとに預ける（第二巻第十五章）。

『赤と黒』の場合は、ジュリヤンとマチルドは使用人と侯爵令嬢という資格で邸のなかで自由に逢える状況であるにもかかわらず、手紙を交換しあうことによって二人を一挙に近づけ、恋人同士に変える。マチルドは「書いたものは残る」ことを熟知しているにもかかわらず、自分の気持ちをストレートに手みぢかに表明するために手紙を書き、またそれがジュリヤンとの身分の違いを乗り越える「英雄的な行為」であると考えている。面と向かえば、お互いの身分の違いが露わになるところを、手紙はそれを緩和させる側面がある。

以上見たように、スタンダールの小説においては、主人公たちの恋愛において、通信が重要な役割を持っているが、とりわけ手紙の役割は大きい。

2　手紙

恋の進展や成就に寄与する手紙をあと二例ほど見てみる。

そのひとつは『カストロの尼』（以下『カストロ』と略す）の主人公たち、山賊（ブリガンテ）の息子ジュリヨ・ブランチフォルテとアルバの豪族の娘エレナ・ダ・カンピレアーリの場合である。ジュリヨは、女子修道院で教育を受けて町に戻ってきたエレナを見かけて夢中になり、彼女もジュリヨのそうした自分への思いを噂で知っている。ある夜、ジュリヨは自分の気持ちを記した手紙をエレナに受け取らせるために、彼女の住む館の地上五〇ピエ（約十六メートル）のところにある彼女の部屋の窓辺に、つなぎ合わせた長い竿の先に括りつけた花束に手紙をつけて差し出し、恋を告白する。そしてここでも、エレナがかれを蔑《さげす》んでいないなら、花束から花を一本抜き取って窓下に投げるようにとジュリヨは指示している。二人はこれをはじめとして、夜の決まった時間に、館の窓の遠く隔った内そとで逢引きをし、ジュリヨは同じ方法で手紙を届ける。しかしこの逢引きはまもなくエレナの父の知るところとなり、エレナは教会に出かけた際に、ジュリヨの傍を通り危険を知らせる書き付け（メモ）を落とす。しかし障碍はかれらの気持ちを近づけることにしかならない。

ここでは手紙に花束を添えるという『エルネスチーヌ』で使われた方法が繰り返され、館の高い窓とその窓下の離れた場所で恋人たちが出逢うという設定が『パルム』に先立って用いられる。

しかし『リュシヤン・ルーヴェン』（一八三四執筆着手、未完。以下『ルーヴェン』と略す）では少し異なる。ナンシーの町の社交界で夫亡きあと貞淑の評判が高いシャステレール夫人に関心を抱く連隊の槍騎兵少尉リュシヤンは、彼女のかれを遇する態度を考え、その気持ちを測りかねて複雑な思いを抱いているが、ついに美しい夫人に惹かれる自分の気持ちに抗し切れずに手紙を書く。かれはその手紙をわざわざナンシーから六リュー（約二四キロ）も離れた町ダルネーに行って投函する。これには、地元のナンシーで投函すれば夫人に禍が及ぶかもしれないという配慮があったと思われる。夫人の方は、やはりリュシヤンに心を惹かれているものの、小さな都市の社交界で噂にのぼることを恐れて、返事をためらっている。しかし三通目が届くと、「非難すべきは、手紙を出すことで、それを書くことではない」という奇妙な理屈で筆を取る。スタンダールは、イエズス会の学校で習った他人を欺くやり方で彼女が自身を欺いていると付け加えている。結局、手紙を書き終えてしまうと、夫人は嬉々として召使いにそれを投函させに行かせる。そのおもて書きには、ダルネーの局留めでリュシヤンの使用人の名前が書かれているが、それはかれの指定した宛名である。手紙で夫人はリュシヤンをたしなめ、かれに無駄な希望を諦めるように説得する。リュシヤンはその内容よりも予期せず返事をもらえたことに狂喜し、郵便局でそれを受け取るとただちにありあわせの紙に返事を書いて、郵便を運ぶ馬車に間に合うように急いで投函する。かれは投函したその手紙の出来がよくなかったことを気にして、それを取り戻そうとするが、今度は間に合わず、さらに次つぎと二通の手紙を白い紙に入念に書いて投函する。夫人は夫人で、返事を出したことを後悔するが、リュシヤンの最初の急いだ返事にむしろ用心を解いて幸福に身を委ねそうになる。しかし七枚にも渉る三通目の手紙に腹を立て、あてのない文通を続けないようにという内容の四行の冷たい手紙を返す。夫人は、これ以上に手紙がきたら、開封しないで返送しようと考えるが、一方でそんな自分に苛々していることを意識する（第一部第二二～二三章）。

この小説においては、手紙では事態が急速に進展しないが、リュシヤンは夫人を文通に巻き込み、シャステレール夫人の気持ちがリュシヤンに惹きつけられていく様子が書かれている。彼女はあとで、冷淡な自分の手紙が真意ではないとかれに告白し、またかれの手紙のなかの冷たい調子を咎めたりする。かれは夫人から明確な言葉を引き出すに至らないが、この手紙のやりとりを契機に、二人のなかでは想いあう気持ちが高まっていく。シャステレール夫人のなかの抑えられた思慕の念は、彼女が熱を出して病床につくという事態になり、愛する人の病気を知ったリュシヤンは再びダルネーから手紙を出すが、その手紙はリュシヤンをシャステレール夫人から遠ざけようとたくらむデュ・ポワリエ医師の指示で取り上げられてしまい、彼女の元に届かない。ここには、シャステレール夫人とリュシヤンとの関係の進展の難しさが暗示されている。リュシヤンが夫人を誤解して、失意のうちにパリに戻ったあと、事情を知らない夫人は、パリからの手紙をあてどなく待つことになるのである。

手紙は恋人たちのあいだだけでなく、父母と娘ないし息子のあいだでも交わされる。『赤と黒』でマチルドは、ジュリヤンの子供を妊娠したことを父のラ・モール侯爵に手紙で打ち明け、父親もその怒りを手紙で伝え、そのあと、二人のあいだで、ジュリヤンの処遇を巡って手紙の往復がある（第二巻第三二〜三五章）。ここでは面と向かっては告白しがたい事態に陥った娘と、感情の激発を恐れる父親のあいだで、手紙という手段が用いられている。またこれとは異なり、『ルーヴェン』においては、リュシヤンの父フランソワ・ルーヴェンはナンシーにいる息子に、かれを気遣う短信を送ってくるし（第一部第七章）、参事院請願委員となってノルマンディのカーンに派遣され政争に巻き込まれた息子に、母親はすべてを放って帰ってくるようにという手紙を、配達人を使って送ってくる（草稿第四巻）。こちらの小説では、離れた土地にいる息子への両親の愛情が、それとなく挿入されている。

手紙は、こうした主要登場人物のあいだでやりとりされるだけではない。スタンダールの小説中では手紙が飛び交っていると言っても言い過ぎではないだろう。

『ルーヴェン』の第二部においては、バス＝ノルマンディで政府に反対する代議士の選挙妨害の任務を負わされたリュシヤンは、パリの大臣や政府関係者とのあいだで、手紙のやりとりを頻繁に行ない、ときには《電信》による連絡を受ける。まさに通信が物語を進行させている。また、パリに戻ったリュシヤンは、内務大臣ヴェーズ伯爵のもとで働くことになるが、公的な手紙に工作するといったことをしている。かれはフォリ将軍に好意を抱いているが、内務大臣から陸軍大臣に提出する書類のなかに、将軍を中傷する大臣の報告書があるのを知る。書類はすでに陸軍大臣まで回っているのだが、かれは内務大臣が削除したはずのものが紛れ込んだと称して、軍事警察局長にそれを探させ、そのなかから一枚を抜き取り、文章を改ざんしてつなげることをする（草稿第四巻）。また、代議士のデ・ラミエは間接税局長のトゥルトを、トゥルトの兄弟がかれの選挙妨害をしたという理由で、免職にさせようと画策するが、リュシヤンはその理不尽な進言を記した財務大臣宛の書類を内務大臣のところで見つけ、器用な書記に書類のなかの名前をすべてタルトに書き直させる。当然免職とすべき対象者が見つからず戻ってくる。内務大臣は訂正の添え書きを加えて、再度発送しようとするが、リュシヤンはそれを盗み、今度は宛先を故意に財務大臣から陸軍大臣に変えて、結局書類を半年も宙ぶらりんにする。これらは公用の手紙だが、かれは改ざんしたり盗んだりして、それら私怨に基づく手紙の目的を妨害する（同）。

また、私生活では、リュシヤンは父親の配慮からパリいちばんの才色兼備のグランデ夫人のサロンに出入りさせられ、夫人から好感を持たれ、夫人はリュシヤンの来訪を待ち望むようになるが、あるとき、夫人はいくら待ってもかれが現れないので手紙を書こうとする。「最初に自分から手紙を書く」ことに長時間悩んだ末、夫にかこつけてかれに来るように手紙を出す。しかし、かれが来る代わりに手紙をよこしたために、彼女は憤り、それでもかれがあとで来たときに「（リュシヤンの）手紙が開封されていないのを見せた方がいい」などと考える。しかし、結局、彼女は手紙を開封し、急用のために来訪できないというリュシヤンの冷淡な文面を読んですっかり逆上する。彼女は自分からリュシヤンの役所に出かけ、かれに会うと、最後には自尊心をかなぐり捨てて、恋に燃える女になってしまう。リュシヤンの方は、シャステレール夫人を相変わらず想っていて、グランデ夫人のことは眼中にない（同）。

主要人物たちの私的な手紙は、手紙を書かなくては意思の疎通ができない離れた距離にいる場合だけではない。つまり今まで見てきたように、そこでは心理的な距離を乗り越えることが問題である。同じ家、同じ町にいながらも手紙は介在する。一方、現実的に離れた場所、牢獄や修道院といった連絡不可能な場所を結ぶ手紙は、次のような例を見ておけば充分かもしれない。

『パルム』におけるファルネーゼ塔については触れたが、『カストロ』では、逢引きが発覚し父親によってカストロの女子修道院に閉じこめられたエレナに、ジュリヨは手紙を届ける手段を探り、修道院の食料購入係の修道女が商人と関係を持っていることを突き止めて、その商人を通じてエレナと手紙のやりとりをする。そのあとではジュリヨは修道院の庭に忍び込み、鉄格子越しに逢引きをするという冒険までする（第四章）。またこれとは反対のケースとして、『赤と黒』では、ヴェリエールの町を出て神学校に入ったジュリヤンのもとに、かつての恋人レナール夫人は、わざわざヴェリエールとは隔たったディジョンまで出かけて、そこから手紙を送り続けるが、それは神学校長のピラール神父によって開封され、暖炉にくべられて、ジュリヤンの手元には届かない。その手紙はテクストが示されていないが、「このうえなく穏当な文章であるにもかかわらず、もっとも激しい情熱が顔をのぞかせている」。そしてある日ピラール神父は、永久の別れを記す「涙でなかば消えかけた」夫人の手紙を読む（第一巻第二六章）。レナール夫人は、その手紙でも返事を期待していた様子が見られるが、ピラール神父の断固とした措置が二人を完全に遠ざけてしまう。

当然のこととも言えるが、困難を乗り越えて手紙をやりとりできるときには、恋人たちの関係は進展するが、手紙が途絶するとそれで関係は停滞したり終焉を迎えたりする。

3　偽手紙

手紙のやりとりは、手紙を出さなかったりそれが届かなかったりすることで、当事者たちのあいだにあらたな感情を惹起し、ときには関係を終わらせる。手紙が善意であるにせよ悪意であるにせよ、奪われ妨害されることで、発信者と受信者のあいだに齟齬を生じさせる。また、こうした齟齬は、偽の手紙を介在させることでも発生する。

偽手紙とは第一に匿名の手紙、つまり事実を偽った内容の、発信人を秘したり偽ったりした手紙を指すと定義できよう。しかし第二に、匿名ではないが、記述することがらが偽りであったり故意の言い落としがあったりする手紙も偽手紙である。そしてさらには第三に、匿名であるなしにかかわらず、言わずもがなのことをわざわざ書き、第三者を陥れるための悪意を持ったいわば密告の手紙も、第二のものと裏返しの、偽手紙に近い位置にあると言えるだろう。手紙が頻繁にやりとりされるところでは、これらの偽手紙が介在する余地が大きいと言える。

スタンダールの小説のなかで、偽手紙が主人公たちの関係を打ち壊し、物語を終わらせてしまうものといえば、第一に『アルマンス』が想起される（第二九～三二章）。この小説では、すでに記したように、オクターヴとアルマンスの恋人たちは館の庭にあるオレンジの木の植木箱のなかを手紙の受け渡し場所にして文通している。それが召使いの密告で、二人の結婚を妨害したいと思っているオクターヴの伯父のコマンドゥール（騎士長）・スービラーヌに知られてしまう。スービラーヌははじめ手紙を「盗み読む」ことしか考えていないが、甥のシュヴァリエ（騎士）・ボニヴェの巧みな誘導で、偽手紙を作り、二人の仲を裂くことを画策する。かれは手紙の文案を作成すると、従妹のボニヴェ夫人のところに来たアルマンスの手紙を盗み出し、「筆跡の模倣を専門とする業者 **un calqueur d'autographe**」へ持って行く。スービラーヌはアルマンスが親友のメリー・ド・テルサンと文通していることを知っていて、アルマンスが親友に宛てた手紙の体裁で、これをオレンジの木の箱にしのばせる。その偽手紙には、オクターヴがあまり面白くない人間であり、かれとの結婚が「義務でしかない」と記されている。その後、オクターヴは、アルマンスに自分の重大な秘密を手紙で告白しようと、その告白を記した手紙を件のオレンジの木の箱に置きに行き、アルマンスの手紙（偽手紙）を見つける。そして、そのメリー・ド・テルサンに宛てられた手紙を読んで、自分と結婚するアルマンスの《真意》を知り、絶望する。かれは自分の手紙を持ち帰り、この《真意》を確認することもなく、彼女と結婚し、そのあと独り乗船して、死に向かって旅立つ。かれは遺言を認めると同時に、アルマンスに手紙を書き、そこに彼女のメリー・ド・テルサン宛の手紙（つまりスービラーヌの偽手紙）を同封する。

この偽手紙制作の場で、コマンドゥール・スービラーヌとシュヴァリエ・ボニヴェがコデルロス・ド・ラクロを話題にしているのは注目される。ボニヴェがこの『危険な関係』の著者を弁護するのに対して、スービラーヌは、ラクロが「うぬぼれや」で、その作中人物は「かつら師のように手紙を書く」と手厳しい。スタンダールの意見はどのあたりにあるのかここでは不明だが、この偽手紙の場面でラクロの書簡体小説を意識していたのは明らかであろう。

さて『カストロ』では、偽手紙はエレナ・ダ・カンピレアーリの母ヴィットリアによって作成され、娘に届けられることになる。

娘のエレナとジュリヨ・ブランチフォルテの逢引きを知ったエレナの父は、二人が秘密に結婚していると誤解し、娘をカストロの女子修道院に閉じこめる。それを突き止めたジュリヨが彼女に手紙を書き、ついには修道院の庭に忍び込み逢引きをするようになったことはすでに記した。ジュリヨはエレナを修道院から連れ出すために計略を立てる。しかし、女子修道院襲撃という荒っぽい手段は失敗し、かれは重傷を負ったばかりでなく、指名手配となりナポリ王国に逃れて行く。エレナは金を注ぎ込んでジュリヨの所在を探らせ、かれに宛てた手紙を届けさせようとするが、この探索は徒労に終わる。エレナの母は、娘が片時も恋人のことを忘れず、物思いに耽っているのに業を煮やして、ジュリヨたちの総帥であるコロンナ公に手を回して、ジュリヨをスペインに体よく追い払う。ジュリヨはスペインからコロンナ公を仲立ちにしてエレナ宛に手紙を書くが、コロンナ公はそれらの手紙をすべて焼き捨てる。エレナの母は娘の気持ちがジュリヨから少しも離れないので、娘にジュリヨの筆跡を真似た偽手紙を送り続け、七、八通送ったあと、最後に、愛情が冷めたと伝える。「それはまさしくジュリヨの筆跡であったし、彼女（エレナ）はこのうえなく綿密にそれを調べてみた」のであった。こうして絶望したエレナは母に頼み、金を積んで女子修道院長の地位を手に入れさせ、彼女にのぼせあがった司教を愛人にするという運命を辿る（第六章）。このあとジュリヨが帰国し、自分の帰国がエレナの耳に入るように画策し、彼女は真相を知るのだが、彼女は「嘘と偽りで塗り固められた」自分の生涯に結末をつけるために、ジュリヨに長い手紙を書き、それをかれの使いのウゴーネに託してから自殺する。

以上は、偽手紙が主人公たちの運命を破局に導き、物語を終わらせる例であるが、『パルム』では、偽手紙が小説の大きな転換点になっている。ファブリスのジレッチ殺しは政争に利用されるが（本書一二〇ページ参照）、モスカ伯爵と対立するラヴェルシ侯爵夫人は、国外に逃走したファブリスを逮捕させるために、ファブリスの叔母のジーナ・サンセヴェリーナの筆跡を真似た偽手紙を作らせ、かれをおびきだす（第十四章）。ラヴェルシ夫人は、サンセヴェリーナ夫人から貰った手紙を保存していて、それを手本に「サンセヴェリーナ公爵夫人の筆跡をうまく真似して書ける」という元公証人のジェノヴァの懲役囚に、一通の手紙のコピーを依頼する。そして、仲間にファブリスの潜伏先を探索させ、かれのもとにメッセンジャーを使って手紙を届けさせる。ファブリスは手紙を読むと、叔母のジーナに再会できる喜びに有頂天になり、従僕が忠告するのも聞き入れずに出発してしまう。

この事件には伏線があって、スタンダールはジーナの愛人モスカ伯爵の言葉として、ラヴェルシ侯爵夫人の一派が匿名の手紙などを作るのをいかにやすやすとやってのけるか、この出来事に先立つ第十章で書いている。また第十一章では、用心深いファブリスが、叔母のジーナへ自分の引き起こした事件について知らせる手紙を馭者のロドヴィーコに口述筆記させ、その手紙にAとBの記号を付して、さらに別の紙に自筆で「AとBを信じよ」と書いて、手紙が奪われたときに備えながら、その手紙が本物であることを保証するといったことまでしている。しかし、用心の隙をついてファブリスは罠に嵌る。その結果かれは捕らわれ、前述のファルネーゼ塔に監禁されることになる。

この小説は、主人公ファブリスがクレリアと塔の内そとで再会するところで、二人の恋愛が物語の中心であることが明らかになっていく。つまり、それまでファブリスとジーナを中心に描かれてきた小説が、ひとつの核に収斂されるきっかけを偽手紙は作り出す。

『パルム』においても、まさに手紙が錯綜しているが、陰謀の渦巻く宮廷では偽手紙も不自然ではない。パルム大公はサンセヴェリーナ公爵夫人が自分の思いどおりにならなかったことから、匿名で夫人の愛人であるモスカ伯爵に、夫人が甥のファブリスと恋愛関係にあるようだという密告の手紙を、カルローネという近衛兵に書き取らせ、郵送する。伯爵はそれが大公の仕業であることを見破るものの、疑惑を煽られて嫉妬に苦しむ（第七章）。

この場合と類似の密告の手紙は、『赤と黒』にも見られる。家庭教師のジュリヤン・ソレルはレナール夫人を誘惑し、二人は道ならぬ恋に陥るが、レナール氏のもとにそれを密告する匿名の手紙が来る。それはジュリヤンに想いをはねつけられ、かれを恨みに思う女中のエリザが、レナール夫人に横恋慕する救貧院長のヴァルノに二人の関係を告げ口したことから、ヴァルノによって仕組まれた密告だった。レナール氏はその手紙を読んで真っ青になり、苦悩を鎮めることができない（第一巻第十九章）。

レナール氏が居間で「みず色の便箋」の手紙を読んで顔色を変える様子から、ジュリヤンは素早くその手紙が何であるかを察知し、レナール夫人に告げる。夫人は翌朝料理女に託してジュリヤンのところに本を届けさせるが、そこには長い手紙が挟んである。この手紙で彼女は夫の疑惑を逸らす手だてを書き、匿名の中傷の手紙が自分のところにも来たことにしようと、ジュリヤンに次のように記す。

「あなたが匿名の手紙を作ってわたしに渡してください。鋏と同時に忍耐も必要よ。次のような単語を本から切り抜いて、お渡しするみず色の紙に糊で貼り付けてください。これはヴァルノさんから貰った紙です。あなたの部屋が調べられることを考えて、切り抜きに使った本は燃やしてくださ

い。お誂えの単語が見つからなかったら、根気よく一字一字つなぎ合わせるようにしてください」（第一巻第二〇章）

この長い手紙にはレナール夫人が書いた「匿名の手紙」の原稿が同封されていて、そこには、夫人の行動はお見通しなので自分の言いなりになるしかない、というある種の脅迫が記されている。ジュリヤンはレナール夫人の冷静さに驚きながら、夫人の原稿に従って単語を貼り付けた手紙を作り、作り終えるとそれを夫人に手渡すが、この偽手紙の共同作成という共犯関係はかれらの仲をさらに緊密にする。同じ差出人不明の密告の手紙でも、『パルム』におけるモスカ伯爵への手紙はまったくの事実無根であるが、『赤と黒』のレナール氏への手紙が述べていることは事実である。恋人たちはこの事実を隠蔽するために、この手紙に対抗する偽手紙を作成するという手段を取る。

同様に、自分に宛てて偽手紙を書く例が『エルネスチーヌ』のなかにも見られる。フィリップ・アステザンは情人のデイサン夫人に偽手紙を示して、叔父の病気を見舞うためブルゴーニュに行かなければならないと偽って、彼女から離れ、実際は森の藪に潜んで密かに想っているエルネスチーヌの様子を窺いに行く。

同じ偽手紙でも、未完の小説『ラミエル』（一八三九執筆着手）においては、主人公のラミエルは、でたらめの身の上話を、伯父のボニア氏と称する架空の人物に宛てた手紙に書き記し、箪笥のなかに保存している。これに基づいて、彼女はパリのホテルの女主人ル・グラン夫人などに身の上を話す。手紙に書いておくのは、ともすると本当のことを言ってしまいかねない自分に対する警戒からなのだが、自分を見せかけるために、単なるメモ書きでなく、手紙という手の込んだ台本を用意しているところに、知能犯的なところがある（第十一章）。

一方、『赤と黒』には、虚偽の感情を受取人にほんとうのように思わせる《偽りの手紙》も存在する。それがジュリヤンの書くフェルヴァック元帥夫人宛の恋文である。ジュリヤンは侯爵令嬢のマチルドと愛しあうようになるが、誇り高いマチルドは、ジュリヤンに肉体を与えたことで自分が支配されることを恐れ、かれに対して冷たい態度を取る（本書一一五ページ参照）。ジュリヤンはストラスブールにラ・モール侯爵の使いとして赴いた折、かつて知り会ったコラゾフ公爵という人物と再会して、かれに事情を話し、マチルドを引き止める手段を伝授される。つまり、別な女性を愛するふりをして、その女性に恋文を出し、本命の女性の気を惹こうというのだ。コラゾフはかれに、「出す順序と注意書きを付けた五三通の恋文見本」を渡す（第二巻第二四章）。ジュリヤンはパリに戻ると貞淑で評判のフェルヴァック元帥夫人と出会い、この女性を標的にし、彼女と交際する。かれはまず「道徳讃美の美辞麗句を並べた死ぬほど退屈な偽善的手紙」を書き写して、彼女に届ける。こうして返事のないまま、しかし夫人から迷惑がられる様子もなく、かれは彼女に「恋いこがれている」という手紙を出し続ける。かれがうわの空で原文を変えずにそのままに写した地名のことで、夫人から訊ねられ、かれは夫人が手紙を読んでいることを知らされる。フェルヴァック夫人ははじめジュリヤンの手紙を意に介さないが、次第に興味を覚える。ただ、「かれが侯爵の秘書でしかない」ことに悩む。しかし、ある日、ジュリヤンから手紙が来ていないために、自分から手紙を出してみる気持ちになり、それが楽しくなる。そのあとでは、ジュリヤンにかれの宛名を記した封筒を要求する（第二巻第二六～三〇章）。

こうしてジュリヤンとフェルヴァック夫人との文通が始まるが、マチルドはジュリヤンのもとに門番が頻繁に手紙を届けに来るのを見て、次第に苛立ちを覚える。そしてある朝、我慢しきれなくなって、門番から手紙を受け取ったジュリヤンのもとに行き、かれの目の前で机の引き出しを開け、そこに「封も切らずに」八、九通の手紙が入っているのを見つける。彼女は開封して、何枚もの便箋に書かれた、フェルヴァック夫人の筆跡の手紙を目にする。

ここでの手紙は内容が問題ではない。愛する女性の嫉妬心を掻き立てるための道具でしかなく、文通そのものに、つまり文通していることを見せびらかすところに、意味がある。フェルヴァック夫人にしてみれば、ジュリヤンに利用されただけで、「恋いこがれている」という虚偽の文言に踊らされていたわけである。

『赤と黒』においては、手紙は主人公ジュリヤンの失墜に大きな役割が与えられている。かれがヴェリエールを去ってパリでラ・モール侯爵令嬢マチルドと関係を持ち、まさに彼女と結婚して貴族社会に入ろうとしている瞬間に、かつての愛人レナール夫人は、侯爵宛てに手紙を送り、ジュリヤンの過去を暴く。この手紙はジュリヤンの野心を打ち砕き、この手紙に逆上した（?）ジュリヤンをレナール夫人狙撃に向かわせ、かれ自身を破滅させることになるが、これはまた物語を終焉に導く（本書一九六ページ参照）。

レナール夫人にこの手紙を書かせるに至ったそもそもは、ジュリヤンがラ・モール侯爵に、自分の身元をレナール夫人に問い合わせるよう示唆したところにあるのだが、ジュリヤンは、かつての恋人が自分に好意的な文面の返事を侯爵に寄せ、自分の身元を保証すると考えたのであろう。そう推測するしかない。侯爵がどういう風に夫人に問い合わせたのかは記されていない。しかし少なくとも夫人は、「おそろしく長い手紙を、念を入れて」書いてきて、その手紙は「涙でなかば消えかけている」のだが、「偽善の助けを借り、弱い不しあわせなひとりの女を誘惑して」出世を計ったと、私情を殺して《義務の観念》から書き記している（第二巻第三五章）。そこには悪意さえ感じられるようである。

しかし、のちに傷が癒え、ジュリヤンの収監されている牢獄にやって来たレナール夫人によれば、この手紙は告解の司祭を務める若い僧侶が書いたものを、夫人が書き写したものだと言う（夫人の原稿に基づいてジュリヤンが本の単語を切り抜いて手紙を作ったように）。しかも、司祭の書いたのを夫人は写しながら「手加減を加えた」とも付け加える。ジュリヤンがヴェリエールを出発したのち、罪の意識から信心に凝り固まった夫人の心を支配していたのは告解の司祭であり、司祭は夫人の告白を聴いては指導を与えていたのであった。ジュリヤンと再会した夫人は、手紙が原因となってジュリヤンを狙撃にまで走らせた自分の罪の恐ろしさを、しみじみと後悔している。つまり、心を宗教に占領され、手紙が本心からのものではなかったことが明らかになる。ここにはおそらく、人間の魂をあの世においてばかりかこの世でも思いどおりにしようとするイエズス会のやり方に対する作者の批判が込められている。

『赤と黒』を大団円に導くレナール夫人のラ・モール侯爵宛の手紙は、夫人の《真意》を無視した者の文章を、夫人が書き写したにすぎない一種の偽手紙であったと言うことができよう。それは恋文見本を写してはフェルヴァック夫人に送り続けたジュリヤンの偽手紙と通じるところがある。

4 手紙の機能

以上見てきたようにスタンダールの小説では、偽手紙を含めた数かずの手紙が書かれて、登場人物のあいだを往復する。しかし書簡体小説のように、テクスト（手紙文そのもの）を挿入するケースはそれほど多くはない。まずその点を検証してみたい。

はじめに、最初の小説『アルマンス』ではどうであろうか。ここでは、クレヴロシュ侯爵との決闘で怪我をして、自分が死ぬのではないかと思ったオクターヴがアルマンスに宛てて愛を打ち明ける手紙（第二一章）、オレンジの木の植わった箱を介してアルマンスがオクターヴに宛てた恋文（第二九章）、コマンドゥール・スービラーヌがアルマンスの友人メリー・ド・テルサン嬢を騙って書いた偽手紙（第三〇章）、それに、決闘に先立ってクレヴロシュがオクターヴを挑発する手紙（第二一章）の四通だけが、テクストとして示されている。はじめの三通が、恋人たちを実質的に結びつけるもの、あるいはまた切り離すものとしてのかなめの手紙である。オレンジの木の植わった庭の木箱を介して、二人のあいだでやりとりされる手紙は、このアルマンスの最初の恋文以外は、オクターヴが「天使のような善意に満ちた手紙を何通か受け取った」と書かれているものの、その手紙のテクストは示されていないし、その内容についても細かい点は報告されていない。

『赤と黒』においては、第一巻では少数であるが、それでもその後半の方に固まって四通の手紙がある。

まず前節で触れた偽手紙用原稿を同封しての、レナール夫人からジュリヤンに宛てた手紙（第二〇章）を筆頭に、僧侶ショランからラ・モール侯爵への請願書（第十九章）、シェラン神父から神学校長ピラール神父に宛てたジュリヤンの紹介状（第二五章）、そしてラ・モール侯爵からピラール神父宛のパリへの招請状（第十九章）である。ここで内容的に重要性を持つものは勿論最初のものである。第二巻にいくと、まず、マチルドがジュリヤンに部屋へ忍んでくるようにと誘う彼女の三番目の手紙（第十四章）と、マチルドからの手紙を同封してジュリヤンが友人のフーケに送る手紙（第十五章）がある。そして第二巻の後半に入ると、ジュリヤンとの関係で重大な事態に陥ったマチルドと、父親の侯爵とのあいだに交わされる三通の手紙（第三二、三四章）、および侯爵からジュリヤンへの手紙（第三四章）、そして第三五章では、ジュリヤンが書くシェラン神父への手紙、緊急を告げるマチルドからジュリヤンに宛てた手紙、そしてマチルドがジュリヤンに見せる、父侯爵のもとにきたレナール夫人の長文の手紙がある。このあとになると、レナール夫人を狙撃して逮捕されたジュリヤンがマチルドに書く手紙（第三六章）とレナール夫人が三六名の陪審員にジュリヤンの助命を求める手紙（第四〇章）しかない。つまり、マチルドの妊娠という事態に端を発する、ラ・モール侯爵邸におけるジュリヤンの勝利と失墜の進行が、第三二章から第三五章にかけて、手紙の本文（テクスト）を次つぎと提示することで実に簡潔に描かれている。マチルドと父侯爵のやりとりにしても、書簡でなければ、かなりの間延びした場面となったところだろう。

『パルム』においては、手紙のテクストが示されるのは『赤と黒』より六〇パーセントも多い二五通にのぼる。そのうち牢獄に囚われているファブリスにクレリアが渡す手紙は五通ある（第十九〜二一章）。またそこには、いつ暗殺されるか分からない牢獄のファブリスに対するクレリアの心配が表れている。

サンセヴェリーナ公爵夫人ジーナが甥のファブリスに宛てた手紙も、物語全体を通じて五通ある。その一通は、ファブリスの囚われているファルネーゼ塔の独房に、日よけの付いた窓越しに投げ込まれた、鉄の玉のなかに仕込まれた長文の手紙であり、そこには脱獄の手順が細かく書かれている（第二〇章）。このように主人公ファブリスを愛する二人の女性の手紙が圧倒的である。ほかにパルム大公が匿名で出したモスカ伯爵宛の偽手紙（第七章）や、サンセヴェリーナ夫人の名を騙ったラヴェルシ侯爵夫人のファブリス宛の偽手紙もテクストで提示されている（第十四章）。それから、サンセヴェリーナ夫人からモスカ伯爵へは二通（第十七、二七章）、そしてモスカからサンセヴェリーナへも二通（第二三、二四章）の手紙がテクストとして示されている。これらのうちモスカ伯爵による二通目は奇妙なものである。見かけは、夫人が以前侍女として使っていた女が夫人に仕事の紹介を求めるという何ら変哲もない手紙であるが、そこには一冊の本が同封されている。この本に挿入され、本と同じ活版で印刷された紙片こそ、モスカの手紙の当のテクストになっているのだ。『パルム』全体では、サンセヴェリーナ公爵夫人による八通の手紙でテクストが示されていていちばん多く、これに対して、ファブリスによる手紙は三通しかテクストが示されていない。

『カストロ』においては、中篇ということもあって、手紙がテクストで示されているのは短信も含めて十一通しかないが、そのほとんどがジュリヨとエレナの恋人たちの交わす手紙である。わずか二通が、エレナから母親のヴィットリアに宛てた女子修道院長の地位を自分に買ってほしいと懇願する手紙（第六章）、およびエレナを妊娠させた司教のフランチェスコ・チッタディーニが保身を計るために秘密を守るよう求めてエレナに宛てた手紙（第七章）である。

最後に、未完作品『ルーヴェン』においては、テクストが示されている手紙の大部分（十二通）が、役人となったリュシヤンと内務大臣や知事とのあいだで交わされた仕事上の手紙である。それ以外は、第一部でナンシーの兵営に入ったかれが、仲間から脅迫される手紙が二通（第六章）、マレール・ド・サン＝メグラン大佐によって二四時間の謹慎を命じられる手紙（第七章）と、父のフランソワ・ルーヴェンの手紙（同）がそれぞれ一通である。父の手紙は、第二部でも二行の短信が示される（第四六章）し、草稿第四巻には、母親の手紙もテクストで掲げられている。草稿第五巻には、グランデ夫人との往復の手紙（本書一六八ページ参照）がテクストで示されている。肝心のリュシヤンとシャステレール夫人のあいだのものは、手紙の文章そのものとしては示されていない。

少し煩瑣になったが、以上のように、スタンダールの小説ではたくさんの手紙が飛び交っているにもかかわらず、その割には手紙のテクストそのものが物語中に挿入されることは少ない。また手紙のテクストが示されているから、物語に重要で不可欠なものであるかといえば、必ずしもそうとは言えない。それは上に挙げた手紙がどんなものかを見てみれば明白であろう。これら引用された手紙とは対象的に、手紙を書いたとは記されるものの、内容ですら明らかでないものがある。内容はともかく、手紙は出されたり、受け取られたりすること自体でまず意味を持つが、そこに重要性を置いている場合がある。また、受け取って開封するか開封しないかも重要である。スタンダールの小説の登場人物は、これまで見てきたように、目標の相手に手紙を受け取らせることに腐心する。そのために好意を示す相手には花束を添え（『カストロ』のジュリヨ、『エルネスチーヌ』のアステザン）、偽手紙では、時によっては、他人の名を騙る（『アルマンス』のスービラーヌ、『パルム』のラヴェルシ侯爵夫人）。しかしながら、手紙が何かしらの原因で届かないと、当事者の関係が途絶したり、中断したりする。手紙は奪われることもあるが（『ルーヴェン』ではデュ・ポワリエ医師によるリュシヤンからシャステレール夫人宛のもの、『赤と黒』ではピラール神父によるレナール夫人からジュリヤン宛のもの、『カストロ』ではコロンナ公によるジュリヨからエレナ宛のもの）、実際に到達困難なこともある（ジュリヨと修道院に閉じこめられたエレナの当初）。また、すでに悉《つぶさ》に見たように、偽手紙によって妨害を受ける場面も出てくる。しかし、これらの重要な手紙がテクストで示されているとは限らず、内容が簡潔に叙述されたり、手紙を出したり受け取ったりの事実が記されるだけのことも多い。

書簡体小説は、当然のことながら、交わされる手紙の内容そのもので物語が辿られていくが、ラクロの『危険な関係』では、とりわけ手紙の持つ機能に着目される。主人公のヴァルモン子爵は、手紙を受け取らせること、受取人に手紙を読ませることに策を巡らし、また、受取人が手紙をどう扱うか、保存するか棄てるかを見きわめ、自分の介入の余地を探る。そしてヴァルモンの場合は、手紙を仲介したり、盗み読んだり、偽手紙を出したりすることによって、他人を自分の意のままに支配しようとする。そうした手紙の扱い方や書体など手紙の持つ伴示作用（コノテーション）をスタンダールは小説のなかで利用している。これがラクロの影響であるか否かは判然としないが、かれがラクロを意識しているのは『アルマンス』における偽手紙を述べた箇所（本書一七一ページ）で見たとおりである。

しかし、スタンダールが書いたのは三人称小説であり、その小説中に手紙が飛び交っているわけであるが、本節のはじめで細かく辿ったように、手紙のテクストそのものが出てくることは少ない。しかも、付け加えれば、テクストの示される手紙も完璧に全文が示されるものばかりでなく、「云々（etc. etc）」

とか省略符つまり三点リーダー（…）で端折られることがある。スタンダールは、手紙を寄せ集めて成り立たせる書簡体小説が、ともすると冗漫となり、また場合によっては嘘くさくなることを見抜いていたのかもしれない。

手紙は、テクストが提示されない場合でも、その手紙がどのように出されたか、あるいは受け取られたか、などの様態を示すことによって、細ごました叙述の省略を可能にし、物語を進展させるのに貢献しているが、適切に手紙のテクストを挿入することも、同様に描写や叙述を節約する役目を持っていると考えられる。たとえば『ラミエル』において、この主人公の人物像は、「クレマン神父がブーローニュにいる親友に書き送った」ものというかたちで、神父の手紙によって簡潔に描かれる（第六章）。また、『赤と黒』におけるシェラン神父の紹介状や、ラ・モール侯爵の招請状、仲間からの脅迫状といった類のものをわざわざ手紙のテクストで提示するのも、説明を節約するためと考えられる。

とりわけ、このように手紙を挿入することは、三人称の物語に一人称を混ぜることになり、ときには手紙の筆者である登場人物の複雑な思考なり心理なりを内側から簡潔に語ることになる。三人称だけで外側から人間の心のなかを描き分析していくことは、ときに文章を煩雑にする。また、書簡体小説では、手紙を交わす人物たちのたくさんの《わたし》が錯綜することになるが、三人称小説においては、会話や手紙、場合によっては日記といった一人称のものを適度に加えることで、小説が変化に富んだものになる。しかし、この場合でも、会話の多用は、戯曲とは異なって、小説を安易なものにし、また複雑なことがらを述べるとなると冗漫な長台詞になることをまぬかれない。そこで小説の手法としての手紙は有効性を発揮するし、またそのためには、手紙のテクストの主要部分だけを抜粋して挿入するということも効果を高めることになる。

スタンダールの小説で、館のなかとか、別荘のなかの、たやすく出会える場所にいる当事者同士が手紙を交換するのも、会話では意を尽くし切れないことを伝えることにある。もちろん、それだけでなく、手紙では対面しては言いにくいことを表現することができる。ただ、手紙はともすると誤解を生むこともありうる。つねに文章はレトリックによって、書き手と読み手のあいだで微妙なズレを生じ、それが書き手の予期しない感情を読み手のうちに引き起こしたりすることがあるものである。またそうしたことを狙うレトリックもありうる。もっとも、スタンダールの小説のなかの手紙では、そこまではあまり問題にされていない。手紙を書く人物に応じて、明確に文体を変えるというようなこともとくに配慮されている様子はない。手紙のテクストは物語のテクストのなかに溶け込む。それが字義どおりに受け取られることを前提としている。

しかし、手紙を出すことへの警戒は絶えず繰り返される。シャステレール夫人(『ルーヴェン』)や、フェルヴァック元帥夫人(『赤と黒』)、グランデ夫人(『ルーヴェン』)のためらいだけでなく、マチルド(『赤と黒』)でさえ「英雄的に」それを乗り越える。「書いたものは残る」のである。『ラミエル』のなかではじめに主人公の教育を行なったサンファン医師は、彼女に「決して手紙を書いてはいけない。もしそのような失敗をしたら、最初のものを取り戻すまで二通目を出してはいけない」(第六章)と忠告する。この時代は現代とは違って、女性が男性に手紙を書くことはたしなみに欠けると考えられていたのである。スタンダールの小説は、登場人物たちがそうした警戒を破ったところからドラマが展開する。登場人物たちは手紙に翻弄されることにさえなるのである。

『危険な関係』でヴァルモン子爵がメルトゥイユ夫人宛の手紙に証拠物件として数かずの手紙を同封するように、スタンダールの小説においても、他の手紙を同封するということが見られる。ジュリヤンが友人のフーケへの手紙にマチルドの手紙（複数）を同封する場合は、もし自分に罠が待ち構えていたら、その手紙が自分を救う証拠となると考えるからである（『赤と黒』）。オクターヴがアルマンス宛の手紙に彼女のメリー・ド・テルサン宛の手紙（実はスービラーヌの書いた偽手紙）を同封し（『アルマンス』）、またラ・モール侯爵が娘のマチルドに宛てた手紙にレナール夫人の手紙を同封する（『赤と黒』）のは、それによって動かぬ証拠を見せつけようとするものである。さらに、レナール夫人が自らに宛てた偽手紙の原稿をジュリヤンへの手紙に同封するのは、共犯関係を通してのゆるぎない愛情の証なのである。翻って、これをスタンダールの手法のうえから見ると、作品のなかで手紙のテクストを示すのと同じく、手紙のなかで他の手紙のテクストを提示するのも、その方が明快であることからきている。

しかし、手紙が小説のなかで重要な役割を占めることは、小説そのものが安易な手法をとっているような感じを与えないわけではない。偽手紙がオクターヴやエレナ、あるいはジュリヤンのような主人公を死に追いやり、物語を結末に導くこと、また偽手紙がファブリスをおびき出し牢獄に幽閉させ、物語を大きく転換させること、これだけを考えるとまさにそのように思える。だが、振り返って見れば、これまで述べてきたように、手紙は随所で、内容のみならずその扱い方や伴示作用を利用することによって、細ごまとした描写や叙述で文章をだれさせることなく、スタンダールの小説にスピード感を与えているのである。スタンダールは小説の手法として手紙の機能を利用し、より無駄の少ない、それでいて豊穣な小説を創造したと言えるだろう。

『赤と黒』のリアリズムとロマネスク

はじめに

スタンダールの『赤と黒』(一八三〇)はいわゆる《古典》なのだろう。確かに、日本ではしばらく前の時代、「世界文学全集」と称する翻訳文学のシリーズのなかに、この作品は必ずと言っていいほど収められ、それも時にはドストエフスキーの『罪と罰』と第一回の配本を競っていたように記憶する。《古典》と言うと、こうした全集に入り、揃いの美しい背を見せて書棚に陳列され、読まれずに所蔵されている過去の文学のように思われているところがある。フランスでも、プレイヤード叢書という名前のガリマール書店のシリーズに収められたりすると、《古典》と見なされるようで、事情は変らない。『赤と黒』は、一九三二年に発刊されたこの叢書のなかでは、そのデビューを飾った一巻として、アンリ・マルチノの編集により、『アルマンス』を併載して出版された(第二次大戦後に出た版では『リュシヤン・ルーヴェン』も併載)。

しかし、一般に《古典》は、繰り返して読まれる作品、読むたびに新しい発見のある作品などと定義されている。また時代を経ても読み継がれる作品とも言われている。そうした評価が、いわば賞味期限のないことの保証であるかのように、書棚にしまい込ませ、読まないで放置する事態を引き起こしているとも考えられる。美術工芸品のように、ひとつの完成の域に達したものが《古典》と思われているところがあるのかもしれない。しかし、文学においては、読まれずには何かしらの完成に至ることはない。

読者の一人ひとりのうちで、はじめて完結する。作品それ自体にしても、あまねく読者の眼から見て完璧と評価されるようなものはないのではないか。むしろ、繰り返してのレクチュールを可能にするのは、隙間やら綻びやらの欠陥と思われるものとか、何か解らないものがあって、惹きつけられずにはいられないような作品、つねに読者に向かって開かれ、問いを投げかけるような作品と言った方がいいだろう。

そういう点から言うと、『赤と黒』については、様ざまな点で綻びが目につくし、不可解さに満ちている。そしてこれは必ずしも充分に読み解くことはできない。それなら、いっそのこと、この解明できない謎を拾い出し、あれこれと考えることを楽しみにするのもよいのではないだろうか。

1

『赤と黒』の作者スタンダールは、若年から演劇に関心を寄せ、劇作を試みている。かれの時代には文学とは詩であり、また演劇であった。古くから戯曲は劇詩と呼ばれ詩のジャンルに入っていた。フランスでは十九世紀のうちに隆盛を誇ることになる小説は、この世紀の初頭にはまだ文学の範疇に入るものとは見なされていなかった。したがって、文学を志す青年は、詩作を試み、あるいは演劇を目指した。文学史上ではスタンダールと並んでこの時代を代表する小説家バルザックも、はじめは劇作を志し、その習作をアカデミー会員の劇作家・詩人フランソワ・アンドリューに読んでもらったりした。小説はアルバイトに偽名で書きはじめたのが発端であった。そしてスタンダールになる以前のアンリ・ベールはというと、その文学修行は「新しいモリエール、フランスのシェイクスピア」になるのが目標であった。

ここでは細かく追求する余裕はないが、演劇の修行では、モリエールから出発したベールに二度の大きな刺激があった。イタリアにおけるオペラ（とりわけオペラ・ブッファ）との出合いとロマンティチズモの運動との出合いである。ベールの劇作は、ときには構想とストーリーならびにプロットの作成に、ときには登場人物の造形に終わるが、モリエールの性格喜劇への嗜好から出発して、そこに恋愛のこまやかな交情を混じえた作品の試み、そして歴史に題材を取った作品の試みへと移っていく。とりわけ、文学論『ラシーヌとシェイクスピア』（一八二三、一八二五）でベールは、同時代にふさわしい作品がロマン主義文学と呼ばれるものであり、古典作家を模倣することは時代にそぐわず、古典主義であると主張している。つまり演劇における韻文や独特の表現、そして三統一の規則といったものが現実を描くことからかけ離れていること、また筋の展開が同時代の観客に納得のできるようなものでなければならないことを指摘している。かれは《自然さ》を、古典主義文学が唱えたのとは異なった側面から唱えている。そうした経緯のあとで、ベールは小説に手を染めることになる。かれの関心は同時代をいかにしてトータルに描くかであり、これを、演劇の習作で鍛えたストーリーの展開の仕方や、演劇では排除しなければならなかった直接的な説明など、すべてを用いて描き出すことのできる形式として、小説に辿り着いたのである。

ベールは『赤と黒』以前の一八二七年に最初の小説『アルマンス』を書いているが、そこでは王政復古期のエネルギーを喪失した真摯な貴族青年の恋愛を描いている。この青年オクターヴには、まさにかれの生きる時代が見事に刻印されている。この小説は「一八二七年のパリのあるサロンの情景」という副題が付けられているが、サロンからこの時代の社会が展望できる奥行きを持っている。現代の読者には、この時代についての一応の知識がないと解らないところがあるのが難点だが、同時代の読者にもはたしてベールの慧眼が見抜けたかどうか。この小説の《鍵》となっている主人公の不能が、プロスペール・メリメへの手紙（一八二六年十二月二三日付）のなかで作者によって明かされているが、オクターヴのエネルギー喪失を考えれば、これもなるほどと納得できる。

さて肝心の『赤と黒』だが、初版表紙に記されたこの本の副題は「十九世紀年代記」である。一八三〇年の十一月、刊行にわずかながら先んじて『ガゼット・リテレール』誌第四八号にその一部が掲載された。こちらは副題が「一八三〇年年代記」となっている。現在では、いくつかの版が後者の副題を採用している。というのは、この小説が十九世紀のなかでもまさに王政復古時代末年のこの年代に根を下ろしている作品だからである。

実際『赤と黒』は日付を持った小説である。第一章において、舞台となるヴェリエールの町でレナール氏が一八一五年以来町長に就いていることが示され、王政復古期の物語であることは最初に読者に伝えられる。そして小説では、主人公ジュリヤン・ソレルの十九歳から二三歳までの五年間が描かれるが、それは一八二六年から三一年までに該当することが作品を通じて読み取れる。アンリ・マルチノはかれの編集したガルニエ叢書版『赤と黒』の付録のなかで、小説中の出来事を年表に仕立て、発端のジュリヤンが家庭教師としてレナール氏の家に入るのを一八二六年九月二五日とし、最後にかれが処刑されるのを一八三一年七月二五日と特定している。これを歴史と照らし合わせて見ると、一八一四年にナポレオンが皇帝を退位して、フランスでは一七九二年に共和制が宣言されてから二二年ぶりに王政が復活するわけだが、一八二四年にはルイ十八世のあとを継いだ王弟アルトワ伯がシャルル十世として即位し、反動的な政治を行なった時期であることが分かる。王政復古したものの、革命前の旧制度の時代ほど権力も財力も持てない貴族階級のあせりと、もはや身分の殻に閉じこもっていることに飽き足りず野心満々の庶民階級のあいだに、軋轢は日増しに膨らんでいった。そして一八三〇年に再び革命が勃発する。七月革命である。『赤と黒』の社会的背景はざっとこのような状況であった。つまり、革命の予兆のなかで物語は進行するわけだが、小説中では革命は起こっていない。ベールは一八三〇年の五月から『赤と黒』の校正に着手していたものの、かれの習慣で訂正と加筆に時間をかけている間、七月には革命が起こり、一八三〇年の終わりに本が出たときには、小説は現実に追い抜かれてしまっていた。

『赤と黒』は、こうした時代に裏打ちされているが、もちろんそうした知識がなくても、いつの時代にも共通する野心に溢れた青年の人間像を描いた作品、人間の心の動きを追求し分析した作品として読むことが可能である。しかし、人間の心の動きに、ある普遍性を見るにしても、その心の動きですら、生きている境遇（時代、社会、政治など）によって左右されるものである。解読を進めるためには、その背景を見きわめておく必要性がある。

まず、この作品は製材所の三男である主人公ジュリヤンの野心の物語であるが、野心にとりつかれるのも上で記したように時代精神なのである。革命前であれば、身分を越えた立身出世を望むことは、現実にはほとんど不可能なことであった。才能はあっても無一物の青年が出世を考えるのは、革命時代とナポレオンの時代を経験するなかで生まれてきたことであった。ジュリヤンばかりでなく、バルザックのラスティニャック（『ゴリヨ爺さん』他）然りである。そうした状況は何としても後戻りができない。

この「後戻りできない」ことが、逆に貴族階級のなかには、エネルギーの喪失あるいはもどかしさとなって一種の閉塞状態を生み出すのである。ヒロイックな登場人物であるラ・モール侯爵令嬢マチルドが、彼女を取り巻く青年貴族を見限って、平民のジュリヤンに惹かれていくのも、このエネルギーゆえにである。青年貴族たちはアンニュイ（倦怠）のなかで、ただ革命だけを恐れている。

この小説における時代の刻印はこればかりではない。革命後フランスにおいて急速に伸びてきた産業資本家たちや、ナポレオンが教皇ピウス七世と締結した宗教協約（コンコルダ）以来勢力を伸ばしてきたイエズス会の司祭たちの動静が、野心家の青年の運命を左右する。かれらの合言葉は「利益」であり、これが野心家から転落した青年を抹殺することにもつながる。

レナール夫人を狙撃して裁判にかけられたジュリヤンは、公判の最後の弁論で、計画的犯行を認め自ら死刑を求める一方で、自分を裁く人たちが自分と同じ階級に属さないゆえに自分に厳罰が下るだろうと述べて、いわば富裕階級を告発し、結局かれらの怒りが陪審員の評決となって死刑という結果をもたらす。レナール夫人は負傷しただけであるのに、この判決は厳しすぎるように思われるが、これも、ジュリヤンが夫人を教会でミサの最中に狙撃したことを考えれば、イエズス会の伸張とともに一八二五年に復活した瀆聖罪法を暗黙のうちに適用してかれに極刑が言い渡されたと理解してよいだろう。この小説のモデルとなったベルテ事件において、一八二七年に教会でミシュー夫人を狙撃して怪我を負わせたアントワーヌ・ベルテは、この小説の主人公と同じく、死刑判決が宣告され、二八年二月グルノーブルのグルネット広場で処刑された。ただ、瀆聖罪法は一八三〇年の革命により廃止されたので、ここでも現実が小説に先んじてしまったと言えるだろう。

ところでこの小説の第二部第二一章から二四章にかけて、奇妙な挿話が入っている。秘書に雇ったジュリヤンの優れた暗記力を知ったラ・モール侯爵が、かれにある貴族のサロンで行なわれる討論を書き取らせ、それを縮めたものを暗記させたうえ、どこかメッス（フランス東部の町）の先の東の町に派遣し、その地でかれはある公爵に会って、その暗記してきた内容を聞かせる、というものである。何やら政治的陰謀の匂いは感じられるものの、これが正確には何であるのかはっきりとしない。ただ、作者が介入して、「想像力の楽しみのなかでの政治は、音楽会の最中のピストルの発砲」ということが言われる。この箇所については、一八一八年に起こった目的も経緯も異なったある事件がヒントになったらしいことが指摘され、また現在ではシャルル十世治下でジャーナリズムを賑わした密書事件を利用して、この挿話に仕立てたという説が有力である。挿話の網の目を解きほぐしていくと、ラ・モール侯爵をはじめとする過激王党派が国内の革命の機運を察知して、一旦急の時にはこれを阻止するために外国の干渉を要請すべく、ジュリヤンを密使に立てたということになる。この挿話は、ジュリヤンとマチルドの自尊心の闘いが二人の気持ちに大きな溝を生じたあとでやってくるために、何か唐突な感じがあり、しかも意味が判然としないが、ここで作者は出版書肆の言として、政治が出てこないと「本はもう鏡ではなくなる」と言わせている。つまり、ベールはこれが時代をきちんと反映した挿話であることを自ら保証している。

ベールは第一巻第十三章のエピグラフで、有名な「小説、それは道に沿って持ち歩く鏡である」という文句を書いているが、小説は時代を映すものであるというのが、かれのリアリズムであり、『赤と黒』の解読は、まずその観点で行なうのが第一歩になるだろう（ここで勘違いをしていただきたくないのだが、本稿で筆者は『赤と黒』が《リアリズム小説》であり、スタンダールが《リアリズムの作家》であると定義するような大それたことをするつもりはない)。

2

しかし、すべてが時代背景から説明できるものではない。『赤と黒』にははじめに述べたように、解読に戸惑うような部分が多々ある。

その最大のものは、「あらし」と題された第二巻第三五章におけるジュリヤンのレナール夫人狙撃事件である。ラ・モール侯爵令嬢マチルドとの自尊心の闘いに勝利したジュリヤンは、マチルドから妊娠を告げられる。父親の侯爵はそれを知ると怒りに我を忘れるが、ピラール神父のとりなしで、娘とジュリヤンの結婚を認めるところにまでいく。ところがそこに侯爵宛のレナール夫人の手紙が届く。文面からすると、侯爵がどうやら娘の婿となる青年の行状をレナール夫人に問い合わせたらしいのだ。でも今さらなぜなのだろう。自分の知らぬ間に、どんな手を使ってか娘を篭絡した憎むべき男、神父の仲介でやむなく結婚を認めることにした男の行状をあらためて問い合わせるなんて！　それも、不可解なことに、ジュリヤンがそれをわざわざ侯爵に示唆したらしいのだ。そしてその手紙は何という内容。「貧しく貪欲なこの男は、このうえなく巧妙な偽善の助けを借り、弱い不しあわせなひとりの女を誘惑して、地位を手に入れ、何ものかになろうとした」と書いている。これがあとで明かされるように、告解の司祭の言うままにレナール夫人が書いたにしても、本人以外の誰がジュリヤンの目論見の真相を知るだろうか。そして、マチルドから渡されたこのレナール夫人の手紙を読んだジュリヤンは、馬車に乗るとヴェリエールの町まで一直線に走らせ、到着するや銃砲店でピストルを買い求め（日曜日だが、店は開いていたのだろう）、教会に赴き、ミサに出席している夫人を狙撃する。それでも、かれにはためらいがある。「身体がいうことをきかない」のだが、夫人の顔が隠れてはじめて引き金を引くことができる。

ジュリヤンはなぜレナール夫人を狙撃しなければならないのか、読者には解らない。手紙に対する単なる逆上なのか？　しかし、パリからフランシュ＝コンテ地方のヴェリエール（架空の町だがモデルがある）までは優に三〇〇キロはある。冷静な主人公がこの犯罪を激情に駆られて実行するには時間があきすぎる。この狙撃に関しては、研究者はさまざまな仮説を立てているが、ほとんどが作者の創作上の問題に還元している。それでもなかには、マチルド（というよりむしろラ・モール侯爵家）を征服したジュリヤンは、それが自らの社会的な敗北と分かっていたにもかかわらず、自分の内なる勝利をさらに確実にするために、《義務》として富裕階級に一矢を報いるべくレナール夫人を狙撃したのだという説も存在する。この部分では想像は自在に飛翔し、自らの野心を打ち砕くレナール夫人への二発は、侯爵に示唆して夫人に問い合わせをさせたのと同じく、今やマチルドと結婚せざるをえなくなったジュリヤンのゆがんだ夫人への思いとも取れないだろうか。

謎といえば、この小説のタイトル『赤と黒』についても、どのような意味か判然としない。作者はこれについては何も決定的なことは言っていない。主人公のジュリヤンは、ナポレオンの時代には軍人となって手柄を立てれば一躍伯爵に取り立てられるが、王政復古の時代には僧侶となる以外には出世の道はないと考えている。それで「赤」は軍服を、「黒」は僧衣を指すという説があった。しかし、当時のフランス軍の制服は赤い色ではないという実証（実際は、軽騎兵、竜騎兵、歩兵、砲兵など兵員の種別、また連隊によって制服に相異があった）と、かれの目指す高位聖職者は黒い衣を着ないという事実が指摘され、今では着衣の色彩は否定されている。それでも、象徴的に軍人の身分と聖職者の身分と考える説は消すことができない。ほかにも、「赤と黒」は高位聖職者と下級僧侶であるとか、共和制と復古王政、もしくはジュリヤンの共和主義とかれを取り囲む聖職者の世界であるなどの諸説がある。また賭けのゲーム板で赤と黒から成るものがあるようで、ジュリヤンの生き様をそれになぞらえる説もある。「赤」を情熱、「黒」を偽善と考える説もあったように記憶する。とにかく、作者は何も言っていないので、作品を読みながら、読者は様ざまに想像できるのである。

繰り返しになるが、『赤と黒』は、貧しいながらも頭がよく才能のある青年が、野心にとりつかれ立身出世をはかる物語であるが、かれの行動を追って読んでいくと、子供のように純粋であったり、喜劇的であったり、様ざまな姿が現れる。しかし、多少タルチュフ（モリエールの同名喜劇の主人公。偽善者）を気取っても、この主人公には作者が随所で主張するような偽善的なところは少しもない。かれは周囲からその真摯で高貴な人柄が認められ、また学問的な優秀さが認められて出世していくわけで、策を弄して地位を手に入れるわけではない。確かに、レナール夫人を誘惑するジュリヤンはドン・ファンを気取っているが、かれはこの恋に夢中になってしまうのである。女を利用して出世をはかるどころではない。侯爵令嬢マチルドとの関係についても、今度は彼女の方がかれに惹かれて、梯子を使って窓から部屋に入って逢いに来るように誘いをかける。ただ、こうした場合いつもジュリヤンに生じるのが《義務》

の観念である。レナール夫人の手を握らなくては、もしくは、罠かもしれないがマチルドの部屋に行かなくては、という気持ちである。身分的な違いがかれにこれほどの無理を強いているのだろうか。このあたりも解釈の余地があるかもしれない。しかしながら、レナール夫人狙撃のあと牢獄に入れられたジュリヤンは、そうした《義務》の観念から解放され平安を感じる。レナール夫人とのヴェルジーの別荘で過ごした時間を真にしあわせに思うことができる（本書一四二ページ参照）。つまり、かれは自分とは異なった階級のなかで非常な緊張感を持って生きてきたことが分かるのである。

家庭教師として住み込むためにレナール家をはじめて訪れたジュリヤンは、思い切って呼鈴に手を伸ばすこともできず、半べそ状態になる。また、ブザンソンの神学校では、校長のピラール神父の前に出ると、緊張のあまり気を失ってしまう。そのくらい初心なのに、かれは大胆である。レナール夫人との仲が噂になり、ヴェリエールを去らねばならなくなるが、危険を顧みず、夫人のもとへ忍んでくる。また、ラ・モール邸に秘書となって住み込むと、夫人に逢うためにすぐさまヴェリエールまで戻り、梯子を使って彼女の部屋に忍び込む。パリにおいては、ヒロイックな感情で使用人ジュリヤンを恋人にした侯爵令嬢マチルドと、侯爵令嬢を恋人にしたものの軽蔑されたくないと考えるジュリヤンとのあいだで、自尊心の闘いが熾烈に展開されるが、かれは最後にマチルドの気持ちを惹き付けておくために、お堅いフェルヴァック元帥夫人に恋の戯れを仕掛ける。これはコラゾフ公爵から授かった知恵によるもので、公爵からは滑稽にも順次送るべき五三通の恋文を譲り受ける。このようにジュリヤンは一旦踏み込んだ恋愛においては積極的であり行動的である。しかし、身分の違いはかれの意識から離れることはない。

ジュリヤンとは何者なのだろうか。製材所の末っ子でありながら、頭がよく勉強家でシェラン神父から神学の教えを受け、しかも高貴な精神を持っていて俗なところがない。父のソレルは、計算高く俗な人物で、息子が本ばかり読んでいることをむしろ憎んでいる。トビがタカを生んだような親子なのだ。ところが第二巻第七章で、神経痛で外出できないラ・モール侯爵がジュリヤンを話し相手とするのに際して、青い服を与えて友人の貴族の息子として遇する場面がある。そのあとではジュリヤンをロンドンに派遣し、そこから帰って来ると彼に勲章が下りている。この好意はどういうことなのか。また、この章で侯爵がピラール神父に洩らす「わたしはジュリヤンの出生を知っている」というひと言の意味はどういうことなのだろうか。まるで、この立身出世をはかる平民の青年が、実は貴族の落胤であるかのようなニュアンスなのである。このニュアンスは、侯爵が娘のマチルドをジュリヤンと結婚させることに決めたときにも感じられる。つまり「身分不相応な縁組」が世間で噂にならないように、ラ・モール侯爵はジュリヤンを貴族に仕立てる工作をして、別に生みの親がいるようなかたちを取るからである。このようなニュアンスとは異なるが、ジュリヤンの幼少時に、世間にはソレルの従兄弟という触れ込みで、かれの家に元ナポレオン軍の軍医正が居候をしていたという事実が、第一巻第三章に記されている。この軍医正はジュリヤンに教育を授け、死に際しては自分が貰ったレジョン・ドヌール勲章や、休職年金の未受領分、書籍をかれのために遺している。この人物は皇帝になる前のボナパルトに心酔して、のちには自由主義者であったというから、ジュリヤンのいわば精神的な父と言えるだろう。しかし、いずれにしても、この人物の正体、そしてジュリヤンとの関係は明らかではない。このように父については曖昧であるのに対して、母の方はまったく登場しない。その消息は一切記されていない。

『赤と黒』のなかでは、こうした謎のようなもの、解らないものに、想像力は刺激されるが、それがまたこの小説を読む醍醐味と言っていいだろう。小説ならではの偶然性や、不合理性は、度を過ごすと想像力を萎ませ、嫌悪以外の何ものでもないが、不可解さにしても解釈の余地があってこそ、それに付きあうことができる。『赤と黒』においては、テクストの外側、ないしテクストの内側にその解読を促す要素が散らばっているゆえに、楽しめるのである。

『パルムの僧院』のロマネスクとリアリティー

『パルムの僧院』（一八三九）は、その緒言で一八三〇年頃パドヴァの教会参事会員の家で聞いた話であると書かれているが、実際には、スタンダールがイタリアの古文書に見つけた物語「ファルネーゼ家興隆の起源」をヒントに創作した小説として知られている。この八ページあまりの古文書には、放蕩者のアレッサンドロ・ファルネーゼが、叔母ヴァンドッツァの庇護のもと、叔母の恋人のロデリーゴ枢機卿の力を借りて、二四歳で枢機卿に就任し、晩年には教皇パウルス三世となって、ファルネーゼ家繁栄の礎を築いた経緯が事実と虚構を交えて記されている。とりわけ、若い頃のアレッサンドロについて、放蕩が甚だしく、あるときなどは貴婦人を拐かして自宅に囲い、その結果ローマのサン・タンジェロ城（旧ハドリアヌスの霊廟）に投獄されるが、ロデリーゴ枢機卿らの計略で綱を用いてそこを脱獄したこと、また、枢機卿となってからもクレリアという女性を恋人にして、次つぎと子供をもうけたこと、などが書かれている。こうした「若い日のアレッサンドロ・ファルネーゼ」の波乱に富んだ物語に、スタンダールはたいそう心を動かされ、古文書を入手してから数年後の一八三八年には、この話を核にして小説を書こうと考え、その年の十一月四日から五三日間という短時日で、口述筆記によって『パルムの僧院』（以下『パルム』と略す）を完成させている。

この古文書の話のなかからは、『パルム』における主人公の主要な状況と冒険がすっかり借用されている。つまり、主人公が叔母の庇護を受け、叔母の愛人の助力を得て大司教にまで出世していくという主筋と、ローマのサン・タンジェロ城を模した同名の巨大な城塞の上に造られたファルネーゼ塔と称する牢獄に収監されるものの綱を用いてそこを脱出し、またクレリアという名の若く美しい女性と恋愛に陥るという中心的出来事である。スタンダールは十五、六世紀の話を現代の物語に変えて、王政復古時代の一八一五年から一八三〇年に時代設定している。

しかしそれでも、『パルム』は何かしら中世ないしルネサンスといったいにしえの時代を舞台にした物語のように思えることには変わりない。それは現実のパルマ公国とは異なったパルムという絶対君主の支配するイタリアの小国家を創造し、宮廷の陰謀をからませたことなどが、遠い時代の雰囲気を醸し出していることにもよる。スタンダールは当時の絶対君主国モデナ公国を頭においていたようだが、場合によっては、未だヨーロッパで勢力を張りあう時代遅れの諸王国をイメージしていたのかもしれない。にもかかわらずこれは空想の君主国である。そして主人公の脱獄・逃走といった冒険に、さらには決闘や暗殺なども織り込んで、いわゆる大衆小説的な事件にも不足していない。この作品を一面で冒険小説と捉える見方もあるくらいである。これに加えて主人公のロマンチックな恋愛、つまりほとんど運命的な出会いに始まり、しかも牢獄や暗闇に隔てられた恋がある。以上を取り出してみれば、まさにアーサー王物語に淵源を置くロマン（むしろ英語のロマンス）の伝統に連なる作品と言える。こう書いた以上、この作品の《ロマネスク》、小説の小説らしい側面をまず探求してみたい。ある点では虚構のなかでしかありえないようなもの、いかにも小説的なことがらをいくつか拾い出すことにしよう。

この小説の冒頭では、ナポレオン支配時代のミラノが主人公ファブリス・デル・ドンゴの生い立ちとともに語られるが、実際の幕開きは、ナポレオンが流刑地のエルバ島から脱出してワーテルローで英国・プロイセンの連合軍と決戦を交える一八一五年からである。湖上を飛び去る鷲、ついでマロニエの若芽に啓示を受け、十七歳のファブリスはナポレオンとともに戦うために、母や叔母ジーナ・ピエトラネーラと別れてコモ湖畔グリヤンタの館を立っていく。かれを愛してくれた亡き叔父ピエトラネーラ伯爵をナポレオンが厚遇してくれたという理由である。ナポレオンからイタリアの支配権を取り戻したオーストリア政府が厳重に監視する国境を、かれは晴雨計の行商人ヴァージのパスポートを携えて密出国することになる。冷めた目で眺めれば軽挙妄動とも言えるファブリスのこの行動が、物語を始動させている。これは作者の青春そのものであったナポレオンへの共感が、かれの創造したイタリア人の主人公を駆り立てて踏み切らせた行動とも言えるだろう。この密出国がファブリスには逃走の十年間の発端となるのである。すべての苦難の原因は一瞬の決断にあるのだが、それを予測できずにこれに同調し、戦場での安全だけを心配する婦人たちもまたスタンダールの娘たちである。その後のファブリスの逃亡生活は、スタンダールのいわゆる《亡命生活》、さらにはナポレオンのセント・ヘレナ島での幽閉生活といった王政復古時代の不運に重ねて考えることができるかもしれないが、小説でのこうした状況を作り出す根本的な動因はあまりにスタンダール的と言えるだろう。

このファブリスを、密出国者として直接的に追われる立場に突き落とすのは、兄アスカニオの告発である。かれはファブリスより六歳の年長であるが、弟や叔母に仲間はずれにされて、ねたみ心を抱き、仕返しをする機会を狙っていたのだった。父のデル・ドンゴ侯爵は長男を跡継ぎと定めて教育するが、妹のジーナに可愛がられている次男のファブリスに対しては冷たい。侯爵はオーストリア支配下でミラノの宮廷に関わりを持っていたが、フランス軍が来てからはミラノには足を踏み入れることなく、コモ湖畔グリヤンタに不遇の身を託《かこ》っていた。一方ジーナは兄の反対を押し切って、ナポレオン支配下のイタリア王国宮廷に仕えるピエトラネーラ伯爵と結婚していた。ファブリスにはジーナの影響、間接的ながらフランスの影響が浸透している。否、それどころが、かれはミラノのデル・ドンゴ邸に住み込んだフランス遠征軍のロベール中尉とデル・ドンゴ侯爵夫人とのあいだに生まれた私生児であることがほのめかされている。フランス軍のミラノ入市は一七九六年、ファブリスはその二年後に誕生している。ナポレオンのジュアン湾上陸は、そんなファブリスの血を騒がせ、ともに戦うことを決意させたのであろう。父に感化されたアスカニオの方は、反対に、こうしたフランス贔屓を憎み、告発するに及んだにちがいない。

夫のピエトラネーラ伯爵が殺されて未亡人となっていたジーナは、ファブリスが国を離れているあいだに、ミラノのスカラ座でパルム公国の大臣モスカ伯爵と出会い、パルムでは恐れられているモスカ伯爵がとても気やすい人物であるのを知る。そして四五歳の伯爵もジーナに会うと少年のような気持ちになり、すっかり彼女に夢中になってしまう。モスカ伯爵には別居している妻がいるにもかかわらず、ジーナはかれの愛人となる。伯爵が次にとったのは、ジーナとできるだけ一緒にいるために、彼女をパルムのサンセヴェリーナ公爵という六八歳の老人と名目上の結婚をさせるという策である。老公爵には勲章を与え、大使として某国に出発してもらい、サンセヴェリーナ公爵夫人となったジーナは独り公爵邸で暮らしはじめる。「権力は何でも神聖化する」と考えるモスカ伯爵ゆえに、そうしたことが可能になるのかもしれないが、何かしらオペラ・ブッファ（喜歌劇）的であり、しかも宮廷では、彼女はモスカの愛人であることが衆目の事実でありながら、公爵夫人として遇され、その美貌と才気で宮廷人から人気を得る。そればかりか、パルム大公からも目をかけられる。読者の方も、その偽りの結婚をさして不自然とも思わず、そのまま受け入れてしまう。ジーナが「道徳に反する」と思いながらも、モスカの提案に乗ったのは、彼女自身孤独につましく暮らすよりも、華やかな社交界で行動的に暮らすことを身上と考えていたからだ。それどころか「彼女はいつも嵐を恐れなければならない宮廷生活が楽しい」のである。しかしまた、愛する甥ファブリスのためにも、モスカの愛人としてパルムにいた方が何かと好都合だと閃いたからかもしれない。実際モスカの提案で、パルムではデル・ドンゴ家の家系から何人かの大司教が出ているゆえに、ロンバルディーア＝ヴェネツイア王国でお尋ね者となったファブリスを、パルム公国で聖職者にしようという計画が、ファブリスを説得して実行される。しかし現実にナポリでの修行を終えたファブリスをパルムに住まわせるや、モスカと対立する勢力の陰謀を活気づかせるため、役者をひとり投入したにすぎないことが明らかになる。ここに物語の進展を促す第二の動因が潜んでいる。

　正当防衛からファブリスが犯したジレッチ殺しは陰謀に利用され、かれはファルネーゼ塔に囚われの身となる。かれはそこで、かつて湖畔の道で馬車に同乗させたクレリア・コンチと七年ぶりに再会する。塔の上の監房の窓と塔のすぐ下にある城塞長官邸三階の窓を通じて、二人の目は出合い、ファブリスはまず目と所作で自分の愛情を伝える。主人公は城塞に連れてこられた際にその入口で一段と美しくなった彼女と遭遇していて、心を奪われたようであった。恋は、はじめて出逢ってから七年後に、まさに小説のように不意にやってくる。

二人が恋を語るこの城塞がどんな風になっているか見てみると、まずこれは地上から一八〇ピエ（約五八メートル）の高さで聳えている。この城塞は二三ピエ（約七・四メートル）の高さの外砦に取り巻かれ、そのなかに突き出たような形をとっている。そしてこの巨大な円筒形の城塞の屋上には二つの建造物が建っている。一つは城塞長官の官邸であり、もう一つがファルネーゼ塔である。ファルネーゼ塔は五角形三層になっていて、下から衛兵の屯所、礼拝堂、そして牢獄を構成するが、これは五〇ピエ（約十六メートル）の高さがある。一方長官邸は三階建ての建物で、塔からは二五ピエ（約八メートル）離れている。その三階の鳥家になっている部屋の窓は、ファルネーゼ塔の三層目にある牢獄の窓から五ないし六ピエ（約一・六ないし一・九メートル）ほど下に、すなわち通常の建物であれば一階分下に位置する。つまり、直角三角形の斜辺を構成するこの二つの窓のあいだは八メートル少々離れている。ロミオとジュリエットの場合とは異なり独白が聞こえる距離ではないので、二人は視線を交叉させ、目で語りあう。スタンダールはかれの小説で目の表情をしばしば描いているが、正確には目そのものというよりも、目を中心とした顔の表情ということになるだろう。この不自由なコミュニケーションが二人の恋をなおさら進展させるようである（本書一五九ページ参照）。ファブリスはまず掌に、ついで祈禱書が差し入れられるとこれを破いて作ったカードに、暖炉の燃えかすの炭でアルファベットの文字を書き、それを連続してかざすことで、単語を綴り、意中を知らせる。

そうするうちに、囚人には叔母ジーナの発する光の信号が、遙か彼方の塔の上から届くことになる。かれは合図に応えて光の信号を送る。これは紙のカードよりも手間がかかる。Aなら一回、Bなら二回、Cなら三回とアルファベットの順序を光で点滅させるにしても、SやTやUとなると点滅回数が増えるため容易なことではない。かれらはやがて他人に見破られないように略号を考え出したと書いてあるが、それはどういう風に相談したのか気になるところである。それでも主人公は叔母の指示で脱獄計画実施のところまでこぎつける。ファブリスがクレリアやジーナとのあいだに展開するこうしたコミュニケーションは、不自由なものでありながら、あまりに饒舌である。スタンダールは、かれらの心の内を敷衍して書いていると読者は想像した方がよさそうである。

小説の世界ならではのこれらの出来事は、微笑ましくも実に楽しい。現実にありえないと一蹴することはたやすいが、これは小説であり、想像力はそれらを許容するであろう。これはのちのファブリスとクレリアの恋のいきさつ、たとえば脱出したファブリスがクレリアを再び見るために城塞に出頭することと、クレリアが聖母に恋人を見ないという誓いを立てたゆえに二人は暗闇で逢引きをすること、ファブリスが二人のあいだにできた子供サンドリーノをクレリアの夫クレシェンツィ侯爵から奪いたいという気紛れを起こすことなどについても言えるし、他の小さないくつかの場面についても同じである。

しかしこの小説はほんとうにファブリスが主人公なのだろうか。はじめ、作者はかれの密出国に従ってワーテルローの戦場にまで追いかけていく。主人公の戦場における見聞や体験が細かく追求されていく。牢番の女や酒保の女の好意、白馬館という宿に敗残の兵士たちを集結させようとする努力、負傷して辿り着いたゾンデルという町の旅籠エトリーユの女将と娘たちのこと、等々。ところがかれが叔母のジーナの指示で密かに帰国し、ピエモンテ地方ノヴァーラの近くロマニャーノ・デ・セジアに亡命して、ミラノに戻れる日を待つあいだとか、叔母とモスカ伯爵に勧められ、聖職者になるためにナポリに行っていた五年間は、いささかも追跡されることなく、一瞬にして経過する。スタンダールの作品では、微細に叙述されることがらがある反面、細部が省かれてあまりにあっさりと描かれることがらがあり、そのアンバランスがしばしば問題にされるが、ここではむしろ、主人公の行動があるときには等閑に付されてしまっていることを指摘しておこう。ファブリスは、ノヴァーラでは愛人を作っていたらしいことが別の場所でほのめかされ、ナポリでは女たちに愛され、また古代の遺跡の発掘に夢中になっていたことが叙述されているが（第七章冒頭）、かれの亡命生活や留学生活の実態は不明なのである。

この点では、主人公のファブリスばかりではない。かれの父親デル・ドンゴ侯爵は、王政復古により再びオーストリアがイタリアを支配するようになって、いわば我が世が訪れたはずであるが、十四年の田舎暮らしがかれをすっかり無能な人間にしてしまい、ミラノではその過激王党派的な言辞によって皆からそっぽを向かれて、またグリヤンタでの田舎暮らしに戻ったことが記される（第二章）と、さっさと退場していく。また長男のアスカニオについては連隊の中尉に着任したことが、ついでに付け加えたかのように書かれているきりである。かれらはいったいどうなってしまったのだろうか、と心配するのは余計なことかもしれない。かれらは主役ではないのだ。

スタンダールの手法は、端折れるだけ端折るというやり方である。小説はすべてを描いていたのではきりがない。実人生の時間と張り合うわけにはいかない。作者はこのことを充分に知っていた。「話せばおそらく長くなるようないくつかの小さな出来事」は省略され（第六章）、また読者に「一言も語らずに」三年間を一挙に飛びこす許可が求められる（第二八章）。作者は語り手となり、物語を制御する。スタンダールの作品にあっては、作者が物語のなかに入ってきてあれこれと介入することで知られているが、それ以前に、ここ『パルム』では語り手として何を語るかについての選択を読者に提示していると考えてよいだろう。ファブリスの逃走中の些末な事件や、ナポリのアカデミア・エクレジアスティカ（神学校）の単調な生活を語ったところで、主筋に関係するところはないという判断が働いたと解釈しよう。

では、その間に何が描かれるかといえば、この不在の主人公ファブリスをめぐってジーナとモスカ伯爵が、かれのパルムに戻ってからの処遇などについて対話し、パルムでの生活の下地作りのためにジーナが奔走する様子である（第六章）。ファブリスを軍人にしたいと言うジーナに対して、モスカは「不幸なことに、貴族は医者にも弁護士にもなれない。そして今は弁護士の世紀です」と語り、かれを無為徒食にしておくか、そうでなければ聖職者にするように彼女を説得する。主人公は表面から消えても、主人公のことが相談されその存在は無視されていないということだ。

『パルム』の小説としてのリアリティーは、第一段階では、時代背景が記述される第一章のあとで、主人公をワーテルローの戦場に送り込み、戦争という厳しい現実をくぐらせることによって獲得されている、と言っても異論は出ないであろう。バルザックは冒頭部分が「冗長である」とその『ベール氏研究』（『ルヴュ・パリジェンヌ』通巻二七三〜三四二ページ）で述べているが、北イタリアがオーストリアの支配からフランスの支配に代わる転換期の様子を描いたこの部分は、あまり簡潔に述べたのでは、単なる歴史的記述に終わってしまうにちがいない。占領軍としてのナポレオン軍がどのようにしてミラノの人に受け入れられるようになったか、またオーストリア支持派にどのような感情を与えたか、これらは主人公たちに直接関係することで、省くことはできないし、バルザックの言うようにあとでファブリスの回想で語らせるというのも無理がある。それでもスタンダールは、「一八〇〇年から一八一〇年に至る進歩と幸福の十年間については、軽く触れておく」と抑制しているのであるから、異を立てずに呑み込んでおこう。そして再びオーストリア支配の時代がやってくる。ナポレオンの最後のあがきとなるワーテルローだが、戦場にファブリスのようなイタリア人青年が紛れ込むことの不都合に目を瞑《つぶ》るとすれば、かれが遭遇する数かずの不条理な出来事は、戦争そのものの不条理を描いていて、真に迫っている。ファブリスは「戦争は、もはや栄光を愛する魂の高貴で普遍的な躍動ではない」ということを覚らされ、負け戦となるや裏切りが横行する戦場を目の当たりにする。戦場にいながら、敵の軍団は見えず、どこからか飛んでくる銃弾がかれの傍らの兵士を倒し、同志と思っていた兵士から馬を奪われるなど、かれに戦争の現実がつきつけられる。ユゴーが『レ・ミゼラブル』（一八六二）第二部第一篇でワーテルローの戦いを俯瞰的に描くのに先立って、この小説では戦闘に加わった個人を描くことによってスタンダールはワーテルローの戦い全体を見事に描き出している（第三、四章）ことは、一般の認めるところである。

そのあとでは、主人公を巡って語られるジーナとモスカの会話や、とりわけファブリスの周辺にいる登場人物たちが繰り広げる欲望と愚行のなかにこそ、リアリティーは潜んでいると考えていいだろう。

スタンダールの人物造形の確かさは、かれがモラリストとして、あるいは心理分析家として卓越していることを明らかにしている。たとえば、パルム大公ラヌッチョ・エルネスト四世は、二人の自由主義者を絞首刑にしたために恐怖の発作に捉えられ、警察の予算を増やして身辺を厳重に警護させ、寝る前にはベッドの下まで調べさせることをし、またその恐怖心のために自由主義者の嫌疑がある者をファルネーゼ塔に投獄させている。ファブリスと会見した大公は「才気のある者はどんなに穏健な主義を持っていても安心できない」と思うのである。この臆病な君主は、暗い羨望を抱き、他の宮廷人が楽しそうにしていると気分が悪くなり、またパルムより大きな都市であるミラノにコンプレックスを持っている。そんな大公を側近があやつり、大公もまた家臣の弱点を握っては、それを利用しようとする。ファブリスのジレッチ殺しを、モスカの敵がかれの失脚を計るために利用する一方で、大公もそれに便乗してジーナ・サンセヴェリーナに対する卑屈な態度を反転させ、優位に立とうとする。かれには、クララ・パオリナという公妃、さらにはバルビ夫人という愛妾がいるにもかかわらず、ジーナにまで欲望を抱き、このジーナを引き留めておくために、ファブリスを牢獄に入れておこうとする。ルイ十四世の模倣をしているこの絶対君主を、スタンダールは決して宮廷の飾り物、ないしパロディだけで終わらせず、生きた人物として描いている。

登場人物というと、ジーナやファブリスはさて措いても、モスカ伯爵について触れないでは済ますことはできないだろう。パルム大公をそれとなく巧みにあやつる知恵者であり権力者であるが、その苛烈なやり口に宮廷では反感を持たれている。しかし、ジーナという愛人ができてからは、彼女と暮らすためには宮廷の政治を投げ出してもいいとかれは心のなかで考えている。そのかれの前にナポリから帰ってきたファブリスが現れ、ジーナがこの美男の甥に執着する様子を見ると嫉妬に苦しめられる。ファブリスに向ける「ジーナの異様な目つき」に気づき、かれは自分が五〇歳であることを思い知らされる（第七章）。かれはこのあとでは従者を使って、ジーナの召使いケキーナから夫人の行動を聞き出させたり、ファブリスの行動を探らせたりするなど、不惑を越えた冷徹な人間とは思えないような、恋に盲目となった男の愚行を展開する。また大公の書いた偽手紙に嫉妬心を一層煽られ、それが虚偽と知りながら正気を失ったようになる。ファブリスがマリエッタという旅の喜劇女優に夢中になっていると聞くと、単純にもかれは喜びを隠せない。ジーナの方はその知らせに愕然とし、この喜劇一座をパルムから追放するようにモスカに働きかける。かれはジーナを失いたくないために、彼女がファブリスを手元に置いておく手立てに協力するが、心は穏やかではない。このジーナのファブリスに対する過剰な愛情は、ファブリスをも戸惑わせるものだが、モスカを苦しめ、かれもまた弱い人間であることを見せて、この人物に親しみを抱かせる。ファブリスが投獄されたことで絶望したジーナから、「週に三日しか逢わない」という手紙を貰い沈み込むモスカには、もはや大臣としての威厳はない。

モスカ伯爵と対立するラッシ検察長官、ラヴェルシ侯爵夫人、コンチ将軍といった人物はいざ知らず、主要人物のファブリスやジーナ・サンセヴェリーナやクレリア・コンチは、それぞれに見事に個性が描かれ、その行動が目を惹くものの、むしろその心の動きは見逃せない。このように、生きた人物が交叉するところに、この小説のリアリティーは成立している。

アンドレ・ピエール＝ド＝マンディアルグの『ベーラムール』

フランスの作家アンドレ・ピエール＝ド＝マンディアルグのスタンダールに関するエッセー（ジャン＝ジャック・ポーヴェール刊、一九六三）はおもしろいものであった。縦二一センチ、横十センチ、四二ページの小さな本に、ゆったりと組まれた活字で収まって、題して『ベーラムール *Beylamour*』。人はこの語感から何かしら美しい愛の物語ではないかと思って、この本を手に取るかもしれない。が、くすんだ、バラ色の表紙にはレシ（物語）ともエッセーともそしてまたポエジーとも書いてない。ベーラムール、この造語の題名にはっとするのは、やはりこの本がスタンダールについて書かれたものであるということを知ってからであろう。まさに、スタンダールの本名ベール **Beyle** にアムール **Amour**（愛）という言葉が結びついたもの。スタンダールは『恋愛論 ***De l' Amour***』（一八二二）の著者であり、ピエール＝ド＝マンディアルグはこの書物について書こうというのである。愚かしい題名をまぬかれたこのエッセーはそのタイトルにふさわしいものである。そこでは、マンディアルグ（以下しばしばこう省略する）のスタンダールに寄せる共感が実に激しく伝えられていて、その傾倒ぶりが知られるのである。

わたしは文学史の一巻をひもとく。そこには、サドとカルマニョール輪舞を踊り、アルニームとマンドラゴラを摘み、ノディエと真価が認められない詩人たちについて語り、メリメと考古学の発掘を行ない、ロートレアモンと鮫の愛の愉しみを観察するといったマンディアルグが紹介されている。『ベーラムール』は爾後かれの作品のなかに、スタンダールの影を認めさせるかもしれないし、少なくともD・

H・ロレンスを連想させる以前に、スタンダールを連想させるようになるだろう。
したがって、このエッセーは、多くのこの種の書物がそうであるように、おのずと書かれる対象よりも書く人を照らし出すことになる。スタンダールの『恋愛論』への照明は、むしろ照明係の心のうちを見事に表している。だが、わたしは今ここで、ピエール＝ド＝マンディアルグについて追求しようとは思わない。確かにわたしの頭のなかでは、以前読んだかれの何冊かの小説があらたな光をあびて登場し、しきりと作者について考えてみよと誘う。実のところ、ヴァニーナ（『海のゆり』）やレベッカ（『オートバイ』）といった懐かしい女性たちについてもう一度想いを巡らしてみたい。しかしそれは別の機会にゆずって、ここではこのエッセーを紹介するのみにとどめよう。

「われわれが今日とくに関心を抱くスタンダールの書物の冒頭の文章、《わたしは、そのすべての真率な発展が美の性質を持っているこの情熱を、理解しよう（＝わたしに理解させよう）と努める》は、慎み深く、感嘆すべきであり、そして新しい。一八二〇年に誰がこれ以上うまく言うことができたであろうか。われわれの時代に誰がこれ以上うまく言うことができようか。この卓抜な至言、この正確で深い認識、この言葉の強い力、これこそ、文体を軽蔑して決してうまく書こうとしなかったことをいくたびも自慢していた男、そしてナポレオンの戦争とともに始まった世紀に精神をつなぎ止めておくことに失格して、詩や過去のことがらを（かなり根ほり葉ほり！）考えていた男のなかで、最初にわれわれの心を惹くものなのである」

ピエール＝ド＝マンディアルグはこう書き出している。そしてかれがそのあとの文章で発展させるのは、この『恋愛論』の冒頭の一句を巡る想念である。そこから、かれはスタンダールのなかに、エゴチスト、恋愛の夢想家、モラリスト、フェミニスト、美の信奉者、イタリア人を次つぎと発見していく。だが、そのまえに、この著作の《読み方》あるいは《性格》について見ることを怠らない。

スタンダールの思想はかなりしばしば軽く、論じる余地かあり、ときには受け入れがたく思えるが、彼の小説における熱っぽい語り口と同じく、著作の形式と独創的で生き生きした言いまわしが読者を魅了する。この著作のなかに、おそらくスタンダールの手のとどくところになかった真実などというものを求めるべきではない。これは、特別の恩寵に浴している男によってなされた《会話》であり、われわれの前に彼の感情をドラマの登場人物のように出現させて様ざまな動きをさせる《芝居》であり、愛する人、親しい人、敵対する人のなかに自分がいるのを見せる《サロン》であり、自分の秘密や他人の秘密を摑んだり洩らしたりするために、たくみに配列されている引き出しがついた《家具》である。読者はこうした書物の魅力を辿って行くべきである。

『恋愛論』が決して読者にとって何かしら役に立つ本などでないことを、ピエール＝ド＝マンディアルグは百も承知である。かれによれば、そうしたこの本は「青春そのものを表し」ていて、しかも「その魂をうっとりさせる姿を決して失わなかった」のである。そしてこれが「高度に健康的」で「若々しく」かつ「言葉の最良の意味で異教的」だと指摘する。

これはわたしに『恋愛論』をもう一度考えなおさせる。そこでは観察や考察が目につき、つねにスタンダールの老成した視線が感じられた。そして体験的な挿話のなかにさえも、わたしは「青春」という言葉を想いついたことはなかった。これはこの言葉に抱くイメージに関係するのかもしれない。だが「健康的」で「若々しい」という形容詞は、この内省的な精神にそぐわないように思われる。マンディアルグがこれらの言葉を向けるところを見さだめる必要がある。

『恋愛論』冒頭の文章が慎しさを感じさせるのは《わたしに》という代名詞（再帰代名詞）に基づいている。当時は誇張や過度の一般化によって過ちを犯していた時代であり、スタンダール以外はこの代名詞を削っていた。自分にわからせるために一冊の本を書くこと、これがすべての人にとって魅力のある主題についてなら、この試みは厚顔無恥に近かったであろう。それにスタンダールの立場は、彼独自のひとつの精神的態度から出ているもので、はっきりしているようである。その態度とは《エゴチスム》である。この言葉は『恋愛論』の出版後しばらくしてから使われるのだが、一八二六年の「序文の試み」で《人はわたしが採用した形式をエゴチスムと非難するかもしれない》と書いている。彼を非難することが《できる》もの、かすかに彼を咎めることが《できるかもしれない》もの以上に、いかなるものも人間を満足させることがないのは明らかである。したがってその種の子供っぽさは、彼がしようと決めた話の新鮮さに似つかわしい。

エゴチスムは普通自分のことを話す傾向のことをいう。スタンダールはシャトーブリヤンを「エゴチストの王」と呼んで嫌い、一方で自分がそれに陥るのを恐れている。ところが書きながらどうしても自己分析せざるをえない。そして最後には自分の回想録を『エゴチスムの回想』（一八三二執筆）と題してむしろ居直ってしまう。

スタンダールの場合、この自己分析とはつねに自分の理解のためである。自己だけではない。自己と関わるあらゆるもの、自分の頭のなかに入ってくるものすべてを納得しようとせずにはいない。かれは書きながら理解していく。ここに、スタンダールにあってはエゴチスムと慎みが衝突することなく共存している原因がある。確かに読者はスタンダールの心配するほどかれの「わたし」に嫌悪を感じたりすることはない。マンディアルグはこうした心配をするスタンダールの精神にどうやら大変な好意を感じているらしい。

《わたしに》という言葉だけではなく、冒頭の文章のいくつかの単語が重みを持ち、そしてこれらが最後まで反響している。《情熱》と言ってから、すぐにただ一種類の恋愛（情熱恋愛）を記している。これはスタンダールと無縁のものであるが、彼が生涯をこの恋愛に献げたかったかのように本をこれに献げている。彼は目眩めくような恋愛の存在を知り、それを弁護しているものの、彼がそれからどんなに遠いところにいたかを本ははっきりと気づかせてくれる。実際アンリ・ベールとメチルデ・デンボウスキーの充分すぎるくらいに分析された関係にはいかなる目まいも存在しない。ベールがそうありたかったように、そうであったと信じ、あるいは信じさせたかったように、デンボウスキー将軍夫人に《夢中》であったら、彼はもっと慧眼ではなかったであろうし、われわれはこの夫人に、少し素気なく、お高い、冷たそうな女大学といったイメージとは異なったイメージを持つはずである。驚嘆すべきことは、才知によって高揚し知性を刺激する趣味恋愛に精通し、虚栄恋愛を知らなくはなく、また肉体恋愛も軽蔑しなかったスタンダールが、情熱恋愛しか想わなかったことであり、まぼろしに長く育まれたこの夢想から、マチルド・ド・ラ・モール、クレリア・コンチ、そして特にミーナ・ド・ヴァンゲル（同名作品）といった熱情的な心と魅惑的な姿形をもった女主人公が生まれたことである。ミーナについては、《あまりに熱烈な魂であったので、人生の現実には満足できなかった》とスタンダールは言う。おそらく彼は、われわれもまたそうであるように、ほかの女性たちよりも少し余計にミーナを愛していた。

スタンダールがメチルデ・デンボウスキーに対して《夢中》であったかどうかはさておくとして、『恋愛論』で彼が記している情熱恋愛は、ほんとうは彼の小説のどこにもないものである。この出口なしの情熱が、小説のなかでは、主人公たちのまさに目眩めくほどの情熱の炸裂へと転換していくところに、わたしは注目する。『恋愛論』がメチルド体験のエキスであり、そのエキスを用いて小説を創造したとすれば、スタンダールの想像力はどんな風に飛翔するのであろうか。そしてまた、スタンダールはどうしてこんなにも魅力ある人物たちを創造することができたのかを考える。ピエール＝ド＝マンディアルグの女主人公たちに寄せる共感は、懐かしくまた新鮮な感じでわたしを夢想に眈らせる。

スタンダールの本が述べ、描こうとしたこの恋愛の情熱について、彼はとくに《真率な発展》を検討する。この表現は、とりわけその形容詞ゆえに、そこに立ちどまってこれを考えてみるのに値するようである。なぜなら明らかにそれは、情熱の紆余曲折のなかにモラルに属するひとつのまっすぐなパースペクティヴを採り入れているからである。小説家である以上に、彼はモラリストである。弱さであると同時に、それは彼のいちばんの力である。『恋愛論』が著者の目にいつまでも主著と映り、今日なおこの著者がほかの著作よりもこの著作によって決定されているように思えるのは、彼のモラルがほかでよりもここではっきりしているからであり、彼のモラルがいっそう強く光りを放っているからであり、本のなかでモラルが隠れたり曖昧になったりするような場所や瞬間がほとんどないからである。そして大切な点は、彼が出す多くの結論のなかで、そのモラルが、十八世紀末以来少しも変わらなかった当時のモラルに比べて新しいということである。彼ははじめて《卑怯者の概念》と名付けられるかもしれない新しい概念を感じ表現した。この範疇に『恋愛論』が告発する偽善者どもが入る。恋愛において偽る者、情熱が見せる深淵を恐れて助かろうとあとじさりする臆病者である。そのうえスタンダールは、自然の定めである大きな生の流れに対して肯定的方向に行くか、それとも否定的方向に行くかに応じて、人間の行動を判断している。破局を避けるためにこの流れを逆流させようとするところまで、人は名誉やモラルに背いていく。スタンダールはこの流れの上昇する方向の存在を見きわめ、自分の考えで自分の判断の方向を決めた最初の人であるので、シュルレアリスム的モラルの先駆者と見なすこともできよう。（傍点は原文イタリック）

それにしても、スタンダールはどうしてあのような公正な判断力を身につけたのであろうか。どうしてあれほど客観的でいられるのであろうか。わたしはスタンダールの人間を見る目にいつも驚く。多分「公正」とか「客観的」というような用語は不似合であり、むしろ不正確でありさえするのかもしれない。第一、その見る目は個人的利害や偏見に曇っていなかったとは言えない。しかしどこにそうしたものとつながりのない目があるだろうか。スタンダールが持っていたのは、ピエール＝ド＝マンディアルグが言うように自分に忠実な目であり、そむけずに凝視する目である。この目こそ批判精神の源泉であるが、スタンダールはよりよく生きるために見きわめた。そしてこのよりよく生きるということは旧来のモラルに身を浸すことでなく、その外にいて自分でモラルを獲得していくことにほかならない。これはスタンダールの女性に対する考え方にも反映している。

スタンダールは執拗に女性の味方をする。女性は彼以前にこれほど好意的な照明を与えられたことがなかった。彼は（その時代にしては）大胆に、女性が犠牲となっていたブルジョワ階級の結婚の風習を攻撃する。《教会で二言三言ラテン語の文句を唱えたあと、二度しか会ったことのない男と寝床をともにする》ように娘たちに強いている尊敬すべき制度、これこそ彼には《合法的な売春》である。彼は付け加えて言う。《現今の結婚についてまわる幾多の悪徳と不幸の原因は教皇制である》。一見恋愛を弁護しているが、目標は恋愛であっても、女性の感性について繊細な認識を示している。たとえば、《男のなかに何かしら尊敬とあわれみを同時に引き起こす顔立ち》という言い方。こういった認識は言葉のもっとも純粋でもっとも強い意味での共感であるが、これに弱き者への特別な愛情が加えられるにつれて、さらにわれわれを感動させる。女性は《美術品や自然の崇高な眺めをしばしば愛していると思っているが、それらは女性に恋愛を約束させ、恋愛を大げさに考えさせるにすぎない》。可愛がられるために作られた魂について彼がこう言うとき、スタンダールの思考のなかで女性以外の何が問題になりえようか。彼はかわいい熱狂した女たち、やさしい狂信者たちの連帯の高まりを共有する。次に、スタンダールがはっきりと女性の側に立つのは、娘たちに施す教育に関して語るときである。宗教的に教育して白痴に仕立てる代わりに、男子に用いる心づかいと卒直さで彼女らを教育することを彼は望んでいる。この点についてわれわれは彼と意見を異にする。なぜなら彼が『恋愛論』や小説のなかでわれわれに示すような、ロマンチックな若い女性は決して愚かではないからだ。またわれわれは彼の少し幻想的な教育改革への信頼に同調できない。しかしわれわれはモラルの領域で彼の弁護に同意することだけはできよう。というのは結局、彼は無私無欲に、男という暴君に対して立ち上がり、男によって運命の決まる女性を擁護するからだ。この本の大きな価値のひとつ、独創のひとつは、男によって書かれたこの本がほとんどいつも女性の陣営に立って戦っていることである。

しかしながら、このあとピエール＝ド＝マンディアルグはスタンダールに不満を示している。女性に対して深い理解を示しているスタンダールが、ナポレオンとその軍隊によって女性たちにもたらされた不幸を、どう思っていたかはっきりしないからである。コルシカの誇大妄想狂がヨーロッパに引き起こした災厄は、軍隊の移動と民泊によって、たくさんの愛すべき娘たちを悲しい運命に追いやった。スタンダールの法典によると当然権利を持つはずの初恋の喜びを奪われて、猪武者の玩弄物となった娘たちはどのくらいいたことか。スタンダールがこれに気づかなかったはずはない、と言うのである。こうした若い女性の運命を嘆いたら、彼はわれわれにもっと親しくもっと欠くべからざる人となった、とも言う。そして、スタンダールのナポレオン崇拝を非難する。マンディアルグによるとナポレオンは「現代のいまわしい政治指導者どもの先駆者」である。それでもかれのスタンダールへの共感は変わらない。名誉の十字架よりも女性を選ぶことがあったことを、スタンダールが認めるとき、かれはスタンダールを許しているようである。

しかし、このマンディアルグの不満は、スタンダールの女性観の根底にあるものを、かなり敏感に嗅ぎつけていることを示す。スタンダールが彼女らの味方であることは言うまでもないが、やはり女性を全女性的に考えることなどできないし、自分との関係を延長して考えること以外は手にあまるようである。そうした限界みたいなものが、スタンダールの考えを読み進めていくと、もどかしく浮き出てくる。

再びはじめの文章に戻るが、この文章は絶対的な同意を獲得するようなかたちで結ばれる。《美の性質》これこそスタンダールにとって、そしてまた十九世紀の偉大な精神の持主たち、ひいては今日のシュルレアリストたちにとって、恋愛情熱のかなめである。別な個所で彼は次のようにも言っている。《こうして美を愛することと恋愛は相互に命を与えあう》。このような閃きは、これほどまぎれもない霊感を授けられた人のペン先から、どうして生じえたのか分からない多くの重苦しい影やたくさんの不備な点を、われわれに忘れさせる。美への渇望と心酔によって、スタンダールは、彼以前には誰も到達せず、あとでボードレールが到達するはずの高みへと昇っている。『恋愛論』

はとくに《フィアスコ》の章と《結晶作用》を扱う章で有名な本である。しかしながらスタンダールのこの魂をうっとりさせる創見は、感情の領域でいちばん無形な諸点への造型美の注入といったことを意識してのことで、これと切り離すことはできない。そしてその帰結のひとつが、精神面に交感 correspondance の織物を繰りひろげることである。《ある男が行なう恋人の結晶作用、つまり彼女の美は、かれが次つぎに形成することができたすべての満足の集積にほかならない》。おもしろいことに、信念はあきらかに唯物主義のスタンダールが、美に関係するところや恋愛の範疇では、唯物主義と精神主義のあいだでバランスを取り続けているのに気づく。スタンダールの目には恋愛現象は二つの極のあいだに生じて、両極を結び、そして美がそれを照らし出していると言える。とにかく『恋愛論』が美に寄せる讃辞は、こんなにも堂々とした厚みをもって美に差し出されたはじめての敬意であり、それは直接近代精神の展開のなかに導く。

ピエール＝ド＝マンディアルグは「フィアスコ（性的失敗）」と「結晶作用」というスタンダールの二つの創見のうち、前者についていかにもかれらしい説明を考え出している。スタンダールは勿論これの性的メカニズムなどについて少しも語っていないし、その点には何の関心も持たないが、現象はその心を捉え、類似の現象を隠れたテーマとする『アルマンス』（一八二七）という小説を書いている。マンディアルグによれば、スタンダールがこれを大胆な一瞥で検討することができたのは、『恋愛論』が女性の魂のひとつの顕揚、あるいはひとつの擁護であろうという明白な企図を持っているからであり、しばしば女性観察から出発してそちらに視線が向けられるからだ、と言う。すなわちマンディアルグの推則では次のようになる。もしフィアスコの被害者となる男が敗者の役割を務めるなら、女性はその場合勝利者ではないか。かくして女性の前で敗れる恋人は、女性を快楽に導くことによってよりも、彼女にもっと勝ち誇った役割を与えないだろうか。一見逆説的に取れるが、フェミニストの著者のきわめてまじめな見解である。

ところで恋愛と美の理論である「結晶作用」の方はどうであろう。マンディアルグの言ったことに補足すれば、これはしばしば誤解されているように、またスタンダール自身も　誤用しているように、単なる想像作用ではない。恋愛という枠と美という要素は不可欠である。これは相手のなかに美を発見していくこと、すなわち・自分の美の基準が恋する相手によって変化すること、《恋に王座を奪われた美》こそ「ザルッブルクの小枝」の章から出ている比喩の正体である。恋愛と美は相乗作用を行なう。

『恋愛論』がイタリアについての本であるとは、繰り返し言われている。実際これは恋愛情熱についての書物であると同時に、諸国民についての書物であるようだ。この点がこの本でいちばん弱い側面であり、当時はもっともわざとらしく、今では一段と古びてしまった側面である。われわれのほとんどは今日、諸国民のあいだにそれほどの相異があるとは思わない。スタンダールの時代にこの相異が著しかったにしても、彼はその対照を誇張したようだ。イタリアでしか愛することができないと言うのは子供じみてジャーナリスティックである。それにスタンダールがもっとあとになってかなり広くイタリアを知るにしても、『恋愛論』を書いた時代には、ロンバルディーアも充分に見ていなかった。イタリア人が快楽以外何も考えないことをひっきりなしに彼はほめそやすが、そこに故意の言い落としがあることを承知して聞こう。この世紀のはじめ、とくに北部地方で、多くのイタリア人はオーストリア人から逃がれようという、もっと穏やかならぬもっと切羽つまった考えでいっぱいだったのだ。また驚くべきことは、彼の意見によるとイタリア社会のもっともおもしろい性格のひとつであり、かつすべての恋愛関係に幸いするある種の秘密の欠如について、彼が執拗に繰り返して述べていることである。孤独を恐れ、会話を極度に好み、絶えざるやりとりを必要としたことが、彼にこれらの風変わりな話を書き取らせたのであろう。しかし、イタリアをほめる一方で、スタンダールが《フランスについてまた少し悪口を言うことを許していただきたい》と言うとき、われわれはボードレールやアラゴンに対するのと同じくらい、喜んで彼に許しを与えよう。われわれが仲間意識を持てるのは、怒りや倦怠や意気消沈から祖国のことを考える人びとだけである。

『恋愛論』第二巻は「恋愛からみた諸国民」であるが、これは確かにイタリアについて書くためにその他の国が引き合いに出されている感じがある。礼讃されるイタリアに対して、その他の国は少なからず批判され、とりわけフランスはイタリアの正反対の位置に置かれている。ピエール＝ド＝マンディアルグの言うように、諸国民のあいだにどれほどの相異があるというのか。しかもそれらについては大方が他人の本からの借りものである。こうした体裁は、モンテスキューに少し刺激されただけで、さほどの意味があるものではない。ミラノへの郷愁と当時のフランスに対する失望だけがこの図式の実線であり、依然として指向する方向は変わりない。情熱恋愛の追求である。

この情熱恋愛が、古写本から収集された逸話で具体的に示されるプロヴァンスやアラビアの恋についての章を、マンディアルグは高く評価する。かれはそこに恋愛の原点を探し出し、スタンダールを離れて、かれ自身の恋愛観が一挙に飛び立つことになる。

《結晶作用》に関する諸章と並んで、この本の最良の個所は、多分プロヴァンス地方の恋について書かれた章である。そこでは、数え切れない物語作者によっていくつかのヴァリエーションに作り変えられた情熱恋愛の原型そのものが示される。ためらわずに称讃しなければならない。彼は、かつて地上に出現したもっとも気高く、もっとも雅な社会の重要性をこんなにもよく理解していたのだ。当時において可能なかぎり、この社会を研究していたのだ。その社会の消滅で招来した莫大な損失を認めていたのだ。彼がこれに関心を寄せる由来は、一種の女性君臨への郷愁にまで至るあの女性への共感と、ローマ教会の司祭たちに対する強い嫌悪である。だが実際に、プロヴァンス人とアラビア人は、われわれが文明と恋愛との関係という大問題に関わるときの最良の案内人である。というのは、明らかに、われわれが《エロチスム》という名で呼ぶ、死（補足的に言えば生本能）と拮抗する性の高揚は、その芸術的探求の当初から、地上に存在する（あるいは存在した）すべての民族にあるのだが、逆に、恋愛情熱の諸テーマは、かなり遅れて、かなり人為的に芸術や文学のなかに、しかもかなり狭い地理的範囲内で発生したように思われる。八世紀以来西欧文明と切り離せなくなったひとつの神話を広めたことで、宮廷恋愛詩人たちがほめたたえられるが、十一世紀のアラビア人たちは彼らを凌駕した。彼らの作品や多分彼らに負っているトルバドゥール（南仏吟遊詩人）の作品は、恋愛描写と恋愛の高揚を、イスラムやグノーシス説に共通のひとつの神話の源泉へ結びつけるように導く。そこから多分あの恋愛の聖性化か出てくる。これをわれわれはスタンダールや現代のもっとも宗教的でない精神の持主たちのなかに認め、そしてわれわれも普通完全にこれを肯定する。

「《太陽に輝く大きな塩の立像》（こうバンジャマン・ペレはわたしに書いてよこしたものだった）、これは、しばしば神秘主義がそのなかで完結する、あのレトリックの効果によってかつて寺院の闇から引き出された幻影を、ずっと凌駕している。これは書物や詩の外で、いくつかの絵画の外で、立ち上がって支配する。それは見せしめのカタストロフを引き起こす。すべての心ある人たちの願いは、その力のもとに倒れ、それの一撃一撃に屈することである」

古書の誘惑

――スタンダールの初版本

コンピュータが普及して、情報の入手にインターネットの恩恵を受けるようになった。古書については、世界中の古書の市場を、日本の自室にいながら知ることができる。そして注文するには、インターネット・メールが役に立ってくれる。まったく便利になったものである。

つい先日まで、外国との通信は郵便が主流だった。ヨーロッパとのやりとりには、早くて十日の時間がかかった。電話という手段もあったが、いつも時差や相手の都合を勘定に入れなければならなかった。企業でしか用いていなかったファクシミリという便利なものが、電話の機能に加わって一般的になったと思ったら、もっと便利なインターネット・メールの登場である。

わたしは古書の情報をインターネットでも見るが、依然としてカタログも参照する。ネット上に出ないものもあるからで、両方で広く情報を得る。それに、古書店のなかには豪華なカタログを出しているところもあり、それを眺めるのは、インターネットとは異なって、単に情報を入手するためだけではない別の楽しみがある。古書の写真入り（しばしばカラー写真）のカタログは、そこに記された詳細とともに、一冊一冊の本の表情を伝えていて、なかなかに楽しく、空想を掻き立てる。もちろん、ネットでも問い合せれば、写真入りで詳細を送ってくれるが、やはり何かしら違うような気がする。カタログのページをめくるときに漂ってくるアート紙のほのかな匂いが、空想の源かもしれない。

もちろん、古書店のあの独特の雰囲気と匂いのなかで、書棚から実物を手に取ってページをめくるときの興奮にまさるものはないのだが、そうした興奮を予感させるものが、カタログには内在しているのだと思う。

ここで急いで断らなければならないが、このように書いても、ネットやカタログで情報を入手して、ただちに、しかもそんなに頻繁に古書を購入するわけではない。まず、そのために自由になる資金が充分にあるわけではないし、気持ちは動いても、抑制せざるをえない。しかし、いつも誘惑は大きい。

そして、先日はついに誘惑に抗し切れなかった。それはスタンダール（アンリ・ベール）の『恋愛論』の初版本がカタログに現れたときだった。出版書肆が「神聖なのでしょう、誰もこれに手を出しません」と著者に伝え、二年近く経っても「四〇部も売れてない」と報告している（一八二四年四月三日付）その本である。カタログの説明にはこうあった。「装幀は当時のもので、青い犢皮《こうし》が背と表紙の一部に使われている。鞣革《なめしがわ》の背は、縦にロカイユ様式の金の馬蹄形模様で飾られている。小口は斑模様が入っている。オリジナル版でとても稀少、非常に探求されている」。一八二二年に発売されたオリジナル版は灰青色の紙表紙で、線で囲まれた『恋愛論』という表題の入ったレッテルが背に貼り付けられているだけの素っ気ないものだったと言われるが、カタログに掲載された本は見事に装幀されている。たいていの場合、装幀されて、どこかの貴族やブルジョワの書斎に納まっていたものが、長年月を経て市場に出ることが多いので、むしろ古いものほど発売当時の紙表紙の姿を留めているものは少ない。

これまでスタンダールの『恋愛論』について何度か書いてきた者にとって、初版本は垂涎の的であるが、十二折り本、つまり縦一六三ミリ横九八ミリの判型で、二三二ページと三三〇ページの二巻の本に、七五〇〇ユーロはあまりの負担である。しかし、しばらく前に同じスタンダールの『ローマ、ナポリ、フィレンツェ（第三版）』のオリジナル版で「差し替えなしの（ノン＝カルトネ）版」が五〇〇〇ユーロで売りに出たとき、迷いに迷って時間をおいて注文したところ、売れてしまって入手できなかったことがあったので、今度も難しかろうと思いながら、書店に購入希望のメールを送った。カタログの場合、これが郵便で日本に到着するまで時間がかかるので、注文が時間を争う場合は絶対的に不利なのが、ネットと違うところである。もっとも、インターネットでも情報を見るのが遅ければ同じことだろうが。しかし、今度の場合、幸か不幸か（「幸いにも」と書くべきところだろうが、売れてしまっていれば諦めもつき、大きな出費をせずに済むので）、スタンダール氏は売れずにわたしの注文を待ってくれていた。こうして半月あまりで、古書店から『恋愛論』初版本が送られてきた。

『恋愛論』は一八二二年にフェンで印刷され、ピエール・モンジー・レネ書店（以下モンジー書店と省略）から刊行された。扉には著者名はなく、ただ《『イタリア絵画史』と『ハイドン、モーツァルト、メタスタージョ伝』の著者による》と記されている。この本が出版されるまでには、一八二〇年にミラノ滞在中のアンリ・ベールが友人の手を経てパリに送った原稿が、途中で紛失するなどのエピソードがあるものの、結局一八二二年五月十六日にモンジー書店と十八折判二巻本で一〇〇〇部印刷することにして契約を結んだ。しかしこの契約は最終的にそのまま実行されたのだろうか。実際に出版された本の判型は十二折判であるし、それに初版の印刷部数はどうだったのか。とにかく書店の店頭に長く陳列されることもなく、売れなかった。それで一八三三年モンジー書店を引き継いだボエール書店が、売れ残っていた本に新しい表紙を付けて売り出している。今度は表紙や扉に《『赤と黒』『ハイドン、モーツァルト、メタスタージョ伝』等々の著者であるスタンダール著》と著者名が入った。スタンダールの名が文壇で少しは知られはじめたことを、ベール本人が意識したのか、勘定高い出版社が見逃さなかったのか。いずれにしても、出版の経費が回収できなかったために少しでも売らざるをえなかったのが実情であろう。

これと同じことは、いわゆる『ハイドンに関する手紙』や『イタリア絵画史』でもやっている。前者は、一八一五年に刊行された（本に記された刊行年は一八一四）ベールのはじめての著作であるが、自費出版でピエール・ディド・レネ書店から刊行された。最初の書名全体は『有名な作曲家Jh・ハイドンに関して書かれたオーストリアのウィーンからの手紙、付モーツァルト伝、メタスタージョについての考察、フランスとイタリアにおける音楽の現状』であり、著者名にルイ＝アレクサンドル＝セザール・ボンべとたいそうな名前を付けていた。この剽窃スキャンダルを巻きおこした本（本書一七ページ参照）は、一八一七年になると『ハイドン、モーツァルト、メタスタージョ伝』と新しいタイトルで同じ書店から出ているが、同じ年に出版された英訳版の序文に付けたエピグラフを扉に掲げ、序文を書き加え、正誤表を付けているものの、増刷したものにあらず、売れ残った本の装いをあらたにしたものにすぎない。そして、この本は、さらに一八三一年に、ルヴァヴァスール書店からスタンダール氏著の《第二版》として同じタイトルで出ているが、内容に少しの改訂もなく、またもや売れ残りを改装したものである。『イタリア絵画史』の方は、一八一七年に前者と同じく、自費出版でピエール・ディド・レネ書店からM・B・A・A（《元書記官ベール氏》の略）の著者名で出版した二巻本だが、売れ残りを一八二五年にソートレ書店から、一八三一年にはルヴァヴァスール書店から、スタンダール氏著で出している。いずれも、最初のものと異なる箇所は、ナポレオンと推測される偉人への献辞が削られている点だけである。

三番目の著作の『一八一七年のローマ、ナポリ、フィレンツェ』（以下『一八一七年のローマ、ナポリ…』と略す）は、ドローネーとペリシエから発売され、ベールが《スタンダール》という筆名を用いた最初の著作だが、この本は売れ行きがよく、初版五〇四部を三年で売り切り、売れ残りを改装して出す必要はなかった。その代わりスタンダールは、増補版を出してひと儲けしようと考えた。こうして一八二七年に全二巻に膨らんだ『ローマ、ナポリ、フィレンツェ（第三版）』（表紙に記された出版年は一八二六）を同じドローネーから出すことになる。第二版と称するものが刊行されていないので、このあたりが議論になっているが、『一八一七年のローマ、ナポリ…』は、パリに少し遅れてロンドンでもフランス語版が出版されているので、スタンダールはこれで二つの版を出したと見なしているのだろう、と一般には推測されている。

ここで四番目の著作である『恋愛論』に戻ることになるが、この初版はそれまでの著書と同様に、印刷後、製本前にページの差し替えが行なわれている。ナポレオンとともに没落して、王政復古時代に本格的な著述活動を始めたスタンダールは、つねに反体制的な精神的亡命者で、書くものにはそうした立場がおのずと反映されている。ナポレオン時代末期の一八一〇年に復活した検閲制度が、自由な執筆を妨げ、スタンダールは著作中にしばしば《避雷針》を設けて、検閲の目をくらまそうとした。しかし出版社は営業の存続に関わるので、アブナイ箇所を見つけると、事前に著者に、印刷する前であれば書き換えを、そのあとであればページの差し替えを求めた。ときには検閲担当者に相談して、修正を求められ、差し替えを余儀なくされたこともあるようだ。この本では三箇所の差し替え（カルトン）があるが、一箇所は誤植の訂正のためである。他の二箇所がはたして検閲のために差し替えられたものかどうかは解らない。いずれにしても発売されたものはすべて《差し替え版（エディション・カルトネ）》だと言われ、《差し替えなしの版（エディション・ノン゠カルトネ）》は友人たちに寄贈された少部数と考えられている。

もちろん今回わたしが入手したものも《差し替え版》である。《差し替え版》と言えば、わたしが所有している『ローマ、ナポリ、フィレンツェ（第三版）』のオリジナルもこの版であり、先に記したように、買いそこねた《差し替えなしの版》を惜しむ理由もそこにある。とりわけ、この著作は、シャンピヨン版スタンダール全集のこの作品を校訂したダニエル・ミュレールによれば、第一巻で五八箇所、第二巻で五五箇所と合計で一一三箇所、ページ数にして二二六ページの差し替えが行なわれているというのであるが、わたしの入手したものは差し替え箇所がもっと多い。そして差し替えられたあるページはかなり長く点線で埋められているような有様である。実際、一八一七年と二六年の両方を読んでみると、《差し替え版》であっても、そこには当時の体制を苛立たせるような書き方が目につく。それに『恋愛論』といった本のなかでさえ、一八二〇年当時においても革命が続いているというスタンダールの見解にぶつかったりして、読者はびっくりさせられるのである。のちになって、一八三〇年の七月革命以降に、ベールが外交官の職を得てオーストリア領トリエステの領事に任じられたとき、スタンダールの名前でオーストリア批判を書いているベールに対して、メッテルニヒがアグレマン（就任同意）を拒否したのも当然のことのように思われる。こうした差し替えは、『ハイドンに関する手紙』や『イタリア絵画史』にもあり、《差し替えなしの版》はどのくらい現存するものか、古書で発見するのはまず困難ではないかと思われる。たとえば、スタンダールの生まれ故郷であるグルノーブルの市立図書館には、『イタリア絵画史』の初版本が何部か所蔵されているが、スタンダールの書き込みのある自家本も含めてすべて《差し替え版》である。

　そのスタンダールの自家本については、一九九〇年代に入ってからのことだと思うが、旧蔵者の名前から通称ル・プチ本と呼ばれる『ローマ、ナポリ、フィレンツェ（第三版）』が古書のカタログに載ったことがある。その本のスタンダールの書き込みは、それまでの校註本で註に採用されてきたものの、本そのものは以後所在不明とされていた。カタログには「価格は問い合せるように」と記されていた。所詮手の届かないものであり、問い合せるようなことはしなかったが、のちにパリに行って書店を訪ねた折りに、この本がどうなったかを訊くと、パリ在住の個人のコレクターが購入したとのことで、聞き出した値段は日本円で一千万円近かったように記憶している。こうした貴重な書籍は一種の文化財であり、外国に持ち出すとなると、おそらくフランス政府の許可を取らなければならないのではないかと考えるが、どうなのだろうか。それにしても、図書館に入らず、個人のコレクションとなると、またもや所在不明になったわけで、残念なことである。

　自家本以外にも、カタログには珍しい本が出ることがある。『恋愛論』と同時にカタログに掲載されたスタンダールの作品に、かれの友人のマレスト男爵が所有していた『ラシーヌとシェイクスピア』の第一部（一八二三）と第二部（一八二五）および『産業家に対するあらたな陰謀について』（一八二五）の初版本が一巻に合本にされたものが、一万二〇〇〇ユーロで売りに出ていた。そこにはマレスト男爵の蔵書票が、三冊の本の扉と並んで写真版で掲載されていた。スタンダールに親しんでいる者にとって、かれがブザンソンと呼んで信頼を寄せ、著書の刊行に協力してもらっていたマレストの名前は、親近感を覚えさせる。ミラノ滞在中のスタンダールが頻繁に手紙を書き送っていたのもこの人であり、友人に託して『恋愛論』の草稿を送らせた宛先も、このマレスト男爵のところであった。

わたしはべつに初版本の収集家ではないが、スタンダール愛好家として、この作家の初版本が市場に出るとやはり心が騒ぐ。愛読している著作の最初に世に出た姿を、それも実際に作家が存命しているときに形になった姿を、手に取って見たいという気持ちになる。しかも、スタンダールの場合、存命中に本になった作品は原稿が残っていない。生涯を旅に送ったこともあり、出版社に渡したままになったものもあるようだが、なにがしかの生活の糧を得るために売り払った形跡もある。したがって、初版本が、いわば著作の大もとともいえるのである。

『恋愛論』の場合、スタンダールがあとから書き足した原稿が多量にあるため、現在の多くの版では、初版の本文と断片のあとに、補遺としてそれらが採用されていて、全体に初版よりも分量が多くなっている。有名な「ザルツブルクの小枝」や「フィアスコ」についての章もこの補遺に入っている。短篇「エルネスティーヌ、あるいは恋の誕生」も初版にはないものである。

スタンダールは、あとから書き足すことや、すでに記したように出版した著作の自家本に書き込みをする癖があった。再版のときに備えて、訂正したり、付け加えたりすることがら、削除する部分などを著書に注記していて、のちの諸版はこうした書き込みに少なからず影響を受けている。自家本が何冊もある著作については、なおさら複雑なことになる。それに著書への書き込みは、そのときに思いついたこと万般に渉っており、研究者たちはこうしたメモ書きの解読という作業に、書き遺された多量の原稿の解読と同じように、エネルギーを費やしてきた。

たとえば『ローマ散歩』などは、ディヴァン版やシャンピヨン版（その再刊版のセルクル・デュ・ビブリオフィル版）といった権威ある全集版を見ても、発見された自家本によって改訂・増補や削除がなされているために、いずれも、一八二九年にドローネーから刊行された初版のテクストが見えにくくなっている。一九七〇年代にプレイヤード版『イタリア紀行文集』が出版されて、このなかではじめて、編者デル・リットによって『ローマ散歩』初版のテクストが復元された。しかし、実際に初版本と対比してみると、プレイヤード版にも初版と異なるところがある。それが分かったのも、この著作をたまたま翻訳することになって、折よく、カタログに出た初版本二巻を、まさに清水の舞台から飛び降りたつもりで大枚を払って購入したことによる。手元にあればこそ、あれこれ比較しながら仕事を進めることができたのである。初版本が、趣味の段階から、実際に仕事のうえで役に立った例である。

ちなみに、この入手した『ローマ散歩』の初版本は、背と表紙の全体が犢皮で装幀されていてなかなかに美しい八折版の書物である。入手当時、出版されてからすでに一七〇年以上も経過していたというのに、紙が少しも劣化していない。スタンダールはこの本を出版するにあたり、この年（一八二九）先行して出版されたメリメの『シャルル九世年代記』と同等の良質の紙に印刷することを契約条項に入れている。紙の製造技術の進歩が、現代では逆に脆い紙を作り出し、後世に残らないような本を生み出しているが、作家も出版社もこうしたことに無関心なのは残念である。

コンピュータの利用が進んでいる現代では、スキャナで読み取った本がCD－ROMに収められて、どこにいても初版本が読めるような状況に近づいている。電子復刻版によって、わざわざ高価な初版本を購入したり、貴重書閲覧の面倒な手続きを経て、図書館で時間を限られて読む必要はなくなる。研究や読書のためにはきわめて便利になることが予想される。

しかしそれでも、作家や作品に惹かれる愛読者のなかには、初版本などの古書の誘惑に抗し切れない人が存在するにちがいない。これらの人にとっては、読むことだけが問題なのではない。一冊の本全体から漂ってくる雰囲気とか、本がもたらす想像が重要なのだ。それは用いられている紙、活字やその組み方、装幀などが、その内容と一体になって読者に働きかけてくるものである。

わたしは今、スタンダールが自分の主著と見なし、死の直前まで序文を書きなおしていた『恋愛論』の初版本を手に取りながら、様ざまな思いに浸っている。本はまことにきれいに装幀され、全二巻が美しいケースに収まっている。それは当初の持主のこの本に寄せる愛情が現れているような衣裳である。装幀はほとんど痛んでいない。ブルーの装幀に合わせて、青い紐の栞が各巻に付いているが、それは少し脆くなっている。本の紙質は上等とは言えないが、ほとんど痛んでなくて、シミもあまり浮いていない。想像は限りなく飛躍して、この本の来歴を辿るフィクションを創造することもできるようだ。

しかし、やはり、ミラノにおけるメチルドとの恋愛から（否、メチルドへの想いから）生まれたこの著作の内容を、この初版本によって、さらに味読する必要があるだろう。スタンダールが自己の体験から分析を加えるこの著作は、題名に惹かれて手に取る人は多いものの、ほとんど読まれていないのは、日本もフランスも同じだが、この必ずしも読みやすいとは言えない本が含んでいるものには、汲み尽くせないものがあると思う。わたしは、本の掻き立てる想像とともに、それを少しずつ掬い取っていきたいと思っている。

あとがき

本書は筆者がこれまでに書いてきたエッセー、あるいは公開講座などでしゃべったものから、主要なものを集めて多少の修正を施し、一巻としたものである。長短、硬軟寄せ集めとなったが、筆者としてはいささかそれを意図したところもある。あまり長いもの、硬いものばかりでは、読んでくださる方に消化不良を起こさせてしまうのではないかと考えたのだ。スタンダールについてあれこれ語りながら、その魅力を伝えたいというのがいちばんの趣旨だが、はたしてそれが実現できたかどうかは分からない。しばらく前には大いに読まれたこの作家が、再び教養として読まれるようになってほしいという切なる願いを筆者は持っているが、こうした意図は伝わっただろうか。筆者の愛好する作家を他の人に押しつけるつもりは毛頭ないが、ひとりの愛好家がこの作家に熱中していて、その喜びを分かちたいと思っていることだけは理解していただけるにちがいない。

現在、スタンダールについては、日本にも立派な研究者がたくさんいらして、優れた研究論文も数多く出ている。また一般の文学愛好者にも理解可能なように配慮して書かれた専門的な著作も次つぎと出ている。それらの書名をここで掲げることはしないが、今はインターネットという便利なものがあり簡単に調べられるので、これを通じてそれらにも接していただければと考えている。

文学作品を読むのに解説はいらない。まず作品を読むことであるのは当然である。しかし、読んでいるうちに作品は語りかけてきて、そこから受けとめたことを、今度は自分が語りたいと思うにちがいない。こうしてスタンダールに心酔する愛好家の輪が広がることが望ましい。スタンダールという作家に打ちのめされるといった症候群が巻き起こることを筆者は空想している。

今回も〈新評論〉のご好意でこの一巻を出版することができた。いつもながら編集長の山田洋氏には原稿を細かく読んでいただいたり、様ざまな場面でお世話になった。また、デザイナーの山田英春氏には今回もまた立派な装幀を制作していただいた。記して感謝申し上げます。

二〇一一年一月

著　者

初出一覧

スタンダールとは誰か……『飛火』第三九号（二〇一〇）
スタンダールとイタリア……跡見学園短期大学・文京区共催公開講座「旅と文学」（一九九七）
ドイツのスタンダール……未発表（二〇一〇）
スタンダールと愛国心……跡見学園女子大学『人文学フォーラム』第六号（二〇〇八）
スタンダールとドクター・ジョンソン……白水社『ふらんす』四月号（一九七〇）

スタンダールの小説における女性像……跡見学園女子大学公開講座「ヨーロッパとアメリカの文学」（二〇〇三）
スタンダールの小説のトポグラフィー……跡見学園女子大学『人文学フォーラム』第八号（二〇一〇）
スタンダールの小説における手紙の機能……跡見学園女子大学『人文学フォーラム』第七号（二〇〇九）
『赤と黒』のリアリズムとロマネスク……跡見学園女子大学『人文学フォーラム』第二号、特集「古典の研究」（二〇〇三）
『パルムの僧院』のロマネスクとリアリティー……書き下ろし（二〇一〇）

アンドレ・ピエール＝ド＝マンディアルグの『ベーラムール』……『飛火』第二号（一九七三）
古書の誘惑――スタンダールの初版本……『飛火』第三一号（二〇〇三）

73）画家ドラクロワの親戚、ベールの恋人　24
リュリエール、クロード・カルロマン・ド（1735〜95）歴史家　69

ルイ十四世大王（1638〜1715）国王（1643〜）　34, 78, 135, 213
ルイ十五世（1710〜74）国王（1715〜）　84
ルイ十六世（1754〜93）国王（1774〜）　77, 78, 137
ルイ十八世（1755〜1824）国王（1814〜）　34, 192
ルイ＝フィリップ（1773〜1880）オルレアン公、国王（1830〜1848）　44
ルイニ、ベルナルディーノ（1475〜1532）ロンバルディーア派の画家　49, 131
ルージェ・ド・リール、クロード・ジョゼフ（1760〜1836）軍人、詩人　78
ルソー、ジャン＝ジャック（1712〜78）思想家　158
ル・トゥールヌール、ピエール（1736〜88）英文学の翻訳家　69
ルーベンス、ペーテル・パウル（1577〜1640）フランドルの画家　103
ルルーシュ、クロード（1937〜）映画監督　39

レオナルド・ダ・ヴィンチ（1452〜1519）イタリアの芸術家　49, 120, 131
レオポルト二世（1747〜92）神聖ローマ皇帝（1790〜）　77
レッシング、ゴットホルト・エーフライ（1729〜81）ドイツの劇作家　69
レーニ、グイド→グイド

ロッシーニ、ジョアッキーノ（1792〜1868）イタリア作曲家　19, 43, 47, 48
ロートレアモン、本名イジドール・デュカス（1846〜70）詩人　216
ローペ・デ・ベーガ→ベーガ
ロレンス、D. H.（1885〜1930）英国の作家　217
ロンドーニヨ、カルロ・ジュゼッペ（1780〜1845）イタリアの歴史家、文筆家　100, 102

マ行

マーフィー、アーサー（1727〜1805）劇作家、ジョンソンの伝記で知られる　69, 103
マルグリット女王（1499〜1549）ナヴァール女王（1544〜）　114, 115, 117
マルチノ、アンリ（1882〜1958）スタンダール研究家　27, 188, 191
マレスト男爵、アドルフ・ド（1784〜1867）ベールの友人　22, 24, 238, 239
マンディアルグ→ピエール＝ド＝マンディアルグ

ミケランジェロ・ブォナロティ（1475〜1564）イタリアの彫刻家、画家　49
ミッソン、フランソワ＝マクシミリヤン（1650〜1722）旅行記作家　15
ミュッセ、アルフレッド・ド（1810〜57）詩人　46
ミュレール、ダニエル（?〜1936以後）スタンダール研究家　237

ムーニエ、エドワール（1784〜1843）ベールの友人　21, 22

メタスタージョ、ピエトロ（1698〜1782）イタリアの劇作家　12, 17, 104, 234, 235
メッテルニヒ、ヴェンツェル・ロタール（1773〜1859）オーストリアの政治家　44, 237
メチルド→デンボウスキー、メチルデ
メーヌ・ド・ビラン、本名ピエール・ゴンティエ・ド・ビラン（1766〜1824）哲学者、政治家　69
メリメ、プロスペール（1803〜70）作家。ベールの友人　22, 24, 191, 216, 240

モーツァルト、ヴォルフガング・アマデウス（1756〜91）オーストリアの作曲家　12, 17, 46, 48, 70, 71, 103, 142, 147, 234, 235
モリエール、本名ジャン・バティスト・ポクラン（1622〜73）劇作家、俳優　12, 69, 94, 190, 197
モルゲン、ラファエル（1758〜1833）ドイツの画家、版画家　72
モレ伯爵、ルイ＝マチュー（1781〜1855）七月王政下の外務大臣　44
モンティ、ヴィンチェンツォ（1754〜1828）イタリアの詩人　103
モンテスキュー、シャルル＝ルイ・ド・スゴンダ（1689〜1755）思想家　93, 158, 228

ヤ行

ユゴー、ヴィクトル（1802〜85）国民的作家　212

ラ行

ラクロ、コデルロス・ド（1741〜1803）作家　158, 171, 183
ラシーヌ、ジャン（1639〜99）劇詩人　19, 35, 43, 70, 86, 100, 190
ラス・カーズ、エマニュエル・オーギュスタン＝デュードネ（1766〜1842）軍人、歴史家　83
ラトゥーシュ、アンリ・ド、本名アレクサンドル・タボー＝ド・ラトゥーシュ（1785〜1851）作家、編集者　137
ラ・ファイエット夫人、マリ＝マドレーヌ・ド・ラヴェルニュ（1634〜93）作家　135, 138
ラファエッロ・サンツィオ（1483〜1520）イタリアの画家　49, 72, 103, 131
ランガー、エルンスト・テオドール（1743〜1820）ヴォルフェンビュッテル図書館の館長　61, 69
ランツィ、ルイージ（1735〜1810）イタリアの美術史家　17, 18, 48, 49

リシュリュー、アルマン・ジャン・デュ・プレシス（1585〜1642）政治家。ルイ十三世の主席顧問官　61
リュバンプレ、アルベルト・ド（1804〜

ティ（1740～1823）教皇（1800～） 193
ピエトラグルア、アンジェラ［もしくはアンジョーラ］（1777頃～？）ベールの愛したミラノの女性 21, 24, 50, 54, 131
ピエール＝ド＝マンディアルグ、アンドレ（1909～91）作家 216～230
ビュルガー、ゴットフリート・アウグスト（1747～94）ドイツの詩人 69

ファン・デル・ウェルフ、アドリアン（1659～1722）オランダの画家 103
フィオラヴァンティ、ヴァレンティノ（1764～1837）イタリアの作曲家 103
フィールディング、ヘンリー（1707～54）英国の小説家 69, 103
フォール、ジョゼフ＝デジレ＝フェリックス（1780～1859）ベールの友人 22, 24
フーシェ、ジョゼフ（1759～1820）政治家、警察大臣 23
プッサン、ニコラ（1593～1665）画家。ローマで暮らした 103
フート、サミュエル（1720～1806）英国の喜劇役者、劇作家 69
ブーニョ伯爵夫人、マルグリット・モレル（1769～1825）政治家の妻。サロンを開く 25
フリートリヒ二世（1712～86）プロイセンの啓蒙専制君主（1740～） 59
フリートリヒ・ヴィルヘルム二世（1744～97）プロイセン王（1786～） 77
プルースト、マルセル（1871～1922）小説家 9, 153
ブレーメ、ロドヴィーコ・ディ（1781～1820）イタリア副王の宮廷司祭 15
ブロス法院長、シャルル・ド（1709～77）司法官、文筆家 15, 19, 22, 25, 34
フローベール、ギュスターヴ（1821～80）小説家 9

ベーガ、ローペ・フェリクス・デ（1562～1635）スペインの劇作家 103
ベートーヴェン、ルードヴィヒ・ヴァン（1770～1827）作曲家 47
ペリエ＝ラグランジュ、フランソワ（1776～1816）ベールの妹ポーリーヌの夫 21, 22, 103
ベール、シェリュバン（1747～1819）アンリ・ベールの父 24
ベール、ポーリーヌ（1786～1857）アンリ・ベールの妹 15, 20～25, 63, 66, 69, 71, 90, 103
ペルゴレージ、ジョヴァンニ・バッティスタ（1710～36）イタリアの作曲家 103
ベルテ、アントワーヌ（1801～28）『赤と黒』の主人公のモデルとなった人物 193
ペレ、バンジャマン（1899～1959）シュルレアリスムの詩人 230
ベレーテル、アンジェリーナ（1786～1845）歌手。ベールの恋人 22
ヘロディアス（BC14頃～AD40頃）ユダヤ人の王ヘロデスの姪 49, 120
ベロワ、ドルモン・ド、本名ピエール・ローラン・ビュレット（1787～75）劇作家 84, 85

ボズウェル、ジェームズ（1740～95）英国の法律家、伝記作家 105
ポッテル、パウルス（1625～54）オランダの画家 103
ボードレール、シャルル（1821～67）詩人 225, 228
ボナパルト、ジェローム（1784～1860）ナポレオンの弟。ウェストファリア王（1807～13） 62, 65
ボナパルト、ナポレオン→ナポレオン
ポープ、アレグザンダー（1688～1744）英国の詩人 99
ポーリーヌ→ベール、ポーリーヌ
ボルジア、ルクレツィア（1480～1519）フェッラーラ大公妃 50
ポルポラーティ、カルロ・アントニオ（1741～1816）イタリアの版画家 49

（1547頃～1616）スペインの作家　103

タ行

タッソ、トルクァート（1544～95）イタリアの詩人　103
ダリュ、ノエル（1729～1804）ベールの母方の親戚　40
ダリュ、ピエール（1767～1829）前者の息子。軍人、陸軍大臣、アカデミー会員　13, 14, 20, 22, 24, 40, 41, 56, 57, 61～63, 73, 81
ダリュ、マルシャル（1774～1827）前者の弟。軍人　24, 41, 57～63, 73

チマローザ、ドメニコ（1749～1801）イタリアの作曲家　24, 34, 47, 48, 52, 53, 70, 71, 103, 115, 116, 126
チュルゴ、ジャック（1727～81）政治家、経済学者　84, 85

ティツィアーノ（1490頃～1576）ヴェネツイア派の画家　49, 103
ディドロ、ドニ（1713～84）作家、『百科全書』を手がける　157
ディ・ブレーメ→ブレーメ
デイヤン［エイヤン］公爵、フランソワ・ド・ノアイユ（1739～1824）軍人、元帥　84
デスチュット・ド・トラシー、クロード（1754～1836）哲学者　69
デニス　ブラウンシュヴァイクにおけるベールの音楽教師　70, 71
デュクロ、シャルル・ピノ（1704～72）モラリスト、小説家、歴史家　104
デュラ公爵夫人、クレール・ルシャ・ド・ケルサン（1777～1828）小説家　137
デル・リット、ヴィクトル（1911～2004）スタンダール研究家　20, 27, 60, 62, 240
デンボウスキー、メチルデ［またはマチルデ］（1790～1825）ベールの愛したミラノの女性　24, 51, 52, 54, 220, 221, 242

ドゥランテ、フランチェスコ（1684～1755）イタリアの作曲家　103
ドストエフスキー、フィヨードル・ミハイロヴィチ（1821～81）ロシアの作家　188
トドロフ、ツヴェタン（1939～）文芸理論家、社会学者　156
ドノン、ドミニク・ヴィヴァン（1747～1825）政治家、芸術家　61, 62
ド・ベロワ→ベロワ
ドメニキーノ、本名ドメニコ・ザンピエリ（1581～1641）ボローニャ派の画家　49, 103

ナ行

ナポレオン・ボナパルト（1769～1821）皇帝（1804～14）　14, 16～18, 20, 23, 34, 40～42, 53, 56～58, 62, 65, 67, 77～85, 91, 109, 118, 149, 150, 152, 192, 193, 196, 199, 204, 205, 211, 217, 224, 225, 236

ノディエ、シャルル（1780～1844）作家　216

ハ行

パイジェッロ、ジョヴァンニ（1740～1816）イタリアの作曲家　103
ハイドン、ヨーゼフ（1732～1809）オーストリアの作曲家　12, 17, 43, 103, 234, 235
ハインリヒ獅子公（1129～95）ブラウンシュヴァイクその他多くの都市の建設者　67
パウルス三世アレッサンドロ・ファルネーゼ（1468～1549）教皇（1534～）　202
パスカル、ブレーズ　（1623～62）モラリスト、思想家　157
バルザック、オノレ・ド（1799～1850）作家　9, 25, 33, 34, 189, 192, 211
バルザック、ゲ・ド（1595頃～1654）作家。書簡で有名　157

ピウス七世ルイジ・バルナバ・キャラモン

クロゼ、ルイ（1784〜1858）ベールの友人 22, 24, 25
クロード・ロラン、本名クロード・ジュレ（1600〜82）画家 72

ゲーテ、ヨハン・ヴォルフガング・フォン（1749〜1832）ドイツの詩人 15, 16, 18, 61, 158

ゴッツィ、カルロ（1720〜1806）イタリアの小説家、劇作家 69
コルデー・ダルモン、シャルロット（1768〜93）マラーの暗殺者 26
ゴールドスミス、オリヴァー（1728〜74）英国の詩人、小説家 27
ゴルドーニ、カルロ（1707〜93）イタリアの劇作家 69
コルネイユ、ピエール（1606〜84）劇詩人 9, 70
コレッジョ、本名アントニオ・アレグリ（1494〜1534）パルマ派の画家 49, 103, 131
コロン、ロマン（1784〜1858）アンリ・ベールの従弟で遺言執行人 12
コングリーヴ、ウイリアム（1670〜1729）英国の劇作家 105
コンドルセ、ニコラ・ド・カリアリ（1743〜94）思想家、数学者、政治家 69

サ行

サヴィジ、リチャード（1700頃〜43）英国の詩人 104
サド、ドナチヤン・アルフォンス・フランソワ（1740〜1814）作家 216
サンド、ジョルジュ、本名アマンディーヌ・オーロール・デュパン（1804〜75）作家 46

シェイクスピア、ウイリアム（1564〜1616）英国の劇作家 19, 35, 43, 68〜70, 86, 100, 101, 103, 105, 190
ジェファーソン、トマス（1743〜1826）アメリカ合衆国第三代大統領（1801〜09）25
シスモンディ、シスモンド・ド（1773〜1842）スイスの経済学者、歴史学者 69
シドニー、アルジャーノン（1621〜83）英国の政治家、著述家 103
シャトーブリヤン、フランソワ＝ルネ・ド（1768〜1848）作家、政治家 219
シャルル十世（1757〜1836）アルトワ伯、国王（1824〜30） 192, 194
シャンフォール、ニコラ・ド（1741〜94）モラリスト 104
シュトロンベック、カール・フリートリヒ・フォン（1771〜1848）ブラウンシュヴァイクの法律家 64, 66, 69, 72
ジュリヨ・ロマーノ、本名ジュリヨ・ピッピ・デ・ジャヌッツィ（1499〜1546）イタリアの建築家、画家 103
シュレーゲル、アウグスト・ヴィルヘルム・フォン（1767〜1845）ドイツの文学者 18
ジョワンヴィル大尉、ルイ（1773〜1840）イタリア遠征軍主計官。ベールの上官 21, 50
ジョンソン、サミュエル（1709〜84）英国の作家 100〜105
シラー、フリートリヒ・フォン（1759〜1805）ドイツの詩人、劇作家 69, 103

スコット、ウォルター（1771〜1832）英国の小説家 136
スタール夫人、アンヌ・ルイーズ・ド・ネッケル（1766〜1817）作家 83
スタロバンスキー、ジャン（1920〜）スイスの文芸批評家 36
ストリエンスキー、カジミール（1853〜1912）スタンダール研究家 26

セヴィニェ侯爵夫人、マリ・ド・ラビュタン・シャンタル（1626〜96）書簡で有名 157
セルバンテス・サーベドラ、ミゲル・デ

主要人名索引

ア行

アディソン、ジョゼフ（1672～1719）英国の随筆家、政治家　104

アラゴン、ルイ（1877～1982）詩人、小説家　228

アリストパーネス（BC445頃～385頃）ギリシアの喜劇詩人　69

アルトワ伯爵→シャルル十世

アルニーム、アヒム・フォン（1781～1831）ドイツの詩人、小説家　216

アルフィエーリ、ヴィットリオ（1749～1803）イタリアの劇詩人　18, 89, 90, 103

アレクサンドル一世（1777～1825）ロシア皇帝（1801～）　17, 34

アンシヨン、シャルル（1659～1715）ドイツに亡命した歴史家　69

アンドリュー、フランソワ（1769～1833）劇詩人　189

アンリ二世（1519～59）国王（1547～）　135

ヴァザーリ、ジョルジョ（1511～74）イタリアの画家、建築家　25, 104

ヴィスマラ、ジュゼッペ（1786～1859）ミラノにおけるベールの友人　51

ヴィンケルマン、ヨハン・ヨアヒム（1717～68）考古学者、美術史家　14

ヴォルテール、本名フランソワ・マリ・アルエ（1694～1778）啓蒙思想家　12, 157

ヴジェーヌ公、ウジェーヌ・ド・ボーアルネ（1781～1824）イタリア副王（1805）149

エルヴェシユス、クロード・アドリヤン（1715～71）思想家　69

エンペリウス、フリートリヒ（1759～1822）ブラウンシュヴァイクにおけるベールの英語家庭教師　68, 69

カ行

カトリーヌ・ド・メディシス（1519～89）アンリ二世の妃　117

ガニョン、アンリ（1728～1813）アンリ・ベールの母方の祖父　57, 73

ガニョン、フェリックス＝ロマン（1758～1830）アンリ・ベールの叔父　47

カノーヴァ、アントニオ（1757～1822）イタイアの彫刻家　103

カラッチ、アンニーバレ（1560～1609）ボローニャ派の画家　49

カルパーニ、ジュゼッペ（1752～1825）イタリアの作家、翻訳家　17

ギゾ、フランソワ・ピエール・ギュイヨーム（1789～1874）政治家、歴史家　44

ギュイユラーグ伯爵、ガブリエル＝ジョゼフ・ド・ラ・ヴェルニュ（1628～85）『ポルトガル尼僧の手紙』の作者　157

キュブリー嬢、ヴィルジニー（1778～1835）女優　24, 47, 50

キュリアル伯爵夫人、クレマンチーヌ＝アメリー・ブーニョ（1788～1840）ブーニョ伯爵の娘、ベールの恋人　24

グイド（1575～1642）ボローニャ派の画家　8, 49, 123, 131

グェルチーノ・ダ・チェント　本名ジョヴァンニ・フランチェスコ・バルビエーリ（1591～1666）ボローニャ派の画家　49

クーヒ、カール・テオドール　ブラウンシュヴァイクにおけるベールのドイツ語家庭教師　68

グリースハイム、ヴィルヘルミーネ・フォン（1786～1861）ベールの愛したドイツ女性　24, 65～67

グリム、フリートリヒ・メルヒオール・フォン（1723～1807）ドイツ生まれの批評家　85

著者紹介

臼田　紘（うすだ・ひろし）

1940年、東京に生まれる
早稲田大学文学部仏文科卒業
現在、跡見学園女子大学文学部教授
著書
『フランス小説の現在』（共著）高文堂出版社　1982
『スタンダール氏との旅』新評論　2007
『概観フランス文学』林泉書荘　2008
訳書
スタンダール『イタリア紀行』新評論　1990
スタンダール『イタリア旅日記』（全２巻）新評論　1991・92
スタンダール『ローマ散歩』（全２巻）新評論　1996・2000

スタンダールとは誰か　（検印廃止）

2011年３月31日初版第１刷発行

著　者　臼　田　　紘
発行者　武　市　一　幸

発行所　株式会社　新　評　論

〒169-0051 東京都新宿区西早稲田3-16-28
http://www.shinhyoron.co.jp

TEL 03（3202）7391
FAX 03（3202）5832
振　替 00160-1-113487

定価はカバーに表示してあります
落丁・乱丁本はお取り替えします

装　幀　山田英春
印　刷　フォレスト
製　本　桂川製本

ISBN978-4-7948-0866-0
Printed in Japan